Gatos Guerreiros
Floresta de Segredos

ERIN HUNTER

Gatos Guerreiros

FLORESTA DE SEGREDOS

Tradução
MARILENA MORAES

Revisão da tradução
ANA CAPERUTO

Esta obra foi publicada originalmente em inglês (G.-B.) com o título
WARRIORS III – FOREST OF SECRETS
por HarperCollins Children's Books (USA)
Copyright © 2003 by Working Partners Limited.
Série criada por Working Partners Limited
Todos os direitos reservados. Este livro não pode se reproduzido, no todo ou em parte,
armazenado em sistemas eletrônicos recuperáveis nem transmitido por nenhuma
forma ou meio eletrônico, mecânico ou outros, sem a prévia autorização por escrito do editor.
Copyright © 2011, Editora WMF Martins Fontes Ltda.,
São Paulo, para a presente edição.

1ª edição 2011
6ª tiragem 2024

Tradução
MARILENA MORAES

Revisão da tradução
Ana Caperuto
Acompanhamento editorial
Márcia Leme
Revisões
Ana Maria de O. M. Barbosa
Marisa Rosa Teixeira
Edição de arte
Katia Harumi Terasaka
Produção gráfica
Geraldo Alves
Paginação
Studio 3 Desenvolvimento Editorial
Arte e design da capa
©Hauptmann & Kompanie, Zurique.

Dados Internacionais de Catalogação na Publicação (CIP)
(Câmara Brasileira do Livro, SP, Brasil)

Hunter, Erin
  Gatos guerreiros : floresta de segredos / Erin Hunter ; tradução Marilena Moraes ; revisão da tradução Ana Caperuto. – São Paulo : Editora WMF Martins Fontes, 2011.

  Título original: Warriors II : forest of secrets.
  ISBN 978-85-7827-457-3

  1. Literatura infantojuvenil I. Título.

11-08457	CDD-028.5

Índices para catálogo sistemático:
1. Literatura infantojuvenil   028.5
2. Literatura juvenil   028.5

Todos os direitos desta edição reservados à
Editora WMF Martins Fontes Ltda.
Rua Prof. Laerte Ramos de Carvalho, 133 01325.030 São Paulo SP Brasil
Tel. (11) 3293.8150 e-mail: info@wmfmartinsfontes.com.br
http://www.wmfmartinsfontes.com.br

*Para Schrödi, que está caçando com o Clã das Estrelas,
e para Abbey Cruden, que conheceu o verdadeiro
Coração de Fogo*

Agradecimentos especiais a Cherith Baldry

AS ALIANÇAS

 ## clã do trovão

LÍDER   ESTRELA AZUL – gata azul-acinzentada, de focinho prateado.

REPRESENTANTE   GARRA DE TIGRE – gatão marrom-escuro, de pelo malhado, com garras dianteiras excepcionalmente longas.

CURANDEIRA   PRESA AMARELA – velha gata de pelo escuro e cara larga e achatada, que antes fazia parte do Clã das Sombras.
APRENDIZ, PATA DE CINZA – GATA CINZA-ESCURO

GUERREIROS   (gatos e gatas sem filhotes)
NEVASCA – gatão branco.
APRENDIZ, PATA BRILHANTE

RISCA DE CARVÃO – gato de pelo macio, malhado de preto e cinza.

RABO LONGO – gato de pelo desbotado com listas pretas.
APRENDIZ, PATA LIGEIRA

VENTO VELOZ – gato malhado e veloz.

PELE DE SALGUEIRO – gata cinza-claro, com excepcionais olhos azuis.
PELO DE RATO – pequena gata de pelo marrom-escuro.
APRENDIZ, PATA DE ESPINHO

CORAÇÃO DE FOGO – belo gato de pelo avermelhado.
APRENDIZ, PATA DE NUVEM

LISTRA CINZENTA – gato de longo pelo cinza-chumbo.
APRENDIZ, PATA DE SAMAMBAIA

PELAGEM DE POEIRA – gato malhado em tons marrom-escuros.

TEMPESTADE DE AREIA – gata de pelo alaranjado.

APRENDIZES   (com idade superior a seis luas, em treinamento para se tornarem guerreiros)
PATA LIGEIRA – gato preto e branco.

PATA DE SAMAMBAIA – gato malhado em tons castanhos.

PATA DE NUVEM – gato branco, de pelo longo.

PATA BRILHANTE – gata branca, coberta de manchas alaranjadas.

PATA DE ESPINHO – gato malhado em tons castanhos.

RAINHAS (gatas que estão grávidas ou amamentando)

PELE DE GEADA – com belíssimo pelo branco e olhos azuis.

CARA RAJADA – bonita e malhada.

FLOR DOURADA – pelo alaranjado claro.

CAUDA SARAPINTADA – malhada, cores pálidas, a rainha mais velha do berçário.

ANCIÃOS (antigos guerreiros e rainhas, agora aposentados)

MEIO RABO – gatão marrom-escuro, sem um pedaço da cauda.

ORELHINHA – gato cinza, de orelhas muito pequenas; gato mais velho do Clã do Trovão.

RETALHO – pequeno gato de pelo preto e branco.

CAOLHA – gata cinza-claro, membro mais antigo do Clã do Trovão, praticamente cega e surda.

CAUDA MOSQUEADA – gata atartarugada, belíssima em outros tempos, com bonito pelo sarapintado.

CAUDA PARTIDA – gato malhado de marrom-escuro, pelo longo; cego, antigo líder do Clã das Sombras.

clã das sombras

LÍDER **MANTO DA NOITE** – gato preto.

REPRESENTANTE **PELO CINZENTO** – gato cinzento e magro.

GUERREIROS	**CAUDA TARRAXO** – gato malhado, marrom. **APRENDIZ, PATA MARROM**
	PÉ MOLHADO – gato malhado de cinza. **APRENDIZ, PATA DE CARVALHO**
	NUVENZINHA – gato bem pequeno, malhado.
RAINHAS	**NUVEM DA AURORA** – pequena gata malhada.
	FLOR DO ANOITECER – gata preta.
	PAPOULA ALTA – gata malhada em tons de marrom-claro, de longas pernas.

clã do vento

LÍDER	**ESTRELA ALTA** – gato branco e preto, de cauda muito longa.
REPRESENTANTE	**PÉ MORTO** – gato preto com uma pata torta.
CURANDEIRO	**CASCA DE ÁRVORE** – gato marrom, de cauda curta.
GUERREIROS	**GARRA DE LAMA** – gato malhado, marrom-escuro. **APRENDIZ, PATA DE TEIA**
	ORELHA RASGADA – gato malhado. **APRENDIZ, PATA VELOZ**
	BIGODE RALO – jovem gato malhado, marrom. **APRENDIZ, PATA ALVA**
RAINHAS	**PÉ DE CINZAS** – gata de pelo cinza.
	FLOR DA MANHÃ – gata atartarugada.

clã do rio

LÍDER	**ESTRELA TORTA** – gato enorme, de pelo claro e mandíbula torta.

REPRESENTANTE	**PELO DE LEOPARDO** – gata de pelo dourado e manchas incomuns.	
CURANDEIRO	**PELO DE LAMA** – gato de pelo longo, cinza-claro.	
GUERREIROS	**GARRA NEGRA** – gato negro-acinzentado. **APRENDIZ, PATA PESADA**	
	PELO DE PEDRA – gato cinza com cicatrizes de batalhas nas orelhas. **APRENDIZ, PATA DE SOMBRA**	
	VENTRE RUIDOSO – gato marrom-escuro. **APRENDIZ, PATA DE PRATA**	
	ARROIO DE PRATA – gata malhada de prateado, bonita e elegante.	
RAINHAS	**PÉ DE BRUMA** – gata de pelo cinza-escuro.	
ANCIÃOS	**POÇA CINZENTA** – gata cinzenta e esbelta, com manchas irregulares no pelo e cicatrizes no focinho.	

gatos que não pertencem a clãs

CEVADA – gato preto e branco que mora em uma fazenda perto da floresta.

PÉ PRETO – gatão branco, com enormes patas pretas retintas, antigo representante do Clã das Sombras.

ROCHEDO – gato prateado e gorducho, antigo membro do Clã das Sombras.

PRINCESA – gata malhada em tons marrom-claros, com peito e patas brancos. Gatinha de gente.

PATA NEGRA – gato negro, magro, com cauda de ponta branca; vive na fazenda com Cevada.

BORRÃO – gatinho roliço e simpático, de pelo preto e branco, que mora em uma casa à beira da floresta.

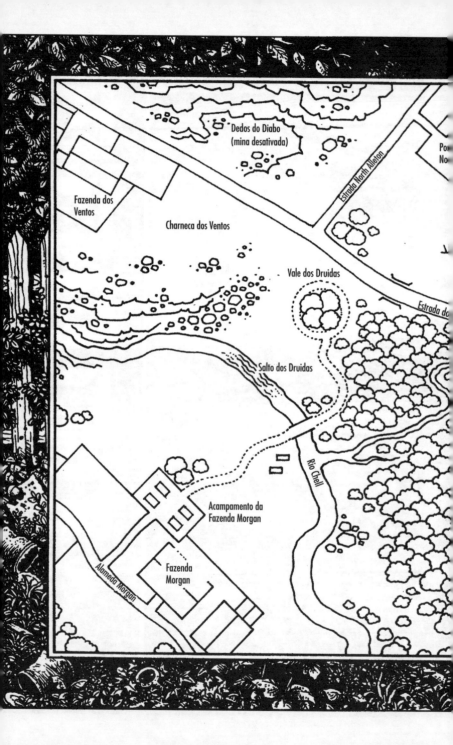

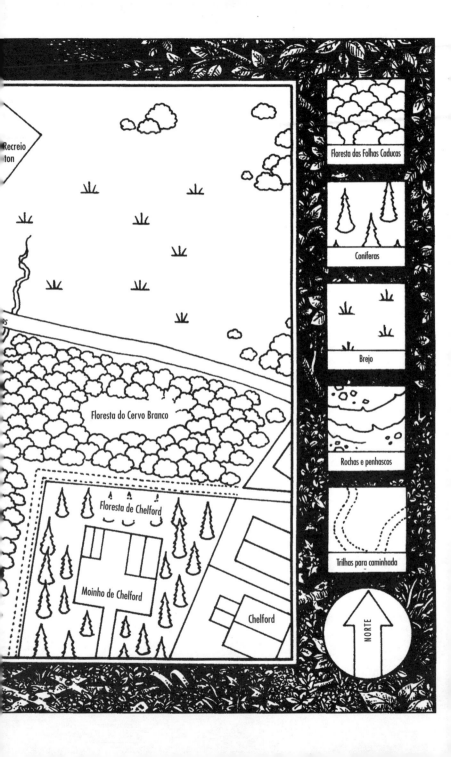

PRÓLOGO

Como uma garra de gelo, o frio domina a floresta, os campos e a charneca. A neve, com seu brilho fraco sob a lua nova, cobre tudo. O silêncio na floresta é quebrado apenas por um eventual e suave ruído da neve escorregando pelos galhos das árvores e pelo som rascante do vento soprando sobre o junco seco. Até mesmo o murmúrio do rio silenciou, por causa do gelo que o cobre de uma margem à outra.

Na beira do rio, um súbito movimento. Um gato grande, com o pelo rajado em tons de marrom e preto arrepiado por causa do frio, saiu dos juncos. Impaciente, ele sacode a neve das patas, que, a cada passo, afundam na superfície macia

À sua frente, dois minúsculos filhotes se esforçam para prosseguir, com miados fracos e cheios de angústia. Imergem na neve ainda fofa, e o pelo das pernas e da barriga se prende a montículos de plantas gelados; mas sempre que tentam parar, o gato adulto, com delicadeza, os empurra para a frente.

Os três felinos caminham com esforço ao longo do rio até o ponto em que este se alarga, e alcançam uma pequena ilha, não longe da margem. Uma densa camada de juncos, cujas pontas secas perfuram o gelo, circunda a ilha. Salgueiros atrofiados e sem folhas escondem o centro dela com grandes galhos cobertos de neve.

– Estamos quase chegando – encoraja o gato rajado. – Venham comigo.

Ele desliza pela margem até um caminho estreito e congelado entre os juncos e pula para o terreno seco e quebradiço da ilha. O maior dos dois filhotes o segue, desajeitado, mas o menor cai no gelo e ali permanece, agachado, miando desconsolado. Depois de um instante de hesitação, o gato pula para o lado do filhote, tentando empurrá-lo para que ele fique de pé, mas o pequeno está cansado demais para se mexer. O gato lambe as orelhas do filhote, tentando confortar o pobre bichano, e, então, levanta-o pelo cangote e o leva para a ilha.

Além dos salgueiros há um trecho de campo aberto, com alguns arbustos espalhados. Ele está coberto de neve e marcado pelo vaivém das patas de muitos gatos. A clareira parece deserta, mas, do abrigo, brilham olhos cintilantes, que observam o gato enquanto ele caminha à frente dos filhotes até a maior moita de arbustos e atravessa o muro de galhos emaranhados.

O ar gelado do exterior dá lugar ao quentinho do berçário e ao cheiro de leite. No fundo de um ninho de musgo e urze, uma gata cinza amamenta um único bebê malhado.

Ela levanta a cabeça quando o gato se aproxima e, gentil, depõe no ninho o filhote que carrega. O segundo bebê entra cambaleante e tenta, desajeitado, alcançar o ninho.

– Coração de Carvalho? – miou a gata. – O que você tem aí?

– Filhotes, Poça Cinzenta. Você poderia cuidar deles? Eles precisam de uma mãe.

– Mas... – Os olhos de âmbar de Poça Cinzenta estão perplexos. – De quem são esses bebês? Não são do Clã do Rio. Onde você os encontrou?

– Eu os encontrei na floresta – responde Coração de Carvalho, evitando que os olhos da gata encontrem os seus. – Eles tiveram sorte de não terem sido encontrados por uma raposa antes.

– Na floresta? – mia a rainha, com a voz rouca de incredulidade. – Coração de Carvalho, não fale comigo como se eu tivesse miolo de camundongo. Que gata abandonaria seus filhotes na floresta, ainda mais com um tempo desses?

Coração de Carvalho dá de ombros. – Gatos renegados, talvez, ou os Duas-Pernas. Como é que vou saber? Não podia deixá-los lá, não é? – Ele encosta o focinho no filhote menor, que está deitado, inerte, a não ser pelas costelinhas que sobem e descem no ritmo da respiração. – Poça Cinzenta, por favor... Seus outros bebês morreram, e estes também vão morrer se você não os ajudar.

Os olhos da rainha se nublam de dor. Ela contempla os filhotes com as boquinhas rosadas abertas, enquanto miam tristemente. – Tenho muito leite – sussurra, meio para si mesma. – É claro que vou cuidar deles.

Coração de Carvalho solta um suspiro de alívio. Pega primeiro um dos filhotes, depois o outro, levando-os até Poça Cinzenta. Ela os aninha na curva da barriga, empurrando-os delicadamente para perto do seu próprio bebê; ávidos, eles logo começam a mamar.

– Ainda não entendi – mia Poça Cinzenta, os bebês já acomodados. – Por que dois filhotes estariam sozinhos na floresta, no meio da estação sem folhas? A mãe deles deve estar muito aflita.

O gato rajado cutuca um pedaço de musgo com sua enorme pata dianteira. – Eu não os roubei, se é isso o que você está pensando.

Poça Cinzenta o fita por um bom tempo. – Não, não estou achando isso – ela mia, enfim. – Mas você não está me dizendo toda a verdade, não é?

– Eu disse tudo o que você precisa saber.

– Não, não disse! – Os olhos de Poça Cinzenta lampejam de raiva. – Onde está a mãe deles? Eu sei o que é perder um filho, Coração de Carvalho. Não desejo essa dor a nenhum outro gato.

Coração de Carvalho levanta a cabeça e a olha com firmeza, deixando escapar um leve sibilo do fundo da garganta. – A mãe deles deve ser uma vilã. Com esse tempo não há como ir procurá-la.

– Mas Coração de Carvalho...

– Só quero que tome conta dos filhotes, por favor! – O gato rajado se põe de pé em um pulo e, em um movimento brusco, sai do berçário. – Vou lhe trazer um pouco de presa fresca – mia por sobre o ombro enquanto se afasta.

Assim que ele parte, Poça Cinzenta se inclina sobre os filhotes, lambendo-lhes o pelo para aquecê-los. A neve derretida tinha levado quase todo o cheiro dos bebês, mas a rainha ainda sente o odor da floresta, de folhas mortas e de terra castigada pelo frio extremo. E há ainda outra coisa por baixo, embora mais fraca…

Poça Cinzenta para de lamber os filhotes. Será mesmo aquele cheiro em que está pensando ou está imaginando coisas? Curvando novamente a cabeça, ela abre a boca para aspirar os odores dos bebês.

A gata arregala os olhos e, sem piscar, fita as sombras escuras ao redor do berçário. Ela tem razão. A pelagem dos dois filhotes órfãos, cuja origem Coração de Carvalho não quis explicar, traz, sem dúvida, o cheiro de um clã inimigo!

CAPÍTULO 1

O VENTO GELADO RODOPIAVA, JOGANDO NEVE NO focinho de Coração de Fogo; ele descia a ravina com dificuldade, rumo ao acampamento do Clã do Trovão; o camundongo que acabara de matar estava seguro em sua boca. Os flocos de neve eram tão abundantes que ele mal podia enxergar o caminho.

O guerreiro sentia a boca se encher de água com o cheiro da presa que subia pelas suas narinas. Não comia desde a noite anterior, um triste sinal da escassez de presas da estação sem folhas. A fome lhe apertava a barriga, mas Coração de Fogo não iria quebrar o Código dos Guerreiros: o clã deve ser alimentado em primeiro lugar.

Por um instante o brilho do orgulho afastou o frio da neve que lhe salpicava o pelo avermelhado quando Coração de Fogo lembrou a batalha de apenas três dias atrás. Ele se unira a outros guerreiros do Clã do Trovão para dar apoio ao Clã do Vento, pois os gatos da charneca tinham sido atacados pelos outros dois clãs na floresta. Muitos gatos tinham se ferido no conflito; então era importante que alguns gatos ainda pudessem caçar e levar presas para casa.

À medida que Coração de Fogo abria caminho pelo túnel de tojo que levava ao acampamento, deslocava a neve dos galhos pontudos acima dele e agitava as orelhas quando as pelotas geladas lhe caíam na cabeça. As árvores cheias de espinhos que rodeavam o acampamento protegiam um pouco o local do vento, mas a clareira central estava deserta; quando a camada de neve atingia essa espessura, todos os gatos preferiam ficar em suas tocas, para se manterem aquecidos. Troncos partidos e galhos de uma árvore caída sobressaíam da cobertura de neve. Uma linha única de marcas de patas atravessava o chão da toca dos aprendizes até a densa moita de amoreiras, onde os filhotes recebiam cuidados. A trilha fez Coração de Fogo lembrar que estava sem aprendiz, pois Pata de Cinza tinha sido ferida, ao lado do Caminho do Trovão.

Trotando sobre a neve até o centro do acampamento, Coração de Fogo colocou o camundongo na pilha de presas frescas, perto do arbusto onde os guerreiros dormiam. A pilha estava melancolicamente pequena e só havia presas magras, sem carne, que mal davam para uma bocada de um guerreiro faminto. Só haveria camundongos gordinhos novamente na estação do renovo, que ainda estava a muitas luas de distância.

Coração de Fogo já estava indo embora, pronto para voltar a caçar, quando ouviu um miado alto. Ele se voltou depressa.

Garra de Tigre, o representante do clã, saiu de súbito da toca dos guerreiros. – Coração de Fogo!

O gato de pelagem cor de chama se aproximou, abaixando a cabeça em atitude de respeito, mas consciente de que aqueles enormes olhos cor de âmbar o fitavam, queimando. Toda a apreensão que sentia em relação a Garra de Tigre voltou a inundá-lo. O representante do clã era forte, respeitado e um combatente exemplar, mas Coração de Fogo sabia que ele tinha um coração sombrio.

– Você não precisa voltar a caçar hoje – grunhiu Garra de Tigre. – Estrela Azul designou você e Listra Cinzenta para irem à Assembleia.

As orelhas de Coração de Fogo coçaram, tal sua empolgação. Era uma honra acompanhar a líder do clã à Assembleia, quando os quatro clãs se encontravam em paz, na lua cheia.

– É melhor você comer alguma coisa agora – acrescentou o representante de pelo escuro. – Vamos partir assim que a lua nascer. – Ele começou a cruzar a clareira na direção da Pedra Grande, onde ficava a toca de Estrela Azul, a líder do clã. Então, parou e girou a enorme cabeça para olhar para Coração de Fogo. – Na Assembleia, esteja bem certo de se lembrar a que clã você pertence – ciciou.

Coração de Fogo sentiu o pelo eriçar, a fúria queimando dentro dele. – Por que você está dizendo isso? – ele perguntou, em tom audacioso. – Acha que eu seria desleal ao meu clã?

Garra de Tigre voltou-se para encará-lo, e Coração de Fogo tentou não se intimidar com a ameaça dos ombros retesados do felino. – Vi você na última batalha. – A voz do representante saiu como um grunhido surdo, quando, com as orelhas junto à cabeça, ele cuspiu. – Vi você deixar aquela guerreira do Clã do Rio escapar.

Coração de Fogo estremeceu ao se lembrar da batalha no acampamento do Clã do Vento. Era verdade. Ele permitira que uma guerreira do Clã do Rio fugisse sem um único arranhão, mas não por covardia ou deslealdade. Era Arroio de Prata. Os outros membros do Clã do Trovão não sabiam, mas seu melhor amigo, Listra Cinzenta, estava apaixonado por ela, e Coração de Fogo não poderia feri-la.

Coração de Fogo fizera o possível para convencer o amigo a parar de se encontrar com Arroio de Prata; esse namoro ia contra o Código dos Guerreiros e, por isso, colocava os dois em grande risco. Mas de uma coisa ele tinha certeza: jamais trairia Listra Cinzenta.

Além disso, Garra de Tigre não tinha o direito de acusar nenhum gato de deslealdade. Ele ficara ao largo da batalha, apenas observando, enquanto Coração de Fogo lutava pela vida em um embate contra um guerreiro do Clã do Rio, e fora embora, em vez de ajudá-lo. E essa não era a pior acusação que Coração de Fogo poderia fazer contra o representante. Suspeitava que ele fosse o culpado do assassinato do antigo representante do Clã do Trovão, Rabo Vermelho, e talvez tivesse até planejado se livrar da própria líder do clã.

– Se você acha que eu sou desleal, diga a Estrela Azul – desafiou Coração de Fogo.

Garra de Tigre arreganhou os dentes em um bramido e agachou-se um pouco, expondo as longas garras. – Não preciso incomodar Estrela Azul – sibilou. – Posso lidar sozinho com um gatinho de gente como você.

Ele encarou Coração de Fogo por mais algum tempo. Pasmo, o jovem guerreiro percebeu que havia um traço de medo, e também de desconfiança, no intenso olhar cor de âmbar. *Garra de Tigre está se perguntando quanto eu sei*, ele pensou de repente.

Pata Negra, amigo de Coração de Fogo e aprendiz de Garra de Tigre, fora testemunha do assassinato de Rabo Vermelho. O representante tentara matá-lo para se assegurar de seu silêncio; por isso Coração de Fogo o levara para viver com Cevada, um gato solitário que vivia perto de uma fazenda dos Duas-Pernas, do outro lado do território do Clã do Vento. Coração de Fogo quis contar a história de Pata Negra a Estrela Azul, mas a líder do clã recusou-se a acreditar na culpa de seu valente representante. Ao olhar para Garra de Tigre, Coração de Fogo sentiu a frustração voltar; parecia que uma árvore tinha caído em cima dele, imobilizando-o no solo.

Sem dizer nada mais, Garra de Tigre virou-se e foi embora. Enquanto o observava se afastando, Coração de Fogo ouviu um barulho que vinha da toca dos guerreiros; a cabeça de Listra Cinzenta apareceu entre os galhos.

– Que maluquice você está fazendo? – ele miou. – Trocando farpas desse jeito com Garra de Tigre! Ele vai transformar você em carniça!

– Nenhum gato tem o direito de dizer que sou desleal – Coração de Fogo reclamou.

Listra Cinzenta inclinou a cabeça e deu umas lambidas rápidas no peito do amigo. – Sinto muito, Coração de Fogo – ele disse em voz baixa. – Sei que tudo isso é por causa do meu namoro com Arroio de Prata...

– Não, você sabe que não é. O problema é Garra de Tigre, não você. – Ele se sacudiu para se livrar da neve em seu pelo. – Venha, vamos comer.

O guerreiro cinzento afastou o resto dos galhos e rumou para a pilha de presas frescas. Coração de Fogo o seguiu, escolheu um rato silvestre e foi comer na toca dos guerreiros. Listra Cinzenta agachou-se a seu lado, perto da cortina de galhos externa.

Nevasca e uma dupla de outros guerreiros veteranos estavam enroscados, dormindo, no centro do arbusto; além deles, não havia nenhum outro gato na toca. Seus corpos aqueciam o ar, e pouquíssima neve tinha atravessado a espessa cobertura de galhos.

Coração de Fogo arrancou um naco do rato silvestre. A carne era dura e fibrosa, mas ele estava com tanta fome que lhe pareceu uma delícia. Acabou rápido demais, porém era melhor do que nada e lhe daria a força necessária para caminhar até o local da Assembleia.

Quando Listra Cinzenta terminou a refeição, avidamente devorada, os dois gatos deitaram lado a lado, um penteando o pelo frio do outro. Foi um alívio para Coração de Fogo voltar a trocar lambidas com Listra Cinzenta, depois de um período atribulado em que parecera que o amor do amigo por Arroio de Prata destruiria a amizade dos dois. Embora Coração de Fogo ainda se preocupasse com o namoro proibido, desde a batalha, ele e Listra Cinzenta tinham reatado a amizade, que estava tão intensa quanto antes. Para sobreviver à longa estação sem folhas, um precisava confiar no outro; e, sobretudo, Coração de Fogo sabia que precisava do apoio de Listra Cinzenta contra a crescente hostilidade de Garra de Tigre.

— Estou aqui pensando, tentando adivinhar que notícias vamos ouvir à noite — ele cochichou na orelha cinzenta do amigo. — Espero que o Clã do Rio e o Clã das Sombras tenham aprendido a lição. O Clã do Vento não será expulso de seu território novamente.

Listra Cinzenta mexeu-se, incomodado. — O motivo da luta não foi apenas a ganância pelo território, destacou. — As presas estão ainda mais escassas do que o normal. Os felinos do Clã do Rio estão morrendo de fome desde que os Duas-Pernas se mudaram para o território deles.

— Eu sei. — Coração de Fogo agitou as orelhas com relutante compreensão, entendendo que o amigo quisesse defender o clã de Arroio de Prata. — Mas expulsar um clã do próprio território não é a resposta.

Listra Cinzenta concordou com um murmúrio; depois, silenciou. Coração de Fogo sabia como ele devia estar se sentindo. Fazia poucas luas que tinham cruzado o Caminho do Trovão para encontrar os gatos do Clã do Vento e trazê-los para casa. Mas Listra Cinzenta, por causa do amor que sentia por Arroio de Prata, estava inclinado a apoiar também o Clã do Rio. Não havia uma resposta fácil. A escassez de presas seria um problema desesperador para todos os quatro clãs, pelo menos até que a estação sem folhas afrouxasse suas garras.

Sonolento com as continuadas lambidas de Listra Cinzenta, Coração de Fogo deu um pulo quando ouviu o barulho dos galhos do lado de fora. Garra de Tigre entrou, seguido por Risca de Carvão e Rabo Longo. Os três fuzilaram Coração de Fogo com os olhos ao se aninharem perto do centro do arbusto. Coração de Fogo semicerrou os olhos para observá-los, louco para saber o que estavam conversando. Era muito fácil imaginar o que estavam tramando contra ele. Os seus músculos se retesaram quando ele entendeu que enquanto a traição de Garra de Tigre continuasse em segredo, ele não estaria a salvo dentro de seu próprio clã.

– Algum problema? – quis saber Listra Cinzenta, levantando a cabeça.

Coração de Fogo se espreguiçou, tentando voltar a relaxar. – Não confio neles – murmurou, apontando com as orelhas Garra de Tigre e os outros gatos.

– Eu não o culpo – miou Listra Cinzenta. – Se algum dia Garra de Tigre descobrir sobre Arroio de Prata... – Ele estremeceu.

Coração de Fogo se achegou, confortando o amigo; mas suas orelhas, ainda empinadas, tentavam ouvir o que Garra de Tigre dizia. Ele pensou ter escutado seu nome e ficou tentado a chegar mais perto, porém percebeu o olhar de Rabo Longo.

– O que você está olhando, *gatinho de gente?* – sibilou o guerreiro malhado. – O Clã do Trovão quer apenas felinos *leais*. – Acintosamente, ele virou as costas para Coração de Fogo.

O gato cor de fogo logo se pôs de pé, de um salto. – E quem deu a *você* o direito de questionar nossa lealdade?

Rabo Longo o ignorou.

– É isso! – Coração de Fogo miou em um tom mais baixo e raivoso para Listra Cinzenta. – É óbvio que Garra de Tigre está espalhando boatos a meu respeito.

– Mas o que você pode fazer? – Listra Cinzenta parecia conformado com a hostilidade do representante.

– Quero voltar a falar com Pata Negra. Ele talvez se lembre de alguma coisa sobre a batalha, algo que eu possa usar para convencer Estrela Azul.

– Mas Pata Negra agora vive na fazenda dos Duas-Pernas. Você teria de atravessar todo o território do Clã do Vento. Como iria explicar sua ausência do acampamento por tanto tempo? Isso só faria as mentiras de Garra de Tigre parecer verdade.

Coração de Fogo estava disposto a correr o risco. Jamais perguntara a Pata Negra nenhum detalhe da morte de Rabo Vermelho no conflito contra o Clã do Rio, muitas luas antes. Na ocasião, parecera-lhe mais importante tirar o aprendiz do caminho de Garra de Tigre.

Agora ele sabia que precisava descobrir o que, exatamente, Pata Negra tinha visto. Porque estava cada vez mais certo de que o amigo *sabia* alguma coisa que poderia provar o perigo que Garra de Tigre representava para o clã.

– Vou esta noite – Coração de Fogo miou baixinho. – Depois da Assembleia, vou escapulir. Se eu trouxer presa fresca, posso dizer que estava caçando.

– Você está correndo um grande risco – miou Listra Cinzenta, com uma lambida rápida e carinhosa na orelha de Pata de Fogo. – Mas Garra de Tigre também é problema meu. Se você está determinado a ir, vou junto.

A neve cessara e as nuvens já tinham se dissipado quando os felinos do Clã do Trovão, entre eles Coração de Fogo e Listra Cinzenta, deixaram o acampamento e seguiram pela floresta, rumo a Quatro Árvores. O solo coberto de neve parecia brilhar sob a luz branca da lua cheia, e todos os galhos e pedras cintilavam por causa do gelo.

A brisa que avançava fazia ondular a superfície da neve e trazia o cheiro de muitos gatos. Coração de Fogo tremia de empolgação. Os territórios de todos os quatro clãs faziam fronteira no vale sagrado, e a cada lua cheia uma trégua era declarada para que os clãs se reunissem sob os quatro grandes carvalhos, no centro da clareira cercada de encostas íngremes.

Coração de Fogo ficou atrás de Estrela Azul, que já tinha se agachado para se arrastar pelas últimas caudas de distância até o alto da encosta e, lá de cima, observar a clareira. Uma grande pedra erguia-se entre os carvalhos, seu contorno irregular e negro contrastando com a neve. Coração de Fogo esperava pelo sinal da líder para se movimentar e observava, lá embaixo, os gatos dos outros clãs se cumprimentando. Não pôde deixar de notar os olhares ferozes e os cangotes eriçados dos felinos do Clã do Vento ao depararem com os integrantes do Clã do Rio e do Clã das Sombras. Claro que nenhum deles esquecera a recente batalha; não fosse pela trégua, estariam enfiando as garras uns nos outros.

Coração de Fogo reconheceu Estrela Alta, o líder do Clã do Vento, sentado perto da Pedra do Conselho, com seu representante, Pé Morto, ao lado. Não muito longe, Nariz Molhado e Pelo de Lama, os curandeiros do Clã das Sombras e do Clã do Rio, lado a lado, observavam os outros felinos com olhos que refletiam a lua.

Ao lado de Coração de Fogo, Listra Cinzenta tinha os músculos retesados, os olhos amarelos brilhando de empolgação ao mirar a clareira. Seguindo seu olhar, Coração de Fogo viu Arroio de Prata surgir das sombras, com sua bela pelagem preta e prateada brilhando sob o luar.

Coração de Fogo prendeu a respiração. – Se vai falar com ela, cuidado para não serem vistos – alertou o amigo.

– Não se preocupe – Listra Cinzenta miou. Ele arranhava o chão com as patas dianteiras enquanto esperava pelo momento de reencontrar a gata do Clã do Rio.

Coração de Fogo olhou para Estrela Azul, aguardando o sinal para descer até a clareira, mas o que viu foi Nevasca se levantar e se agachar na neve, ao lado da líder. – Estrela Azul – ele ouviu o nobre guerreiro branco murmurar –, o que você vai falar a respeito de Cauda Partida? Vai dizer aos outros clãs que estamos lhe dando proteção?

Tenso, Coração de Fogo esperou a resposta de Estrela Azul. Outrora, Cauda Partida fora Estrela Partida, líder do Clã das Sombras. Mas tinha matado o próprio pai, Estrela Afiada, e roubado filhotes do Clã do Trovão. Em retaliação, o Clã do Trovão ajudara o clã de Estrela Partida a bani-lo para a floresta. Pouco depois, Estrela Partida liderara um bando de gatos renegados em um ataque ao acampamento do Clã do Trovão. Durante a luta, Garra Amarela, a curandeira do clã, tinha rasgado os olhos de Cauda Partida, que, agora, era um prisioneiro, cego e derrotado. Embora o antigo líder tivesse perdido o direito ao nome que lhe fora dado pelo Clã das Estrelas e estivesse sob rigorosa vigilância, Coração de Fogo sabia que os outros clãs esperavam que o Clã do Trovão o tivesse matado, ou que o tivessem abandonado na floresta para morrer. Não gostariam de saber que Cauda Partida continuava vivo.

Estrela Azul manteve o olhar fixo nos felinos na clareira.
– Não direi nada. Isso não diz respeito aos outros clãs. Cauda Partida agora é responsabilidade do Clã do Trovão – foi sua resposta a Nevasca.

– Palavras corajosas – grunhiu Garra de Tigre, do outro lado de Estrela Azul. – Ou estamos envergonhados de admitir o que fizemos?

– O Clã do Trovão não precisa se envergonhar por demonstrar misericórdia – a líder respondeu friamente. – Mas não vejo razão de procurar problema. – Antes que

Garra de Tigre pudesse protestar, ela se pôs de pé em um salto e se dirigiu aos demais felinos. – Ouçam. Não falem nada sobre o ataque dos renegados nem mencionem Cauda Partida. Esse assunto é só nosso.

Ela esperou até ouvir miados de concordância dos gatos reunidos. Com um movimento da cauda, sinalizou que os felinos do Clã do Trovão podiam juntar-se aos demais, embaixo, na clareira. E saiu em disparada em meio aos arbustos, seguida por Garra de Tigre, que, com suas patas enormes, espalhava neve.

Coração de Fogo os seguiu. Ao escorregar dos arbustos para a clareira, viu Garra de Tigre ali perto, parado, olhando-o com desconfiança. – Listra Cinzenta – o gato avermelhado ciciou por cima do ombro. – Acho que você não deve se encontrar com Arroio de Prata esta noite. Garra de Tigre já...

De repente, Coração de Fogo se deu conta de que Listra Cinzenta não estava mais a seu lado. Olhando à sua volta, viu quando seu amigo desapareceu por trás da Pedra do Conselho. Um ou dois tique-taques de coração depois, Arroio de Prata se afastou de um grupo do Clã das Sombras e o seguiu.

O gato avermelhado suspirou. Olhou para Garra de Tigre, imaginando se ele vira o casal. Mas o representante tinha ido se reunir com Bigode Ralo, do Clã do Vento, e Coração de Fogo deixou que o pelo eriçado de seus ombros abaixasse novamente.

Andando sem parar pela clareira, indo de lá para cá, inquieto, Coração de Fogo viu-se perto de um grupo de anciãos – Retalho, do Clã do Trovão, e outros que ele não conhecia estavam agachados sob um azevinho de folhas lustrosas que tinha acumulado pouca neve. Enquanto vigiava Listra Cinzenta, o gato avermelhado sentou-se para ouvir a conversa.

– Eu me lembro de uma estação sem folhas ainda pior que esta. – Falava um gato idoso e negro, cujo focinho se tornara prateado e com o corpo cheio de cicatrizes de muitas batalhas. Seu pelo curto e malhado tinha o odor do Clã do Vento. – O rio ficou congelado por mais de três luas.

– Você tem razão, Pelo de Corvo – concordou uma rainha malhada. – E havia menos presas, também, mesmo para o Clã do Rio.

Por um tique-taque de coração, Coração de Fogo se surpreendeu que anciãos de dois clãs que havia pouco tempo tinham se hostilizado conversassem em harmonia, sem cuspir ódio um no outro. Mas eles eram anciãos, refletiu. Deviam ter presenciado muitas guerras em suas longas vidas.

– Os jovens guerreiros de hoje – acrescentou o gato negro e idoso, fitando Coração de Fogo – não sabem o que é dureza.

Coração de Fogo se mexeu entre as folhas secas sob o arbusto e tentou parecer respeitoso. Retalho, agachado perto dele, saudou-o com um movimento amigável da cauda.

– Deve ter sido a estação em que Estrela Azul perdeu os filhotes – recordou o ancião do Clã do Trovão. Coração de Fogo ficou com as orelhas de pé. Lembrou-se de Cauda Mosqueada ter mencionado uma vez os bebês de Estrela Azul, que tinham nascido pouco antes de ela se tornar representante do clã. Mas ele jamais soubera quantos filhotes eram ou com que idade eles tinham morrido.

– E você se lembra do degelo daquela estação sem folhas? – Pelo de Corvo interrompeu os pensamentos de Coração de Fogo, que, perdido em lembranças, tinha o olhar disperso. – O rio, em sua garganta, elevou-se até quase as tocas dos texugos.

Retalho estremeceu. – Eu me lembro bem. O Clã do Trovão não conseguiu cruzar o rio para vir à Assembleia.

– Houve gatos afogados – recordou a rainha do Clã do Rio, com tristeza.

– E presas também – Pelo de Corvo acrescentou. – Os gatos que sobreviveram quase morreram de fome.

– Que o Clã das Estrelas permita que esta estação não seja tão ruim! – Retalho miou com fervor.

Pelo de Corvo cuspiu. – Esses gatos jovens não aguentariam. Naquele tempo éramos mais fortes.

Coração de Fogo não conteve um protesto. – Temos guerreiros fortes agora...

– Alguém pediu sua opinião? – grunhiu o ancião rabugento – Você não passa de um filhote!

– Mas nós... – Coração de Fogo se calou, pois um berro agudo enchera o ar, e todos fizeram silêncio. Ele virou a cabeça e viu quatro gatos no alto da Pedra do Conselho, as silhuetas recortadas no luar prateado.

– Shh! – sibilou Retalho. – A reunião vai começar. – Ele contraiu as orelhas na direção de Coração de Fogo e ronronou baixinho. – Não dê atenção a Pelo de Corvo. Ele encontraria defeito até no Clã das Estrelas.

Coração de Fogo deu um olhar agradecido a Retalho, escondeu as patas sob o corpo e se acomodou para escutar.

Estrela Alta, o líder do Clã do Vento, começou anunciando que os felinos do seu clã estavam se recuperando, depois da recente batalha contra o Clã do Rio e o Clã das Sombras. – Perdemos um de nossos anciãos, mas todos os nossos guerreiros vão sobreviver – para outras lutas – acrescentou, com convicção.

Manto da Noite abaixou as orelhas e estreitou os olhos, enquanto Estrela Torta deixou escapar um rugido ameaçador, do fundo da garganta.

O pelo de Coração de Fogo se eriçou. Se os líderes começassem a brigar, os gatos dos clãs fariam o mesmo. Será que isso já tinha acontecido em alguma Assembleia? – ele perguntou a seus bigodes. Certamente nem mesmo Manto da Noite, o valente novo líder do Clã das Sombras, se arriscaria à fúria do Clã das Estrelas, quebrando a trégua sagrada!

Enquanto Coração de Fogo, apreensivo, observava os gatos com os pelos arrepiados, Estrela Azul deu um passo à frente. – Que boa notícia, Estrela Alta – ela miou suavemente. – Ficamos todos felizes em saber que os felinos do Clã do Vento estão voltando à boa forma.

Seus olhos azuis brilharam ao luar quando ela deu uma olhadela para os líderes do Clã das Sombras e do Clã do Rio. Manto da Noite desviou o olhar, e Estrela Torta abaixou a cabeça, com uma expressão indecifrável.

Fora o Clã das Sombras, sob o cruel comando de Estrela Partida, que, primeiro, expulsara o Clã do Vento, a fim de estender seu território de caça. O Clã do Rio tinha aproveitado esse exílio para caçar no território deserto. Mas depois que Estrela Partida fora banido, Estrela Azul convencera os outros líderes de que a vida na floresta dependia dos quatro clãs e de que o Clã do Vento devia voltar. Coração de Fogo tremeu ao lembrar a longa e penosa viagem que fizera com Listra Cinzenta para encontrar o Clã do Vento e trazer os felinos de volta, para seu desolado território no planalto.

Isso o fez lembrar que, para encontrar Pata Negra, seria preciso atravessar o planalto novamente, e, desconfortável, mudou de posição. Ele não estava ansioso pela viagem. *Pelo menos o Clã do Vento se dá bem com o Clã do Trovão,* pensou. *Assim, não seremos atacados no caminho.*

– Os felinos do Clã do Trovão também estão se recuperando – Estrela Azul continuou. – E, desde a última Assembleia, dois de nossos aprendizes se tornaram guerreiros. Eles agora serão conhecidos como Pelagem de Poeira e Tempestade de Areia.

Gritos de aprovação vieram da multidão de gatos abaixo da Pedra do Conselho – sobretudo, Coração de Fogo percebeu, do Clã do Trovão e do Clã do Vento. Deu uma olhada para Tempestade de Areia; orgulhosa, ela estava com o pelo alaranjado eriçado.

A Assembleia prosseguiu, mas, agora, mais calma. Coração de Fogo lembrou-se da anterior, em que os líderes se acusaram mutuamente de caçar fora de seus territórios, mas nenhum gato mencionou o fato agora. Um grupo de renegados, liderados por Cauda Partida, tinha sido responsável, mas a notícia de que esses gatos tinham atacado o acampamento do Clã do Trovão e sido vergonhosamente derrotados não parecia ter se espalhado. O segredo de Estrela Azul, sobre o cego Cauda Partida, estava a salvo.

Quando a reunião terminou, Coração de Fogo procurou Listra Cinzenta. Se eles iam ver Pata Negra, precisavam sair logo, enquanto os demais gatos do Clã do Trovão ainda estivessem no vale, pois assim não saberiam que direção os dois amigos tinham tomado.

No meio de um grupo de jovens felinos do Clã das Sombras, Coração de Fogo percebeu o olhar do aprendiz de Rabo Longo, Pata Ligeira, que, sentindo-se culpado, desviou o olhar. Em outra situação, Coração de Fogo o teria chamado e dito que procurasse seu mentor e voltasse para casa; mas, agora, só pensava em encontrar Listra Cinzenta. Esqueceu Pata Ligeira logo que viu o amigo, que lhe acenava e vinha ao seu encontro. Não havia sinal de Arroio de Prata.

– Aí está você! – Listra Cinzenta exclamou, os olhos amarelos brilhando.

Coração de Fogo podia ver que seu amigo gostara da Assembleia, embora duvidasse que ele tivesse ouvido boa parte do que fora discutido. – Está pronto? – miou.

– Para ir ver Pata Negra?

– Fale baixo! – Coração de Fogo ciciou, ansioso, olhando em volta.

– Estou, sim – Listra Cinzenta respondeu, reduzindo o volume da voz. – Não posso dizer que esteja ansioso. Mas faço qualquer coisa para tirar Garra de Tigre do meu pelo – ou você tem ideia melhor?

– Esse é o único jeito – respondeu Coração de Fogo, balançando a cabeça.

O vale ainda estava cheio de gatos, preparando-se para partir em quatro direções. Nenhum deles pareceu prestar atenção em Coração de Fogo e Listra Cinzenta até eles quase terem alcançado a encosta que levava ao território do Clã do Vento, no planalto. De repente, ouviram um miado.

– Ei, Coração de Fogo! Aonde vocês vão?

Era Tempestade de Areia.

– Bem... – Coração de Fogo olhou em desespero para Listra Cinzenta. – Vamos fazer o caminho mais longo – ele improvisou. – Garra de Lama, do Clã do Vento, nos disse que há uma toca de jovens coelhos bem em nosso território. Pensamos em ir buscar algumas presas frescas. – Alarmado, ao pensar que Tempestade de Areia poderia querer ir junto, acrescentou: – Você pode dizer a Estrela Azul, se ela perguntar por nós?

– Claro. – A gata respondeu aos bocejos, revelando dentes afiados e brancos. – Vou pensar em vocês, correndo atrás de coelhos, quando eu estiver enroscada em um ninho quente e gostoso! – Ela se afastou, com um movimento rápido da cauda.

Coração de Fogo ficou aliviado; ele não se sentiu à vontade em mentir. – Vamos – miou para Listra Cinzenta. – Antes que outro gato nos veja.

Os dois jovens guerreiros escorregaram para o abrigo dos arbustos e subiram a encosta. No alto, Coração de Fogo parou por um instante, virando a cabeça para ter certeza de que não tinham sido seguidos. Então, ele e Listra Cinzenta foram até a beirada da clareira e correram para a charneca e, mais além, rumo à fazenda dos Duas-Pernas.

Esse é o único jeito, Coração de Fogo repetia a si mesmo enquanto corria. Precisava descobrir a verdade. Não apenas por causa de Rabo Vermelho e Pata Negra, mas por todo o clã. Era preciso deter Garra de Tigre... antes que ele voltasse a matar.

CAPÍTULO 2

Coração de Fogo, prudente, farejou um caminho em que a neve fora pisoteada pelos Duas-Pernas. Luzes brilhavam, vindas do ninho dos Duas-Pernas, e, em algum lugar perto dali, ele ouvia um cachorro latir. Lembrou-se de Cevada dizer que os Duas-Pernas deixavam os cachorros soltos durante a noite. Ele só esperava localizar Pata Negra antes que ele e Listra Cinzenta fossem vistos.

Listra Cinzenta escorregou pela cerca e foi até ele. O vento gelado colava seu pelo cinza ao corpo. – Sente algum cheiro?

Coração de Fogo levantou a cabeça para sentir o ar e, quase imediatamente, percebeu o cheiro que procurava, fraco, mas conhecido. Pata Negra! – Por aqui – miou.

Ele se arrastou pelo caminho, com a barriga no chão e o gelo duro sob as patas. Com cuidado seguiu o odor até um buraco na porta de um celeiro, onde a madeira estava carcomida.

Aspirou o ar, sorvendo o cheiro de feno e o odor de gatos, forte e fresco. – Pata Negra? – disse baixinho. Sem ouvir resposta, repetiu mais alto: – Pata Negra?

— Coração de Fogo, é você? — um miado surpreso veio da escuridão, do outro lado da porta.

— Pata Negra! — Coração de Fogo se esgueirou pelo buraco, agradecido por se livrar do vento. Os odores do celeiro o tentavam, e sua boca se encheu de água quando ele detectou o cheiro de camundongo. O celeiro estava pouco iluminado; contava apenas com a luz do luar que se infiltrava por uma pequena janela sob o telhado. Quando os seus olhos se acostumaram à luz fraca, Coração de Fogo viu o outro gato, a algumas caudas de distância.

Seu amigo parecia ainda mais brilhante e robusto do que da última vez em que ele o vira. Coração de Fogo percebeu como ele próprio devia estar magro e esfarrapado perto dele.

Pata Negra ronronou, feliz, e foi para perto do gato de pelo avermelhado; trocaram toques de nariz. — Bem-vindo — miou. — Que bom ver você!

— É bom ver *você* — Listra Cinzenta miou, passando também pelo buraco da porta.

— Vocês levaram o Clã do Vento a salvo de volta ao acampamento? — Pata Negra perguntou. Os dois guerreiros tinham estado com ele durante a jornada para levar o Clã do Vento para casa.

— Levamos — miou Coração de Fogo —, mas essa é uma longa história. Não podemos...

— O que está acontecendo aqui? — Foram interrompidos pelo miado de outro gato.

Coração de Fogo girou o corpo, abaixando as orelhas,

pronto para o combate, caso o recém-chegado representasse uma ameaça. Então reconheceu Cevada, o solitário gato preto e branco que se dispusera a dividir sua casa com Pata Negra. – Olá, Cevada – miou Coração de Fogo, mais calmo. – Precisamos falar com Pata Negra.

– Entendo – miou Cevada. – E deve ser importante, para vocês, cruzarem a charneca com esse tempo.

– E é mesmo – concordou Coração de Fogo. Ele olhou para o antigo aprendiz do Clã do Trovão, a urgência da missão fazendo seu pelo pinicar. – Pata Negra, não temos tempo a perder.

Pata Negra estava confuso. – Você sabe que pode falar comigo quanto quiser.

– Vou deixar vocês sozinhos, então – disse Cevada. – Fiquem à vontade para caçar. Temos um monte de camundongos aqui. – Cumprimentou os visitantes com um aceno amigável de cabeça e espremeu-se por baixo da porta.

– Caçar? É mesmo? – miou Listra Cinzenta. Coração de Fogo sentia pontadas agudas de fome na barriga.

– Claro – miou Pata Negra. – Olhe, por que não comemos primeiro? Aí você pode me dizer a razão da visita.

– Eu *sei* que Garra de Tigre matou Rabo Vermelho – Pata Negra insistiu. – Eu estava lá e vi quando ele o matou.

Os três gatos estavam agachados no depósito de feno do celeiro dos Duas-Pernas. A caçada não demorara muito. Depois do empenho desesperado para achar presas na floresta coberta de neve, o celeiro, para os famintos guerreiros do Clã do Trovão, parecia estar transbordando de camundongos. Agora Coração de Fogo estava aquecido, o estômago confortavelmente cheio. Ele bem que gostaria de se enroscar e dormir sobre o feno fofo e cheiroso, mas sabia que precisava falar com Pata Negra de imediato, já que ele e Listra Cinzenta tinham de voltar ao acampamento antes que sua ausência fosse notada. – Conte-nos tudo de que você se lembra – ele pediu, com um encorajador movimento de cabeça.

Pata Negra fitava um ponto à sua frente, com os olhos escurecendo à medida que, em pensamento, voltava à batalha nas Rochas Ensolaradas. Coração de Fogo podia ver sua autoconfiança diminuir. O gato negro estava perdido nas próprias lembranças, revivendo o medo e o peso daquele segredo.

– Fui ferido no ombro – ele começou. – Rabo Vermelho, que, como você sabe, era o representante de nosso clã na época, disse para eu me esconder em uma fissura na rocha até que fosse seguro escapar. Eu estava começando a fazer o que ele me recomendara quando vi Rabo Vermelho atacar um gato do Clã do Rio. Acho que era o guerreiro cinza chamado Pelo de Pedra. Rabo Vermelho o derrubou e parecia prestes a enfiar as garras nele, para machucá-lo de verdade.

– E por que não o fez? – Listra Cinzenta indagou.

– Coração de Carvalho surgiu do nada – Pata Negra explicou. – Ele cravou os dentes no cangote de Rabo Vermelho e o arrancou de cima de Pelo de Pedra. – Sua voz tremia à medida que as lembranças voltavam. – Pelo de

Pedra fugiu. – O gato fez uma pausa, agachando-se inconscientemente como se estivesse com medo de alguma coisa muito próxima.

– E depois? – Coração de Fogo questionou, com delicadeza.

– Rabo Vermelho cuspiu em Coração de Carvalho. Perguntou, ironizando, se os guerreiros do Clã do Rio não eram capazes de dar conta das próprias batalhas. Rabo Vermelho foi corajoso. O representante do Clã do Rio tinha o dobro do seu tamanho. E então... então, Coração de Carvalho disse uma coisa estranha a Rabo Vermelho: "Nenhum gato do Clã do Trovão jamais vai ferir esse guerreiro."

– *O quê?* – Listra Cinzenta estreitou os olhos em pequeníssimas fendas amarelas. – Isso não faz sentido. Tem certeza de que ouviu direito?

– Tenho, sim – insistiu Pata Negra.

– Mas os clãs lutam o tempo todo – miou Coração de Fogo. – O que Pelo de Pedra tem de especial?

– Não sei. – Pata Negra deu de ombros, esquivando-se das indagações.

– Então o que Rabo Vermelho fez depois das palavras de Coração de Carvalho? – perguntou Listra Cinzenta.

As orelhas de Pata Negra se empinaram e ele arregalou os olhos. – Voou para cima de Coração de Carvalho. Derrubou-o e jogou-o para baixo de uma saliência da rocha. Eu... eu não conseguia vê-los, mas ouvia seus bramidos. Então escutei um barulhão, e a rocha caiu em cima deles! – Tremendo, ele interrompeu a história.

– Por favor, continue – Coração de Fogo miou. Ele detestava colocar Pata Negra nessa situação, mas precisava saber a verdade.

– Ouvi um guincho de Coração de Carvalho e vi que sua cauda aparecia sob a rocha. – Pata Negra fechou os olhos, como se quisesse evitar aquela visão, mas voltou a abri-los. – Aí ouvi Garra de Tigre atrás de mim. Ele me mandou voltar para o acampamento, mas, depois de dar uns poucos passos, percebi que não sabia se Rabo Vermelho estava bem depois que a pedra caíra. Então rastejei de volta, passando por todos os guerreiros do Clã do Rio, que estavam fugindo. Quando cheguei às rochas, vi Rabo Vermelho sacudindo a poeira do corpo. Tinha a cauda empinada, o pelo arrepiado, mas estava bem, sem nenhum arranhão visível, e correu em direção a Garra de Tigre, que estava nas sombras.

– E foi aí que... – Listra Cinzenta começou.

– Sim. – Pata Negra dobrou suas garras como se estivesse novamente na batalha. – Garra de Tigre agarrou Rabo Vermelho e o imobilizou no chão. Rabo Vermelho lutou, mas não conseguiu se soltar. E... – Pata Negra engoliu em seco, os olhos fixos no chão – Garra de Tigre enfiou os dentes na garganta de Rabo Vermelho, e tudo se acabou. – Pata Negra deixou cair o queixo sobre as patas.

Coração de Fogo se aproximou, deu um abraço apertado em Pata Negra. – Então Coração de Carvalho morreu porque as pedras caíram em cima dele. Foi um acidente – sussurrou. – Ele não foi morto por outro gato.

– Isso ainda não *prova* que Garra de Tigre seja um assassino – ressaltou Listra Cinzenta. – Não vejo como isso pode nos ajudar.

Por um tique-taque de coração, o gato avermelhado o fitou, sem ânimo. De repente, arregalou os olhos e se sentou, as patas formigando de empolgação. – Pode ajudar, sim. Se conseguirmos provar que a história da rocha que despencou é verdadeira, ficará claro que Garra de Tigre mentiu ao dizer que Coração de Carvalho matou Rabo Vermelho, e também mentiu quando alegou ter matado Coração de Carvalho para se vingar.

– Um momento – Listra Cinzenta interrompeu. – Pata Negra, na Assembleia, você não disse nada sobre pedras caindo. Fez parecer que Rabo Vermelho tinha assassinado Coração de Carvalho.

– Fiz? – disse Pata Negra, abrindo e fechando os olhos, tentando focar o gato cinza. – Não foi minha intenção. O que acabei de contar foi o que aconteceu, eu juro.

– E é por isso que Estrela Azul não pode nos ouvir – Coração de Fogo continuou, empolgado. – Ela não acredita que Rabo Vermelho tenha matado outro representante. Mas ele *não* matou. Estrela Azul agora *terá* de nos levar a sério!

Na mente de Coração de Fogo as novas descobertas rodopiavam. Ele queria fazer mais perguntas a Pata Negra, mas sentiu medo no odor do amigo e percebeu o seu velho olhar de pavor, como se contar a história tivesse trazido de volta as lembranças infelizes do Clã do Trovão. – Você teria algo mais a nos dizer, Pata Negra? – ele miou, gentil.

O gato fez que não.

– Isso é muito importante para o clã – Coração de Fogo falou. – Agora temos uma oportunidade de convencer Estrela Azul do perigo que Garra de Tigre representa.

– Se ela nos der ouvidos – Listra Cinzenta lembrou. – É uma pena você ter contado a ela a primeira versão de Pata Negra – ele acrescentou para Coração de Fogo. – Agora ele mudou toda a história e ela não saberá em que acreditar.

– Mas ele não fez isso – Coração de Fogo protestou, enquanto Pata Negra se encolhia com o tom irritado de Listra Cinzenta. – Nós é que não entendemos direito, foi isso. Vou dar um jeito de convencer Estrela Azul. Pelo menos agora sabemos a verdade.

O gato negro pareceu um pouco mais feliz, mas Coração de Fogo via que ele não queria mais pensar no passado. Então, ficou ao lado de Pata Negra, ronronando para lhe dar coragem, e, por um breve momento, os três gatos trocaram lambidas.

Coração de Fogo se pôs de pé. – Está na hora de irmos embora – miou.

– Tenha cuidado – disse Pata Negra. – Sobretudo com Garra de Tigre.

– Não se preocupe – Coração de Fogo o acalmou. – Você nos deu tudo que precisávamos para lidar com ele. – Com Listra Cinzenta atrás dele, escorregou pela porta e se arriscou na neve.

– Está um gelo aqui fora! – o gato cinza reclamou ao pularem para a cerca, no limite da fazenda dos Duas-Pernas.

Devíamos ter trazido alguns daqueles camundongos para alimentar o clã – acrescentou.

– Claro – Coração de Fogo replicou. – E o que você diria a Garra de Tigre se ele quisesse saber onde conseguimos camundongos gordos com um tempo desses?

A lua começava a descer no céu, que logo ganharia as cores do amanhecer. O frio da neve penetrou a espessa pelagem de inverno de Coração de Fogo e pareceu ainda maior depois do calor do celeiro. As pernas do felino doíam de exaustão; tinha sido uma longa noite, e eles ainda precisavam atravessar o território do Clã do Vento antes de poder descansar no próprio acampamento. Coração de Fogo só pensava no que Pata Negra dissera. Estava certo de que o amigo falara a verdade, mas seria difícil convencer o resto do clã. Estrela Azul tinha se recusado a acreditar na história original de Pata Negra.

Mas isso acontecera quando Coração de Fogo pensava que Rabo Vermelho tinha matado Coração de Carvalho. Estrela Azul não aceitava a ideia de que Rabo Vermelho matara outro guerreiro sem motivo. Agora Coração de Fogo compreendia a história verdadeira: a morte de Coração de Carvalho fora um acidente... Mas como voltar a acusar o representante sem uma garantia das palavras de Pata Negra?

– Os gatos do Clã do Rio devem saber – ele concluiu em voz alta, parando sob uma saliência rochosa no declive da charneca, onde a neve não estava tão espessa.

– O quê? – miou Listra Cinzenta, aproximando-se para dividir o abrigo. – Saber o quê?

– Como Coração de Carvalho morreu – Coração de Fogo replicou. – Eles devem ter visto seu corpo. Poderão nos dizer se ele morreu por causa da queda da pedra ou dos golpes de um guerreiro.

– Sim, as marcas no corpo podem provar – concordou Listra Cinzenta.

– E talvez eles saibam o que Coração de Carvalho quis dizer ao mencionar que nenhum gato do Clã do Trovão jamais iria ferir Pelo de Pedra – Coração de Fogo acrescentou. – Precisamos falar com um guerreiro do Clã do Rio que tenha participado da batalha, talvez o próprio Pelo de Pedra.

– Mas você não pode simplesmente entrar pelo acampamento do Clã do Rio e fazer perguntas – Listra Cinzenta protestou. – Lembre como estava tenso o clima na Assembleia – a batalha é recente demais.

– Sei de um guerreiro do Clã do Rio que receberia você – Coração de Fogo sussurrou.

– Se está se referindo a Arroio de Prata, sim, eu poderia perguntar a ela – Listra Cinzenta concordou. – Agora, por favor, vamos voltar para casa antes que minhas patas congelem de vez?

Os dois gatos foram em frente, mais devagar agora porque o cansaço deixava suas pernas pesadas. Eles já podiam ver as Quatro Árvores quando descobriram três outros gatos subindo a lateral da montanha. A brisa levou até Coração de Fogo o cheiro de uma patrulha do Clã do Vento. Como não queria ter de explicar a presença deles no território inimigo, ele rapidamente examinou os arredores, procurando um esconderijo, mas a neve macia estava por todo lado, e não havia rochas ou arbustos por perto. E logo ficou claro que os gatos do Clã do Vento já os tinham visto, pois mudaram de direção para falar com eles.

Coração de Fogo reconheceu o andar irregular do representante do clã, Pé Morto, que estava com o guerreiro malhado Orelha Rasgada e seu aprendiz, Pata Veloz.

– Olá, Coração de Fogo – saudou Pé Morto, mancando e com um olhar surpreso. – Vocês não estão muito longe de casa?

– Bem... sim – Coração de Fogo admitiu, abaixando a cabeça com respeito. – É que... sentimos o cheiro do Clã das Sombras na trilha, e isso nos trouxe até aqui.

– O Clã das Sombras em nosso território! – Os pelos de Pé Morto começaram a se eriçar.

– Calculo que seja um odor antigo – Listra Cinzenta logo replicou. – Nada que possa nos preocupar. Lamentamos ter cruzado sua fronteira.

– Vocês são bem-vindos aqui – miou Orelha Rasgada. – Os outros clãs teriam nos destruído na última batalha se felinos do seu clã não nos tivessem ajudado. Agora temos certeza de que eles vão ficar afastados. Sabem que têm de prestar contas ao Clã do Trovão.

Coração de Fogo ficou sem jeito com o elogio de Orelha Rasgada. Ele e Listra Cinzenta tinham ajudado os felinos do Clã do Vento no passado, mas agora ele estava pouco à vontade por ser visto no território deles. – É melhor voltarmos – disse em voz baixa. – Tudo parece calmo o bastante por aqui.

– Que o Clã das Estrelas ilumine seu caminho – miou Pé Morto, agradecido.

Os outros gatos do Clã do Vento desejaram aos dois amigos votos de boa caçada e rumaram para casa.

– Isso foi azar – Coração de Fogo grunhiu, enquanto caminhavam para Quatro Árvores.

– Por quê? – indagou Listra Cinzenta. – Os gatos do Clã do Vento não se importaram com nossa presença no território deles. Agora todos somos amigos.

– Use a cabeça, Listra Cinzenta – Coração de Fogo miou. – E se Pé Morto, na próxima Assembleia, disser a Estrela Azul que nos viu? Ela vai querer saber o que estávamos fazendo aqui!

Listra Cinzenta parou. – Camundongos me mordam! – cuspiu. – Jamais pensei nisso. – Seus olhos encontraram os de Coração de Fogo, que viu refletido neles o seu próprio mal-estar. – Estrela Azul não vai gostar de saber que estivemos por aí investigando Garra de Tigre.

Coração de Fogo deu de ombros. – Tomara que tudo se resolva antes da próxima Assembleia. Agora vamos, precisamos tentar caçar alguma coisa para levar conosco.

Ele se pôs a andar novamente, acelerando cada vez mais o passo, até os dois passarem a correr sobre a neve. Assim que ultrapassaram a fronteira do vale, em Quatro Árvores, e entraram no próprio território, na floresta, ele relaxou um pouco, parando para sorver o ar, procurando algum cheiro de presa. Cheio de esperança, Listra Cinzenta farejou as raízes de uma árvore próxima, mas voltou desapontado.

– Nada – resmungou. – Nem um só camundongo, sequer um bigode!

– Não temos tempo de procurar – Coração de Fogo decidiu. O céu já estava claro acima das árvores. O tempo corria e, a cada tique-taque de coração, aumentava a possibilidade de a ausência deles do acampamento ser notada.

A luz do amanhecer ficava cada vez mais forte, à medida que se aproximavam da ravina. Com braços e pernas doloridos pelo cansaço, os músculos rijos por causa do frio, Coração de Fogo ia à frente, em silêncio, entre as rochas, para chegar ao túnel de tojo. Agradecido por estar em casa, ele saltou para a boca escura do túnel. Ao chegar ao acampamento, parou tão de repente que Listra Cinzenta, que vinha logo atrás, praticamente o atropelou.

– Saia daí, sua grande bolota de pelo! – Listra Cinzenta deu um miado abafado.

Coração de Fogo não respondeu. Sentado a algumas caudas de distância, no meio da clareira, estava Garra de Tigre. Tinha a cabeça enterrada nos enormes ombros, os olhos amarelos brilhando, triunfantes.

– Talvez vocês queiram me dizer onde estiveram... – ele bramiu. – E por que demoraram tanto para voltar da Assembleia?

CAPÍTULO 3

– E então? – desafiou Garra de Tigre.

– Pensamos em ir caçar. – Coração de Fogo levantou a cabeça e sustentou o olhar cor de âmbar do representante. – O clã precisa de presa fresca.

– Mas não conseguimos nada – Listra Cinzenta acrescentou, colocando-se ao lado do amigo.

– As presas estavam enroscadas nos ninhos, não é? – Garra de Tigre ciciou. Ele deu um passo à frente até ficar nariz com nariz com Coração de Fogo; farejou o guerreiro avermelhado, fazendo o mesmo com Listra Cinzenta. – Então, como explicam esse cheiro de camundongo em vocês?

Coração de Fogo trocou olhares com Listra Cinzenta. Parecia que fazia muito tempo que tinham caçado no celeiro dos Duas-Pernas, e ele tinha esquecido que ainda podiam exalar o cheiro dos camundongos que tinham comido.

Listra Cinzenta o fitou, desamparado, com os olhos arregalados pela ansiedade.

– Estrela Azul precisa saber disso – o representante grunhiu. – Sigam-me.

Sem opção, os dois jovens guerreiros obedeceram. Garra de Tigre foi à frente, cruzando a clareira até a toca de Estrela Azul, ao pé da Pedra Grande. Além da cortina de líquen que cobria a entrada, Coração de Fogo viu a líder do clã toda enrolada, aparentemente adormecida, mas quando o representante abriu caminho, entrando na toca, ela logo levantou a cabeça e ficou de pé.

– O que há, Garra de Tigre? – miou, intrigada.

– Esses dois bravos guerreiros estiveram caçando. – A voz de Garra de Tigre estava marcada pelo desprezo. – Estão de barriga cheia, mas não trouxeram sequer uma peça de presa fresca para o clã.

– É verdade? – Estrela Azul desviou os olhos azuis para os jovens guerreiros.

– Não estávamos em uma patrulha de caça – Listra Cinzenta sussurrou.

Isso era verdade, pensou Coração de Fogo. Tecnicamente, não tinham quebrado o Código dos Guerreiros pelo fato de não trazerem presas, mas ele sabia que não era uma boa desculpa.

– Comemos a primeira presa que pegamos, para manter a energia – ele miou. – E então não achamos mais nada. Queríamos trazer presa fresca, mas nossa sorte acabou.

Garra de Tigre rosnou, insatisfeito, como se não acreditasse em uma só palavra.

– Mesmo assim – Estrela Azul miou –, com as presas tão escassas, todo gato deveria pensar no clã antes de pensar em si mesmo, e partilhar o que tivesse. Estou muito desapontada com vocês dois.

Coração de Fogo ficou envergonhado, claro. Estrela Azul o aceitara no clã quando ele era um gatinho de gente, e ele queria mostrar à líder que merecia sua confiança. Se estivesse sozinho com Estrela Azul, podia tentar explicar a verdadeira razão de ter voltado tão tarde ao acampamento. Mas, com Garra de Tigre o encarando, era impossível.

Além do mais, Coração de Fogo não estava pronto para falar com Estrela Azul a respeito da última versão de Pata Negra sobre a batalha nas Rochas Ensolaradas. Queria conversar primeiro com os gatos do Clã do Rio, para confirmar a verdade sobre a morte de Coração de Carvalho.

– Desculpe-me, Estrela Azul – ele miou baixinho.

– Desculpas não enchem a barriga de ninguém – Estrela Azul advertiu. – É preciso compreender que as necessidades do clã vêm em primeiro lugar, ainda mais na estação sem folhas. Até o próximo nascer do sol, terão de caçar primeiro para o clã, depois para vocês. Só poderão se alimentar quando os demais felinos tiverem comido. – Seu olhar ficou mais suave. – Os dois parecem exaustos – ela observou. – Vão dormir agora, mas quero vê-los sair para caçar antes do sol alto.

– Sim, Estrela Azul. – Coração de Fogo inclinou a cabeça e saiu.

Listra Cinzenta o seguiu, o pelo afofado, em um misto de medo e vergonha. – Jurava que ela ia arrancar nossas caudas! – ele miou, quando os dois se dirigiam à toca dos guerreiros.

– Então, considerem-se gatos de sorte. – O grunhido abafado tinha vindo de trás deles. Coração de Fogo olhou por cima do ombro e viu Garra de Tigre. – Se eu fosse o líder, teria dado a vocês o corretivo devido.

Coração de Fogo sentiu o pelo eriçar de raiva. Os seus dentes se arreganharam, em um início de ronco surdo. Ouviu, então, um sibilar de advertência de Listra Cinzenta e engoliu o que queria dizer, voltando a se afastar de Garra de Tigre.

– Está certo, gatinho de gente – o representante debochou. – Vá se abrigar no seu ninho. Estrela Azul pode confiar em você, mas eu não. Vi você na batalha do Clã do Vento, não se esqueça. – Ele adiantou o passo e tomou a frente dos dois amigos, rumo à toca dos guerreiros.

Listra Cinzenta deixou escapar um suspiro longo e tremido. – Coração de Fogo – ele miou, solene –, ou você é o gato mais valente de todos os clãs ou é mesmo louco! Pelo amor do Clã das Estrelas, não provoque mais Garra de Tigre.

– Não pedi para ele me odiar – ressaltou Coração de Fogo, zangado. Ele se esgueirou entre os galhos e viu Garra de Tigre se ajeitando em seu lugar, perto do centro. O gato de manchas escuras o ignorou, dando umas duas ou três voltas antes de se enroscar para dormir.

Coração de Fogo preparou um local de dormir para si. Perto dali, Tempestade de Areia e Pelagem de Poeira estavam espichados, lado a lado, os corpos relaxados.

Tempestade de Areia levantou-se quando Coração de Fogo chegou perto. – Garra de Tigre está vigiando você desde que voltamos da Assembleia – ela cochichou. – Dei seu recado, mas acho que ele não acreditou. O que você fez para deixá-lo com raiva?

Coração de Fogo sentiu-se confortado pelo olhar solidário da gata, mas não conseguiu evitar um longo bocejo.

– Desculpe, Tempestade de Areia – sussurrou. – Preciso dormir um pouco. Falo com você mais tarde.

Ele achou que a gata ficaria magoada, mas, ao contrário, ela se levantou e se aproximou dele. Quando o guerreiro se ajeitou no musgo macio que cobria o chão da toca, ela se agachou ao lado dele e o abraçou.

Pelagem de Poeira abriu um olho e fitou Coração de Fogo. Bufou e, ostensivamente, virou-lhe as costas.

Mas Coração de Fogo estava cansado demais para se preocupar com o ciúme de Pelagem de Poeira. Já embarcava no sono. Ao fechar os olhos, sua última sensação foi a do calor do pelo de Tempestade de Areia.

Coração de Fogo percorreu a trilha de caça. Seu corpo era energia pura, e ele abriu a boca para sentir o cheiro de presa. Sabia que era um sonho, mas a ansiedade pela presa fresca fez sua barriga roncar.

As samambaias formavam um arco sobre sua cabeça. Uma luz brilhante e cor de pérola derramava-se sobre ele, como se fosse noite de lua cheia em um céu sem nuvens. Cada folha de samambaia, cada lâmina de capim reluzia, e as formas desbotadas das prímulas, em espessos grupos ladeando o caminho, pareciam brilhar com luz própria. Por toda parte, Coração de Fogo sentia o calor úmido da estação do renovo. O acampamento gelado, coberto de neve, parecia estar a nove vidas de distância.

Em uma subida do caminho, um gato surgiu à sua frente. O guerreiro parou, o coração disparado quando ele reconheceu Folha Manchada. A gata atartarugada adiantou-se, tocando o nariz do guerreiro com o seu, rosado e macio.

Coração de Fogo esfregou o focinho no dela, com um rom-rom do fundo do peito. Quando ele chegou à floresta, Folha Manchada era a curandeira do Clã do Trovão, mas tinha sido morta a sangue-frio por um invasor do Clã das Sombras. O gato avermelhado ainda sentia sua falta, mas o espírito dela às vezes o visitava em sonhos.

Folha Manchada deu um passo atrás. – Venha, Coração de Fogo – ela miou. – Tenho uma coisa para lhe mostrar. – Ela se afastou suavemente, olhando ao redor de vez em quando para ter certeza de que ele a seguia.

O gato a acompanhou, admirando os salpicos de luar em sua pelagem. No cume do morro, a gata o conduziu pelo túnel de samambaia até uma cadeia de montanhas, alta e coberta de capim. – Olhe – ela miou, elevando o nariz para apontar.

Coração de Fogo ficou surpreso com o que viu. No lugar das árvores e campos conhecidos, via à sua frente uma brilhante expansão de água que se estendia até onde a vista alcançava. A intensidade da luz refletida o obrigou a fechar os olhos. De onde viera toda aquela água? Ele não podia sequer dizer se se tratava do território de algum clã – o clarão prateado deixava tudo plano e escondia os marcos conhecidos.

O doce odor de Folha Manchada dominou o ar ao seu redor. Ele ouviu sua voz bem pertinho. – Lembre, Coração de Fogo – ela sussurrou –, a água pode extinguir o fogo.

Abalado, o guerreiro voltou a abrir os olhos. Uma brisa fria agitava a superfície da água e penetrava a pelagem avermelhada do gato. Folha Manchada tinha partido. Coração de Fogo procurou-a por todos os lados, mas a luz começou a enfraquecer. O calor foi embora com ela, assim como a sensação do capim sob as patas. Em menos de um tique-taque de coração ele estava imerso em frio e escuridão.

– Coração de Fogo! Coração de Fogo!

Ele sentiu uma cutucada. Tentou se esquivar, e voltou a ouvir seu nome. Era a voz de Listra Cinzenta. Coração de Fogo abriu os olhos com dificuldade e viu o grande gato cinza, ansioso, agachado perto dele.

– Coração de Fogo – ele repetiu. – Acorde, já é quase sol alto.

Resmungando por causa do esforço, o gato saiu de seu ninho e ficou de pé. Uma luz pálida e fria filtrava-se pelos galhos da abertura da toca. Pelo de Salgueiro e Risca de Carvão ainda dormiam perto do centro do arbusto, mas Tempestade de Areia e Pelagem de Poeira já tinham saído.

– Você estava falando durante o sono – Listra Cinzenta lhe disse. – Você está bem?

– O quê? – Coração de Fogo ainda não tinha saído do sonho. Era sempre desagradável despertar e tomar consciência de que Folha Manchada estava morta, saber que jamais voltaria a falar com ela, exceto em sonhos.

– O sol já está quase a pino – repetiu Listra Cinzenta. – Devemos sair para caçar.

– Eu sei – Coração de Fogo miou, esforçando-se para despertar de vez.

– Então se apresse. – O amigo lhe deu uma última cutucada antes de sair da toca. – Encontro você no túnel de tojo.

Coração de Fogo lambeu uma das patas e a esfregou no focinho. Foi colocando as ideias em ordem e, de repente, lembrou-se da advertência de Folha Manchada: "A água pode extinguir o fogo." O que ela estava tentando dizer? Coração de Fogo pensou na primeira profecia de Folha Manchada, a de que o fogo salvaria o clã. Enquanto seguia Listra Cinzenta para fora da toca, Coração de Fogo percebeu que estava tremendo, mas não de frio. Ele sentia que os problemas estavam se acumulando, como nuvens pesadas que anunciam uma tempestade. Se a água que estava chegando extinguiria o fogo, quem salvaria o clã? Será que as palavras de Folha Manchada queriam dizer que o Clã do Trovão estava condenado?

CAPÍTULO 4

Coração de Fogo subiu a ravina, a neve estalando sob suas patas. No céu azul pálido, o sol brilhava e, embora seus raios emitissem pouco calor, a visão já alegrava o guerreiro e o enchia de esperança de que faltava pouco para a estação do renovo.

Logo atrás, Listra Cinzenta fazia eco aos pensamentos do amigo. – Com um pouco de sorte, o sol vai trazer algumas presas para fora.

– Não se ouvirem você batendo os pés desse jeito! – brincou Tempestade de Areia, que passou correndo por ele.

Pata de Samambaia, o aprendiz de Listra Cinzenta, protestou, demonstrando lealdade. – Ele não bate os pés! – mas o gato cinza respondeu apenas com um grunhido bem-humorado. Coração de Fogo sentia um novo fluxo de energia correr por seu corpo. Embora a tarefa de hoje fosse um castigo, ninguém dissera que teriam de caçar sozinhos. E era muito bom estar com amigos.

Coração de Fogo fez uma careta ao lembrar o olhar gelado de Estrela Azul quando ela o repreendeu, e também

Listra Cinzenta, por, aparentemente, terem caçado apenas para si próprios. Ele compensaria a mentira trazendo o máximo possível de presas frescas. O clã passava por muita necessidade. Quando os amigos saíram naquela manhã, o estoque de presas do acampamento estava quase no fim, e a maioria dos gatos já tinha saído para caçar. Coração de Fogo avistara Garra de Tigre na ravina, voltando com a patrulha da manhã. Ele trazia na boca um esquilo, cuja longa cauda ia varrendo a neve. Quando passou por Coração de Fogo, o representante estreitou os olhos ameaçadoramente, mas não soltou a presa para falar.

No alto da encosta, Tempestade de Areia corria na frente, e Listra Cinzenta começava a mostrar a Pata de Samambaia onde procurar camundongos entre as raízes das árvores. Coração de Fogo os observava, sem evitar uma ponta de tristeza ao pensar em Pata de Cinza, sua antiga aprendiz. Não fosse seu infortúnio, ela estaria com eles agora. Mas a perna aleijada, consequência do acidente no Caminho do Trovão, a mantinha na toca com Presa Amarela, a curandeira do Clã do Trovão.

Afastando esses pensamentos perturbadores, ele rastejou para a frente, a boca aberta para conferir os cheiros da floresta. Uma brisa leve agitou a superfície da neve trazendo um odor familiar. Coelho!

Coração de Fogo levantou a cabeça e viu uma criatura de pelo marrom fungando sob uma moita de samambaia, onde algumas pontas de capim despontavam na neve. O gato se agachou em posição de caça e, com cuidado, pata a pata, se aproximou. No último momento, o coelho percebeu e pulou, mas era tarde demais. Antes que ele soltasse um único guincho, Coração de Fogo deu um salto e o agarrou.

O guerreiro voltou triunfante ao acampamento, arrastando o coelho. Ao entrar na clareira viu, com alívio, que a pilha de presas frescas voltara a crescer depois das patrulhas de caça da manhã. Estrela Azul, ao lado das presas, miou quando o guerreiro chegou com o coelho. – Muito bem, Coração de Fogo. Você pode levá-lo direto à toca de Presa Amarela?

Agradecido pela aprovação da líder, Coração de Fogo cruzou a clareira com a presa. Um túnel de samambaias, agora marrons e quebradiças, levava ao canto isolado do acampamento onde, em uma grande rocha partida ao meio, vivia a curandeira do Clã do Trovão.

Abaixando-se sob as samambaias, Coração de Fogo viu a gata deitada na entrada da toca, as patas recolhidas sob o peito. Pata de Cinza estava à sua frente, com o pelo cinza-escuro afofado e os olhos azuis fixos na cara larga da curandeira.

– Agora, Pata de Cinza – miou a velha gata, com sua voz rouca. – As almofadinhas das patas da Caolha estão rachadas por causa do frio. Como vamos ajudá-la?

– Folhas de cravo-da-índia, em caso de infecção – Pata de Cinza replicou de pronto. – Unguento de milefólio para amaciar as almofadinhas das patas e ajudar na cicatrização. Sementes de papoula se ela estiver sentindo dor.

– Muito bem – ronronou Presa Amarela.

Pata de Cinza sentou-se ainda mais empertigada, os seus olhos brilhavam de orgulho. Como Coração de Fogo sabia muito bem, a curandeira não desperdiçava elogios.

– Certo. Você pode levar as folhas e o unguento – miou Presa Amarela. – Ela não vai precisar de sementes de papoula, a menos que os cortes piorem.

Pata de Cinza se levantou e, a caminho da toca, avistou Coração de Fogo perto do túnel. Com um miado de prazer e seu andar desajeitado e cambaleante, foi encontrá-lo.

Coração de Fogo sentiu o remorso atingir-lhe o peito, como uma garra afiada. Antes do acidente no Caminho do Trovão, que lhe esmagara a perna, Pata de Cinza era de uma energia inesgotável. Agora, nunca mais poderia correr como antes e desistira do sonho de se tornar uma guerreira do Clã do Trovão.

Porém o monstro do Caminho do Trovão não tinha esmagado seu espírito brilhante. Seus olhos dançavam quando ela alcançou Coração de Fogo. – Presa fresca! – exclamou. – É para nós? Ótimo!

– Também, já não era sem tempo! – resmungou Presa Amarela, ainda dentro da toca. – E saiba que o coelho é muito bem-vindo – acrescentou. – Desde o amanhecer, meio clã já passou por aqui, reclamando de uma dor ou outra.

Coração de Fogo atravessou a clareira com o coelho na boca e o colocou diante da curandeira.

Presa Amarela cutucou a peça. – Talvez tenha um pouco de carne nesses ossos, pelo menos desta vez – comentou de má vontade. – Tudo bem. Pata de Cinza, pegue as folhas de cravo-da-índia e o milefólio para Caolha e volte logo. Se você for rápida, talvez sobre algum coelho para você.

Pata de Cinza fez um rom-rom e acariciou o ombro de Presa Amarela com a ponta da cauda, ao passar por ela.

Com carinho, Coração de Fogo miou: – Como vai ela? Está se cuidando?

– Ela está bem – retorquiu Presa Amarela. – Pare de se preocupar.

Coração de Fogo bem que gostaria. Pata de Cinza tinha sido sua aprendiz. Ele se considerava, em parte, responsável pelo acidente. Deveria ter impedido que ela fosse sozinha ao Caminho do Trovão.

Parando de repente, lembrou com exatidão como tudo ocorrera. Garra de Tigre pedira a Estrela Azul que o encontrasse no Caminho do Trovão, mas a líder estava muito doente. Havia poucos guerreiros no acampamento; ele próprio estava para sair em missão urgente, ia pegar gatária para tratar a tosse verde da líder. Ele tinha dito a Pata de Cinza que não fosse encontrar Garra de Tigre em seu lugar, mas a aprendiz ignorou a ordem. O acidente aconteceu porque o representante deixou marcas de seu cheiro perto demais da beira do Caminho do Trovão. Para o gato avermelhado, fora uma armadilha para Estrela Azul, e Garra de Tigre era o responsável.

Quando Coração de Fogo se despediu de Presa Amarela e voltou a caçar, sentiu uma nova onda de determinação para revelar a culpa de Garra de Tigre. Em nome de Rabo Vermelho, assassinado; de Pata Negra, expulso do clã; de

Pata de Cinza, manca. E de todos os gatos do clã, vivos ou por nascer, que estavam em perigo por causa da sede de poder do representante.

Era o dia seguinte ao do castigo. Coração de Fogo decidira não perder tempo e visitar logo o território do Clã do Rio para tentar descobrir a verdade sobre a morte de Coração de Carvalho. Agachou-se à beira da floresta e olhou para o rio congelado. O vento produzia um barulho sussurrante ao fazer farfalhar o junco seco que despontava do gelo e da neve.

Ao seu lado, Listra Cinzenta farejava a brisa, alerta para o odor de outros felinos. – Sinto o cheiro dos gatos do Clã do Rio – sussurrou. – Mas é antigo. Acho que podemos atravessar com segurança.

Coração de Fogo percebeu que estava mais preocupado em não ser visto pelos gatos de seu próprio clã do que em encontrar uma patrulha inimiga. Garra de Tigre já desconfiava que ele fosse um traidor. Se descobrisse o que os dois estavam fazendo, eles virariam carniça. – Certo – sussurrou. – Vamos.

Confiante, Listra Cinzenta liderou o percurso através do gelo, pisando de leve para não escorregar. A princípio, Coração de Fogo ficou admirado; depois concluiu que o amigo, provavelmente, vinha atravessando o rio em segredo havia algumas luas para encontrar Arroio de Prata. Ele seguia com mais cuidado, com certo receio de que o gelo se rompesse sob seu peso, fazendo-o afundar na água gelada e escura. Aqui, em um ponto do rio abaixo das Rochas Ensolaradas, ficava a fronteira entre os dois clãs. Durante toda a travessia, o pelo de Coração de Fogo ficou eriçado, e a todo momento ele olhava para trás para se certificar de que nenhum gato de seu clã os observava.

Assim que chegaram à outra margem, os dois gatos se arrastaram para um abrigo de juncos e novamente farejaram o ar à procura de sinais dos gatos do Clã do Rio. Coração de Fogo tinha consciência do medo inconfesso de Listra Cinzenta; cada músculo do guerreiro cinza estava tenso enquanto ele perscrutava os caules dos juncos. – Acho que nós dois estamos loucos – ele sussurrou para Coração de Fogo. – Você me fez prometer encontrar Arroio de Prata nas Quatro Árvores sempre que eu quisesse vê-la, e, agora, aqui estamos, no território do Clã do Rio mais uma vez.

– Eu sei – respondeu Coração de Fogo. – Mas é a única maneira. Precisamos conversar com um gato do Clã do Rio, e nossa maior chance é Arroio de Prata.

Ele estava tão apreensivo quanto o amigo. Estavam cercados de odores do Clã do Rio, ainda que não fossem recentes. Para Coração de Fogo era como se tivesse voltado a ser um gatinho de gente pela primeira vez na floresta, perdido em um lugar assustador e desconhecido.

Usando os juncos para se esconder, os dois gatos começaram a subir o rio. Coração de Fogo tentava pisar de leve, como se perseguisse uma presa, a barriga arrastando na neve. Ele se sentia desconfortável em saber que sua pelagem cor de fogo sobressaía na superfície branca. Como o cheiro do Clã do Rio estava cada vez mais forte, ele desconfiou que o acampamento estivesse perto. – Quanto falta? – miou baixinho para Listra Cinzenta.

– Não muito. Está vendo aquela ilha lá na frente?

Eles tinham chegado a um ponto em que o rio, em uma curva, se afastava do território do Clã do Trovão e ficava mais largo. Não muito longe, uma pequena ilha rodeada de juncos sobressaía na superfície congelada. Os salgueiros das margens se inclinavam, e as pontas dos galhos mais baixos estavam presas no gelo.

– Uma ilha? – repetiu Coração de Fogo, perplexo. – Mas o que acontece quando o rio não está congelado? Eles atravessam a nado?

– Arroio de Prata diz que a água naquele ponto é muito rasa – explicou Listra Cinzenta. – Mas eu mesmo nunca estive no acampamento.

Ao lado deles, o terreno se elevava ligeiramente, para longe da margem de juncos. No alto, tojos e pilriteiros cresciam em tufos espessos, e um azevinho aqui, outro ali, mostravam folhas verdes e reluzentes sob uma camada de neve. Mas, entre os juncos e os arbustos protetores, havia uma extensão de margem nua, que não servia para esconder presas nem gatos.

Listra Cinzenta avançara agachado, devagar; depois, levantou a cabeça farejando o ar e olhando em volta com cautela. Então, sem avisar, saltou para longe dos juncos e disparou encosta acima.

Coração de Fogo correu também, derrapando na neve. Ao chegarem aos arbustos, os dois se enfiaram entre os galhos e pararam para tomar fôlego. O guerreiro de pelagem vermelha procurou ouvir o uivo de alerta de alguma patrulha, mas não havia nenhum som vindo do acampamento. Então, com um suspiro de alívio, ele se jogou sobre as folhas mortas.

– Daqui podemos ver a entrada – disse Listra Cinzenta.
– Era onde eu costumava esperar Arroio de Prata.

Coração de Fogo esperava que ela chegasse logo. Quanto mais tempo eles ficassem ali, maiores as chances de serem descobertos. Mudou de posição para ter uma boa visão da encosta e do acampamento da ilha, mas conseguiu ver apenas silhuetas dos gatos se movimentando. E estava tão empenhado em espreitar através da densa vegetação que protegia a ilha que só viu a gata malhada que passava por seu esconderijo quando ela estava a quase uma cauda de distância. Ela carregava um pequeno esquilo na boca, e seu olhar estava atento ao solo congelado.

Coração de Fogo permaneceu imóvel, agachado, acompanhando a gata com o olhar e pronto para saltar se ela o visse. Felizmente, pensou o guerreiro, o cheiro da presa que ela trazia consigo tinha disfarçado o odor dos intrusos do Clã do Trovão. De repente ele percebeu que um grupo de quatro gatos, liderados pela representante do Clã do Rio, Pelo de Leopardo, saía do acampamento. A representante era ferozmente hostil ao Clã do Trovão desde que a sua patrulha encontrara Coração de Fogo e Listra Cinzenta invadindo seu território, depois de terem levado o Clã do Vento para casa. Na luta que se seguira, um gato do Clã do Rio tinha morrido, e Pelo de Leopardo não estava disposta a perdoar. Se descobrisse os dois amigos agora, nem os deixaria explicar o que estavam fazendo desse lado do rio.

Para alívio de Coração de Fogo a patrulha não veio na sua direção, mas seguiu pelo rio congelado, rumo às Rochas Ensolaradas – para patrulhar a fronteira, ele pensou com seus bigodes.

Enfim, uma silhueta familiar, cinza-prateado, apareceu.

– Arroio de Prata! – ronronou Listra Cinzenta.

Coração de Fogo observou a gata do Clã do Rio pisando com delicadeza no gelo para chegar à margem. Ela era mesmo bonita, com a cabeça bem torneada e o pelo espesso e macio. Não era de estranhar que o amigo estivesse apaixonado.

Listra Cinzenta pôs-se de pé, pronto para chamá-la, quando dois outros felinos saíram do acampamento e correram ao encontro da gata. Um era Garra Negra, guerreiro de pelo negro, facilmente reconhecível nas Assembleias por causa das pernas longas e do corpo delgado; o outro era um gato menor, que Coração de Fogo desconfiou ser seu aprendiz.

– Patrulha de caça – murmurou Listra Cinzenta.

Os três gatos começaram a subir a encosta. Coração de Fogo sibilou, em um misto de impaciência e medo. Ele esperava que pudessem falar a sós com Arroio de Prata. Como separá-la de seus companheiros? E se Garra Negra sentisse o cheiro dos intrusos? Afinal, ele não estava carregando uma valiosa presa, capaz de bloquear suas glândulas olfativas.

Garra Negra assumiu a frente, junto com o aprendiz, enquanto Arroio de Prata os seguia a uma ou duas caudas de distância. Quando a patrulha chegou aos arbustos, a gata prateada parou, empinando as orelhas, como se tivesse detectado um odor familiar, ainda que inesperado. Listra Cinzenta soltou um silvo curto e preciso, e as orelhas da namorada giraram em direção ao som.

– Arroio de Prata! – Listra Cinzenta miou, carinhoso.

A gata agitou as orelhas, e Coração de Fogo pôde soltar a respiração, aliviado. Ela ouvira.

– Garra Negra! – ela chamou o guerreiro à sua frente. – Vou tentar pegar um camundongo aqui nos arbustos. Não me espere.

Coração de Fogo ouviu Garra Negra miar em resposta. Momentos depois Arroio de Prata escorregou por entre os galhos até onde os jovens guerreiros do Clã do Trovão estavam agachados. Ela deu um abraço apertado em Listra Cinzenta, com um sonoro rom-rom, e os dois encostaram os focinhos com evidente prazer.

– Pensei que você só queria que nos encontrássemos nas Quatro Árvores – miou Arroio de Prata quando acabaram os cumprimentos. – O que você está fazendo aqui?

– Trouxe Coração de Fogo para vê-la. Ele quer lhe fazer uma pergunta.

Os dois não se viam desde a batalha em que Coração de Fogo a deixara escapar. Ele imaginou que Arroio de Prata estivesse se lembrando do mesmo fato, pois ela abaixou graciosamente a cabeça para ele, sem nenhum traço da hostilidade defensiva que mostrara quando Coração de Fogo tentara dissuadi-la de ver Listra Cinzenta, logo no início do namoro dos dois. – Sim, Coração de Fogo?

– O que você sabe a respeito da batalha nas Rochas Ensolaradas, quando Coração de Carvalho morreu? – Ele foi direto ao assunto. – Você estava lá?

– Não – ela replicou. Parecia pensativa. – Isso é muito importante?

– É sim. Você poderia perguntar a algum gato que tenha participado da batalha? Eu preciso...

– Vou fazer melhor – interrompeu Arroio de Prata. – Vou trazer a própria Pé de Bruma para falar com você.

Coração de Fogo trocou um olhar com Listra Cinzenta. Será que era uma boa ideia?

– Tudo bem – miou a gata, adivinhando o que o preocupava. – Pé de Bruma sabe sobre mim e Listra Cinzenta. Ela não gosta, mas não vai revelar o nosso segredo. Ela virá agora, se eu pedir.

Coração de Fogo hesitou, mas acabou concordando. – Certo. Obrigado.

Ele mal acabara de falar e Arroio de Prata já deslizava para fora dos arbustos de novo. Coração de Fogo a observou saltando na neve, rumo ao acampamento.

– Ela não é *fantástica*? – murmurou Listra Cinzenta.

Coração de Fogo nada disse, apenas se acomodou para esperar. Ele ficava mais nervoso a cada momento. Se eles se demorassem muito no território do Clã do Rio, acabariam sendo descobertos. Nesse caso, teriam muita sorte se conseguissem escapar com o pelo intacto. – Listra Cinzenta – ele começou. – Se Arroio de Prata não puder...

Então ele viu a gata cinza e prateada atravessar o gelo, voltando, seguida por outra gata. Elas subiram a encosta, com Arroio de Prata abrindo caminho entre os arbustos. A gata que a acompanhava era uma rainha magra, com pelo espesso e cinzento e olhos azuis. Por um tique-taque de coração o guerreiro do Clã do Trovão achou que ela lhe parecia familiar. Certamente ele a vira em uma Assembleia.

Quando a rainha viu Coração de Fogo e Listra Cinzenta, ficou paralisada. Desconfiada, seu pelo começou a se eriçar e as orelhas se abaixaram, colando-se à cabeça.

– Pé de Bruma – miou Arroio de Prata baixinho. – Esses são...

– Gatos do Clã do Trovão! – ciciou Pé de Bruma. – O que eles estão fazendo aqui? Este é o território do Clã do Rio!

– Pé de Bruma, ouça... – Arroio de Prata foi até a amiga e tentou gentilmente cutucá-la para que se aproximasse dos guerreiros.

A rainha não se mexeu. Coração de Fogo assustou-se com a franca hostilidade em seus olhos. Teria sido bobagem pensar que o Clã do Rio poderia ajudá-lo?

– Eu guardei seu segredo sobre *ele* – Pé de Bruma lembrou a Arroio de Prata, apontando o namorado dela com o queixo. – Mas não vou ficar quieta se você começar a trazer o Clã do Trovão inteiro para cá.

– Não seja ridícula – retorquiu Arroio de Prata.

– Tudo bem, Pé de Bruma – Coração de Fogo logo retrucou. – Nós não roubamos suas presas, nem estamos aqui para espionar. Precisamos falar com alguém que tenha participado da batalha das Rochas Ensolaradas, aquela em que Coração de Carvalho morreu.

– Por quê? – Pé de Bruma estreitou os olhos.

– É… difícil explicar. Mas não é nada que possa prejudicar o Clã do Rio. Juro pelo Clã das Estrelas.

A jovem rainha pareceu relaxar e deixou que Arroio de Prata a conduzisse até que ela estivesse ao lado de Coração de Fogo.

Listra Cinzenta ficou de pé, curvando a cabeça para evitar os galhos mais baixos. – Se vocês dois vão conversar, Arroio de Prata e eu vamos deixá-los à vontade.

Coração de Fogo abriu a boca para protestar, alarmado com a ideia de estar sozinho em território inimigo, mas o casalzinho já escapulia pelos arbustos.

Pouco antes de desaparecerem no meio dos galhos de pilriteiro, Listra Cinzenta virou-se e miou baixinho. – Ah, Coração de Fogo, antes de voltar, role o corpo sobre alguma coisa com cheiro bem forte para esconder o odor do Clã do Rio. – Ele piscou os olhos, constrangido. – Cocô de raposa é bom.

– Espere, Listra Cinzenta… – Coração de Fogo deu um pulo. Mas foi inútil, o amigo e a namorada já tinham ido.

– Não se preocupe – miou Pé de Bruma. – Não vou comer você. Eu teria dor de barriga. – O gato se virou e viu os olhos azuis dela brilhando, curiosos. – Você é Coração de Fogo, não é? – disse ela. – Eu o vi nas Assembleias. Dizem que você era gatinho de gente. – A voz era fria e demonstrava uma desconfiança mal disfarçada.

– É verdade – ele admitiu, constrangido, sentindo uma pontada conhecida, o desprezo que os gatos nascidos nos clãs tinham pelo seu passado. – Mas agora sou um guerreiro.

Pé de Bruma lambeu a pata e passou-a lentamente sobre uma orelha, mantendo os olhos fixos nele. – Certo – miou por fim. – Eu lutei naquela batalha. O que você quer saber?

Coração de Fogo parou um momento para colocar as ideias em ordem. Teria apenas uma chance de descobrir a verdade. Não podia cometer nenhum erro.

– Vamos logo com isso – ela resmungou. – Deixei meus filhotes para vir conversar com você.

– É coisa rápida – prometeu Coração de Fogo. – O que você pode me dizer sobre a morte de Coração de Carvalho?

– Coração de Carvalho? – Pé de Bruma abaixou a cabeça e fitou as próprias patas. Depois de respirar profundamente, levantou os olhos para Coração de Fogo mais uma vez. – Ele era meu pai, você sabia?

– Não, não sabia. Sinto muito. Não o conheci, mas dizem que era um bravo guerreiro.

– O melhor e o mais corajoso. E ele não deveria ter morrido. Foi um acidente.

O guerreiro sentiu o coração bater mais rápido. Era isso o que precisava saber! – Tem certeza? Não foi um gato que o matou?

– Ele foi ferido na batalha, mas não mortalmente. Depois, encontramos seu corpo sob umas pedras caídas. Nossa curandeira disse que essa foi a causa da morte.

– Então, nenhum gato foi responsável... – Coração de Fogo sussurrou. – Pata Negra estava certo.

– O quê? – A rainha cinza-azulado franziu a testa.

– Nada – miou apressadamente Coração de Fogo. – Nada de importante. Muito obrigado, Pé de Bruma. Era só isso que eu queria saber.

– Então, se é tudo...

– Não, espere! Há mais uma coisa. Na batalha, um dos nossos felinos ouviu Coração de Carvalho dizer que nenhum gato do Clã do Trovão deveria ferir Pelo de Pedra. Você sabe o que ele quis dizer com isso?

A rainha do Clã do Rio ficou em silêncio por um tempo, os olhos azuis distantes. Em seguida, meneou a cabeça com firmeza, como se a sacudisse para tirar água do pelo. – Pelo de Pedra é meu irmão – ela miou.

– Então Coração de Carvalho era pai dele também – Coração de Fogo deduziu. – Por isso ele queria protegê-lo dos gatos do Clã do Trovão?

– Não! – Os olhos de Pé de Bruma brilhavam com um fogo azulado. – Coração de Carvalho nunca tentou proteger nenhum de nós. Ele queria que fôssemos guerreiros como ele e que honrássemos o clã.

– Então, por que...?

– Não sei. – Ela parecia perplexa de verdade.

Coração de Fogo tentou não se sentir decepcionado. Pelo menos agora sabia ao certo como Coração de Carvalho tinha morrido. Mas não conseguira se livrar da sensação de que o que ele dissera sobre Pelo de Pedra era importante. Se ao menos ele pudesse entender…

– Talvez minha mãe saiba – miou Pé de Bruma inesperadamente. Coração de Fogo virou-se para ela, suas orelhas formigando. – Poça Cinzenta – ela acrescentou. – Se ela não puder explicar, nenhum outro gato poderá.

– Você poderia perguntar a ela?

– Talvez… – Sua atitude ainda era de defesa, mas Coração de Fogo imaginou que ela estava tão curiosa quanto ele sobre o significado das palavras de Coração de Carvalho. – Mas talvez seja melhor você mesmo falar com ela.

O guerreiro ficou surpreso com a sugestão, já que a gata parecera tão hostil a princípio. – Posso? Agora?

– Não – disse Pé de Bruma depois de uma pausa. – É arriscado demais você ficar aqui. A patrulha de Pelo de Leopardo logo estará de volta. Além disso, Poça Cinzenta agora é uma anciã e quase não deixa o acampamento. Vou demorar um pouco para convencê-la a sair. Mas não se preocupe; vou dar um jeito.

Coração de Fogo fez que sim com a cabeça, ainda que um pouco relutante. Uma parte dele estava impaciente para ouvir o que Poça Cinzenta tinha a dizer, mas a outra sabia que Pé de Bruma estava certa. – Como vou encontrá-la?

– Mandarei uma mensagem por Arroio de Prata – prometeu a rainha. – Agora vá. Se Pelo de Leopardo pegar você aqui, não poderei ajudá-lo.

Coração de Fogo piscou para ela. Teria gostado de dar-lhe uma lambida de agradecimento, mas teve medo de receber em troca uma patada na orelha. Pé de Bruma parecia estar menos hostil, porém deixara bem claro que eles pertenciam a clãs diferentes.

– Obrigado, Pé de Bruma – ele miou. – Nunca vou me esquecer disso. E se eu puder fazer alguma coisa por você...

– Apenas *vá embora*! – ela sibilou. Coração de Fogo deslizou para o vão entre os arbustos, enquanto ela acrescentava, com um rom-rom bem-humorado: – E não se esqueça do cocô de raposa.

CAPÍTULO 5

— Não acredito no que estou fazendo — Coração de Fogo resmungou baixinho ao passar pelo túnel de tojo para chegar ao acampamento.

Ele tinha achado cocô fresco de raposa na floresta e rolara o corpo sobre ele até ficar impregnado do cheiro. Agora, nenhum gato seria capaz de adivinhar que ele estivera no território do Clã do Rio. Se o deixariam entrar na toca dos guerreiros era outra história. Pelo menos, ao voltar, ele pegara um esquilo, então, não estava retornando de patas vazias.

Quando saiu do túnel de tojo, viu Estrela Azul no alto da Pedra Grande. Percebeu que tinha acabado de perder a convocação habitual do clã, pois viu outros gatos saindo de suas tocas para se reunir na clareira.

Coração de Fogo deixou o esquilo na pilha de presa fresca e foi se juntar aos demais. Do outro lado da clareira, os filhotes de Cara Rajada saíram do berçário aos trancos e barrancos, seguidos pela mãe. O guerreiro identificou com facilidade o filho de sua irmã, Filhote de Nuvem, por sua pelagem branca e brilhante. Princesa, que ainda vivia no Lugar dos Duas-Pernas, não tinha vontade de deixar a vida confortável de gatinho de gente, mas as histórias que Coração de Fogo contava sobre a vida no clã a encantaram, e ela lhe entregara seu primogênito.

Os gatos do clã ainda tinham dificuldade de aceitar outro gatinho de gente entre eles, embora Cara Rajada tratasse Filhote de Nuvem como um de seus filhos. Coração de Fogo sabia, por experiência própria, quanta determinação deveria ter para conquistar seu espaço.

Ao se aproximar, Coração de Fogo ouviu o filhote branco reclamar em voz alta para Cara Rajada. – Por que *eu* não posso ser um aprendiz? Sou quase tão grande quanto qualquer um dos filhotes bobos e alaranjados de Pele de Geada!

O interesse de Coração de Fogo aumentou. Devia estar quase na hora de Estrela Azul realizar a cerimônia de nomeação dos dois últimos filhotes de Pele de Geada como aprendizes. Os irmãos deles, Pata de Samambaia e Pata de Cinza, tinham sido nomeados havia algumas luas, e os dois deviam estar loucos para que chegasse a sua vez. Ficou feliz de voltar a tempo de testemunhar o acontecimento.

– Shh! – Cara Rajada fez baixinho para Filhote de Nuvem, ao reunir os filhotes à sua volta, procurando um bom lugar para se sentarem. – Você só poderá ser aprendiz depois de completar seis luas.

– Mas quero ser aprendiz *agora*!

Coração de Fogo deixou Cara Rajada tentando explicar os costumes do clã ao insistente Filhote de Nuvem e foi se sentar bem na fila da frente, perto de Tempestade de Areia.

A gata girou a cabeça, alarmada. – Coração de Fogo! Onde você esteve? Está com o cheiro de uma raposa morta há uma lua!

– Desculpe. Foi um acidente. – Ele detestava fedor como qualquer outro gato e não gostava de ser obrigado a mentir para Tempestade de Areia a respeito de como tinha ficado com aquele cheiro.

– Bem, fique longe de mim até que esse fedor suma! – Embora a gata falasse firme, ela ria com os olhos enquanto se afastava, pondo-se a uma cauda de distância.

– E trate de se limpar antes de entrar na toca – grunhiu uma voz conhecida. Coração de Fogo virou-se e viu Garra de Tigre. – Não vou dormir com essa catinga no nariz!

O guerreiro curvou a cabeça, envergonhado, quando o representante se afastou, caminhando com arrogância; então, olhou para cima, porque Estrela Azul começara a falar.

– Estamos aqui reunidos para dar a dois filhotes do clã seus nomes de aprendiz. – Ela olhou para baixo, onde Pele de Geada, orgulhosa, estava com a cauda enroscada, arrumadinha em torno das patas. Os dois filhotes a ladeavam e, enquanto Estrela Azul falava, o maior, alaranjado como seu irmão Pata de Samambaia, pôs-se de pé com um pulo, impaciente.

– Venham, aproximem-se os dois – Estrela Azul convidou, calorosamente.

O filhote alaranjado correu como um louco e, derrapando, parou ao pé da Pedra Grande. A irmã o seguiu, mais devagar. Era branca como a mãe, mas com manchas alaranjadas nas costas; a cauda também era alaranjada.

Coração de Fogo fechou os olhos por um momento. Não fazia muito tempo que recebera Pata de Cinza como aprendiz. No fundo queria ser mentor de um desses filhotes, mas sabia que, se Estrela Azul fosse lhe dar essa honra, já o teria prevenido.

Talvez ela nunca mais o escolhesse, ele pensou, com um aperto que gelou seu coração; afinal, tinha falhado com Pata de Cinza.

– Pelo de Rato – miou Estrela Azul –, você me disse que está pronta para cuidar de um aprendiz. Você será a mentora de Pata de Espinho.

Coração de Fogo observou Pelo de Rato, uma gata magrinha, mas forte, de pelagem marrom, dar um passo à frente e ficar ao lado do filhote alaranjado, que deu uma corrida para encontrá-la.

– Pelo de Rato – Estrela Azul continuou –, você se mostrou uma guerreira corajosa e inteligente. Não deixe de transmitir sua coragem e sabedoria a seu novo aprendiz.

Enquanto a líder falava, Pelo de Rato mostrava-se tão orgulhosa quanto o recém-nomeado, Pata de Espinho. Os dois trocaram toques de nariz e foram para a beira da clareira. Coração de Fogo ouviu Pata de Espinho miando, ansioso, já pressionando a mentora com mil perguntas.

A filhote branca e alaranjada ainda estava sob a Pedra Grande, fitando Estrela Azul lá em cima. Coração de Fogo estava perto o bastante para ver os bigodes dela tremerem de ansiedade.

– Nevasca – Estrela Azul anunciou –, você está livre para cuidar de outro aprendiz, agora que Tempestade de Areia tornou-se uma guerreira. Você será mentor de Pata Brilhante.

O gatão branco, que estava espichado na frente do grupo, levantou-se e foi até Pata Brilhante, que esperava por ele com os olhos brilhando.

– Nevasca – miou Estrela Azul –, você é um guerreiro de muito talento e experiência. Sei que vai transmitir todos os seus conhecimentos a essa jovem aprendiz.

– Com certeza – Nevasca ronronou. – Bem-vinda, Pata Brilhante. – Ele se inclinou para que os dois trocassem toques de nariz e a escoltou de volta ao grupo de gatos.

Os outros felinos começaram a se aproximar, cumprimentando os aprendizes, chamando-os pelos novos nomes. Enquanto se juntava a eles, Coração de Fogo viu Listra Cinzenta por trás dos gatos, ao lado do túnel. O amigo devia ter voltado ao acampamento sem ser visto, enquanto o resto do clã estava ouvindo Estrela Azul.

– Está tudo acertado – Listra Cinzenta miou baixinho, indo até Coração de Fogo. – Se amanhã fizer sol, Arroio de Prata e Pé de Bruma vão convencer Poça Cinzenta a sair do acampamento para fazer um pouco de exercício. Elas vão nos encontrar quando o sol já estiver alto.

– Onde? – Coração de Fogo indagou, sem saber ao certo se queria entrar dois dias seguidos no território do Clã do Rio. Era perigoso deixar ali muito cheiro fresco do Clã do Trovão.

— Há uma clareira na floresta, bastante sossegada, não muito longe da ponte dos Duas-Pernas – Listra Cinzenta explicou. – Era onde Arroio de Prata e eu costumávamos nos encontrar, antes, você sabe...

Coração de Fogo compreendeu que Listra Cinzenta estava mantendo a promessa de se encontrar com Arroio de Prata apenas nas Quatro Árvores, e era só por causa do desejo de descobrir mais a respeito da batalha das Rochas Ensolaradas que eles estavam correndo esse risco extra. – Obrigado – ele sussurrou, sincero.

Quando foi escolher uma presa fresca na pilha, Coração de Fogo sentia as patas formigarem de ansiedade pelo próximo sol a pino, quando iria descobrir o que Poça Cinzenta sabia acerca desse mistério.

— O lugar é este. – Listra Cinzenta falou baixinho.

Estavam a apenas alguns pulos de coelho da fronteira do Clã do Rio, mas do lado do Clã do Trovão. Havia no local um grande vale, protegido por arbustos cheios de espinhos. A neve tinha se acumulado ali e um pequeno córrego, agora congelado em pingentes, criara um canal profundo entre duas rochas. Coração de Fogo ficou imaginando que, quando chegasse a estação do renovo e o gelo derretesse, ali seria um belo lugar, bastante escondido.

Os dois gatos escorregaram para debaixo de um dos arbustos espinhentos e ajeitaram as folhas secas para fazer ninhos confortáveis enquanto esperavam. Coração de Fogo tinha apanhado um camundongo no caminho e o trouxera como presente para Poça Cinzenta. Tentando esquecer a própria fome, colocou-o no chão, onde as folhas estavam mais secas, e se instalou, com as patas sob o corpo. Sabia que, com essa reunião, estava colocando a si e aos seus amigos em perigo, sem contar que estava quebrando o Código dos Guerreiros e mentindo para o seu clã, embora acreditasse que tudo o que estava fazendo era para o bem do grupo. Ele queria apenas ter certeza de ter escolhido o caminho certo.

O sol fraco da estação sem folhas brilhava na neve do vale. O sol a pino tinha chegado e ido embora, e Coração de Fogo estava começando a pensar que os outros gatos não iam aparecer quando sentiu um cheiro do Clã do Rio e ouviu, vinda do rio, uma voz fina, envelhecida, reclamando.

– Este lugar é longe demais para os meus velhos ossos. Vou morrer congelada.

– Bobagem, Poça Cinzenta, o dia está lindo. – Era Arroio de Prata. – O exercício vai lhe fazer bem.

Coração de Fogo ouviu um resfolegar de desdém como resposta. Três gatos apareceram, descendo pela lateral do vale. Dois deles eram Arroio de Prata e Pé de Bruma. O terceiro era uma anciã que ele não conhecia, magra, de pelo malhado, com um focinho cheio de cicatrizes, embranquecido por causa da idade.

Na metade da descida, ela parou, enrijeceu o corpo e farejou o ar. – Há gatos do Clã do Trovão aqui! – ciciou.

Coração de Fogo viu Arroio de Prata e Pé de Bruma trocarem um olhar preocupado. – É, eu sei – Pé de Bruma falou baixinho para a anciã. – Está tudo bem.

Poça Cinzenta olhou para ela, desconfiada. – Como assim, tudo bem? O que eles estão fazendo aqui?

– Querem apenas falar com você – Pé de Bruma disse gentilmente. – Confie em mim.

Coração de Fogo teve medo de que a anciã fosse virar as costas e sair gritando para dar o alarme; mas, para seu alívio, Poça Cinzenta mal podia conter a curiosidade. Ela seguiu Pé de Bruma, sacudindo com aborrecimento as patas, que afundavam na neve fofa.

– Listra Cinzenta? – Arroio de Prata miou baixinho.

O guerreiro colocou a cabeça para fora do arbusto. – Estamos aqui.

Os três gatos do Clã do Rio entraram no abrigo espinhento. Poça Cinzenta ficou tensa ao se ver frente a frente com Coração de Fogo e Listra Cinzenta, e seus olhos amarelos brilharam com hostilidade.

– Este é Coração de Fogo, e este, Listra Cinzenta – miou Arroio de Prata. – Eles...

– Dois deles – Poça Cinzenta interrompeu. – É melhor terem uma boa explicação.

– Nós temos – Pé de Bruma assegurou. –Trata-se de gatos decentes – embora sejam do Clã do Trovão, claro. Dê a eles a oportunidade de se explicar.

Pé de Bruma e Arroio de Prata olharam esperançosos para Coração de Fogo.

– Precisamos falar com você – Coração de Fogo começou, sentindo os bigodes se movimentarem com o nervosismo. Com uma das patas, ele empurrou para a gata a peça de presa fresca. – Tome, trouxe para você.

Poça Cinzenta olhou o camundongo. – Bem, sendo do Clã do Trovão ou não, pelo menos você é educado. – Ela se agachou e começou a mastigar a presa fresca, deixando à mostra os dentes quebrados por causa da idade. – Fibroso, mas serve – disse com a voz rouca, engolindo com avidez.

Enquanto ela comia, Coração de Fogo tentava encontrar as palavras certas. – Gostaria de saber sobre algo que Coração de Carvalho disse pouco antes de morrer – ele arriscou.

As orelhas de Poça Cinzenta tiveram um súbito estremecimento.

– Soube do que aconteceu na batalha nas Rochas Ensolaradas – Coração de Fogo continuou. – Pouco antes de morrer, Coração de Carvalho disse a um de nossos guerreiros que nenhum felino do Clã do Trovão jamais deveria ferir Pelo de Pedra. Você sabe o que significam essas palavras?

Só depois de engolir o último pedaço de camundongo e passar a enorme língua cor-de-rosa à volta do focinho, Poça Cinzenta respondeu. Sentou-se e enroscou a cauda em torno das patas. Por um bom tempo, fixou no gato um olhar pensativo, até sentir que podia ler sua mente.

– Acho que é melhor vocês saírem – ela miou, enfim, para as gatas do Clã do Rio. – Vamos lá, saiam. Você também – ela acrescentou, dirigindo-se a Listra Cinzenta. – Vou falar apenas com Coração de Fogo. Vejo que ele é o único que precisa saber.

O gato de pelagem cor de chama engoliu um protesto. Se ele insistisse na permanência de Listra Cinzenta, a anciã do Clã do Rio poderia se recusar a falar. Ele olhou para o amigo e viu sua própria expressão intrigada refletida nos olhos amarelos de Listra Cinzenta. O que Poça Cinzenta tinha para dizer que não queria que os felinos do próprio clã ouvissem? Coração de Fogo estremeceu, e não foi por causa do frio. Algum instinto lhe dizia que havia um segredo ali, escuro como a sombra das asas de um corvo. Mas se era um segredo do Clã do Rio, ele não podia imaginar o que teria a ver com o Clã do Trovão.

Pelos olhares que trocaram, Arroio de Prata e Pé de Bruma também estavam confusas, mas começaram a se afastar do arbusto sem protestos.

— Vamos esperar você perto da ponte dos Duas-Pernas — Arroio de Prata miou.

— Não há necessidade — Poça Cinzenta ciciou, impaciente. — Posso ser velha, mas não sou incapaz. Sei muito bem voltar sozinha.

Arroio de Prata deu de ombros e as duas gatas do Clã do Rio foram embora, seguidas por Listra Cinzenta.

Poça Cinzenta ficou em silêncio até os odores dos felinos que saíram começarem a desaparecer. — Bem — ela começou —, Pé de Bruma lhe disse que eu sou a mãe dela e de Pelo de Pedra?

— Disse. — O nervosismo inicial de Coração de Fogo tinha diminuído, transformando-se em respeito à rainha, sua velha inimiga, à medida que percebia a sabedoria sob seu aparente pavio curto.

— Bem — grunhiu a gata. — Não sou. — Coração de Fogo abriu a boca para falar, mas ela continuou. — Eduquei os dois desde bebês, mas não são meus filhos. Coração de Carvalho trouxe-os para mim no meio da estação sem folhas, quando tinham apenas alguns dias de nascidos.

– Mas onde Coração de Carvalho apanhou os filhotes? – Coração de Fogo deixou escapar.

Os olhos da gata se estreitaram. – Ele *me disse* que os encontrou na floresta, como se tivessem sido abandonados por renegados ou pelos Duas-Pernas. Mas de burra eu não tenho nada, e meu nariz sempre foi muito eficiente. Os filhotes cheiravam à floresta, claro, mas havia outro odor por trás: o cheiro do Clã do Trovão.

CAPÍTULO 6

– O QUÊ? – CORAÇÃO DE FOGO, ATÔNITO, mal conseguia falar. – Você está dizendo que Pé de Bruma e Pelo de Pedra vieram do Clã do Trovão?

– Estou. – Poça Cinzenta deu algumas lambidas no pelo do peito. – É exatamente o que estou lhe dizendo.

O guerreiro estava atordoado. – Coração de Carvalho os roubou? – perguntou.

O pelo da anciã se eriçou e ela arreganhou os dentes, emitindo um ronco. – Coração de Carvalho era um nobre guerreiro. Nunca se rebaixaria a roubar filhotes!

– Sinto muito. – Alarmado, Coração de Fogo se agachou e colou as orelhas à cabeça. – Eu não quis dizer... É que é tão difícil de acreditar!

Poça Cinzenta torceu o nariz e, aos poucos, seu pelo se abaixou novamente. Coração de Fogo ainda digeria o que ela acabara de lhe dizer. Se Coração de Carvalho não roubara os filhotes, talvez eles tivessem sido levados do acampamento do Clã do Trovão por renegados – mas por quê?

E por que abandoná-los logo em seguida, quando ainda tinham no pelo o cheiro de seu clã?

– Então... se eram filhotes do Clã do Trovão, por que você cuidou deles? – balbuciou. Que clã cuidaria de bom grado de filhotes do adversário, e em uma estação em que as presas já eram escassas?

Poça Cinzenta deu de ombros. – Porque Coração de Carvalho me pediu. Embora, na época, ele ainda não fosse representante, era um jovem guerreiro de futuro. Eu tinha dado à luz havia pouco, mas todos os bebês, exceto um, morreram por causa do frio intenso. Eu tinha leite de sobra, e os pobrezinhos não teriam visto o sol nascer novamente se algum gato não tivesse cuidado deles. O cheiro do Clã do Trovão, que eles traziam, logo desapareceu – ela continuou. – E apesar de Coração de Carvalho não ter-me dito a verdade sobre a origem dos filhotes, eu o respeitava o suficiente para não fazer mais perguntas. Graças a ele, e também a mim, os filhotes se tornaram fortes, e agora são bons guerreiros: ponto para o clã de origem.

– Pé de Bruma e Pelo de Pedra sabem disso? – Coração de Fogo indagou.

– Agora me escute – disse asperamente Poça Cinzenta. – Os dois não sabem de nada, e se você lhes contar o que acabei de relatar arranco seu fígado e dou de comer aos corvos. – Ao falar, ela esticou a cabeça para a frente e arreganhou os dentes. Apesar da idade da gata, Coração de Fogo se encolheu.

– Eles sempre acreditaram que eu era sua verdadeira mãe – resmungou a gata. – Gosto de pensar que eles até se parecem um pouco comigo.

Enquanto ela falava, Coração de Fogo sentiu algo girando em sua mente, como o súbito movimento de uma folha caída que trai o camundongo escondido sob ela. Ele sabia que os fatos que Poça Cinzenta tinha acabado de lhe confiar deviam significar alguma coisa, mas ele não conseguia descobrir o que era.

– Eles sempre foram leais ao Clã do Rio – insistiu Poça Cinzenta. – Não quero que essa lealdade fique dividida agora. Ouvi fofocas a seu respeito, Coração de Fogo – sei que você já foi gatinho de gente –, então deve entender mais do que qualquer outro gato o que significa ter uma pata em cada mundo.

Coração de Fogo sabia que jamais deixaria um gato passar pelas incertezas que ele experimentara enquanto ainda não pertencia completamente ao clã. – Prometo jamais contar a eles – miou, solene. – Juro pelo Clã das Estrelas.

A anciã se mostrou mais aliviada e, esticando as patas da frente e levantando o traseiro no ar, espreguiçou-se. – Aceito a sua palavra, Coração de Fogo – ela disse. – Não sei se isso o ajudou de algum modo, mas pode explicar por que Coração de Carvalho jamais deixaria que um gato do Clã do Trovão maltratasse Pé de Bruma ou Pelo de Pedra. Mesmo afirmando nada saber sobre a origem dos filhotes, Coração de Carvalho pode ter sentido o cheiro do Clã do Trovão, como eu senti. No que lhes diz respeito, eles são leais apenas ao Clã do Rio, mas poderia parecer que, por causa deles, a lealdade de Coração de Carvalho tenha ficado dividida.

– Fico-lhe muito agradecido – ronronou Coração de Fogo, tentando ser o mais respeitoso possível. – Não sei qual é a importância disso para o que eu preciso descobrir, mas realmente acho que é importante, para os dois clãs.

– Assim seja – miou Poça Cinzenta, franzindo a testa. – Mas agora que eu já lhe revelei tudo, você deve deixar nosso território.

– Claro – miou Coração de Fogo. – Você não vai nem saber que estive aqui. E Poça Cinzenta... – Ele fez uma pausa antes de abrir caminho através dos arbustos, fitou os olhos amarelo desbotado da gata por um momento e disse: – Muito obrigado.

Enquanto Coração de Fogo retornava ao seu acampamento, sua mente dava voltas. Pé de Bruma e Pelo de Pedra tinham sangue do Clã do Trovão! Mas agora pertenciam inteiramente ao Clã do Rio, sem ter a mínima ideia de sua herança dividida. Lealdade ao sangue e lealdade ao Clã não eram sempre a mesma coisa, ele refletia. Suas próprias raízes de gatinho de gente não tornavam seu compromisso com o Clã do Trovão menos forte.

E agora que Pé de Bruma confirmara como Coração de Carvalho tinha morrido, talvez Estrela Azul estivesse disposta a aceitar que Garra de Tigre tinha assassinado Rabo Vermelho. Coração de Fogo decidiu questioná-la também sobre as últimas revelações de Poça Cinzenta; quem sabe a líder lhe contasse sobre um par de filhotes roubado do acampamento.

Quando chegou à clareira, Coração de Fogo foi direto para a Pedra Grande. Ao se aproximar da toca de Estrela Azul, ouviu dois gatos miando e sentiu o cheiro de Garra de Tigre junto com o da líder. Rapidamente, ele se espremeu contra a pedra, na esperança de não ser visto, pois o representante abria caminho pela cortina de líquen que protegia a boca da toca.

– Vou tentar enviar uma patrulha de caça para as Rochas das Cobras – disse por cima do ombro o gato malhado de tons escuros. – Faz alguns dias que nenhum gato caça por lá.

– Boa ideia – concordou Estrela Azul, saindo também. – As presas ainda estão escassas. Que o Clã das Estrelas permita que o degelo chegue logo.

Com um grunhido, Garra de Tigre concordou e se dirigiu, em largas passadas, à toca dos guerreiros, sem perceber Coração de Fogo agachado perto da pedra.

O representante foi embora e Coração de Fogo foi até a entrada da toca. – Estrela Azul – ele chamou, quando a líder se virava para entrar. – Eu gostaria de falar com você.

– Muito bem – miou a líder, calma. – Entre.

Coração de Fogo a seguiu. A cortina de líquen voltou para o lugar, impedindo a entrada da intensa luminosidade da neve. No escuro da toca, de frente para o guerreiro, a líder perguntou: – O que foi?

Ele respirou fundo. – Você se lembra da história que Pata Negra contou, que foi Rabo Vermelho que matou Coração de Carvalho na batalha das Rochas Ensolaradas?

Estrela Azul se empertigou. – Coração de Fogo, isso já *passou* – ela grunhiu. – Já lhe disse que tenho motivos suficientes para acreditar que isso não é verdade.

– Eu sei. – O gato abaixou a cabeça, respeitoso. – Mas descobri um dado novo.

Estrela Azul esperou em silêncio. O guerreiro não conseguia saber o que ela estava pensando. – Coração de Carvalho não foi morto por um gato, nem por Rabo Vermelho nem por Garra de Tigre – continuou, nervoso, consciente de que era tarde demais para mudar de ideia. – Coração de Carvalho morreu quando uma pedra caiu em cima dele.

Estrela Azul franziu a testa. – Como você sabe disso?

– Eu... eu fui ver Pata Negra de novo – admitiu o guerreiro. – Depois da última Assembleia. – Já se preparava para enfrentar a fúria da líder, depois da confissão, mas ela permaneceu calma.

– Por isso você se atrasou – ela observou.

– Eu tinha de descobrir a verdade – miou Coração de Fogo rapidamente. – E eu...

– Espere um momento. – A gata interrompeu. – Antes, Pata Negra lhe disse que Rabo Vermelho tinha assassinado Coração de Carvalho. Agora ele mudou sua história?

– Não, de jeito nenhum – jurou o guerreiro. – Eu é que entendi errado. Rabo Vermelho foi responsável apenas em parte pela morte de Coração de Carvalho, porque foi ele quem levou Coração de Carvalho para debaixo da pedra, que acabou caindo em cima dele. Mas isso não quer dizer que Rabo Vermelho quisesse matá-lo. E era nisso justamente que você não acreditava – ele lembrou. – Que Rabo Vermelho pudesse matar algum gato deliberadamente. Além disso...

– Bem, e daí? – questionou Estrela Azul, calma como sempre.

– Atravessei o rio e falei com uma gata do Clã do Rio – confessou o guerreiro. – Apenas para ter certeza. Ela me confirmou: Coração de Carvalho morreu por causa da queda da pedra. – O guerreiro olhou para as próprias patas, esperando a manifestação de fúria da líder por ele ter entrado em território inimigo; mas, quando levantou a cabeça, o que viu no olhar de Estrela Azul foi um grande interesse.

Ela fez um pequeno gesto com a cabeça, aquiescendo, e Coração de Fogo continuou. – Então sabemos que Garra de Tigre, de fato, mentiu sobre a morte de Coração de Carvalho – não foi Garra de Tigre que o matou, como vingança pela morte de Rabo Vermelho. A pedra o matou. Será que Garra de Tigre não está mentindo também a respeito da morte de Rabo Vermelho?

À medida que ele falava, Estrela Azul ia dando sinais de estar abalada, semicerrando os olhos até que restasse apenas uma pálida linha azul na penumbra da toca. Ela soltou um longo suspiro. – Garra de Tigre é um bom representante – murmurou. – E essas acusações são graves.

– Eu sei – Coração de Fogo concordou, de forma tranquila. – Mas você não vê, Estrela Azul, como ele é perigoso?

A líder afundou a cabeça no peito. Ficou em silêncio por tanto tempo que Coração de Fogo ponderou se deveria ir embora, mas ela não o tinha dispensado.

– Há outra coisa – arriscou ele. – Algo estranho a respeito de dois guerreiros do Clã do Rio.

Ao ouvir a afirmação, Estrela Azul levantou os olhos; as orelhas se moveram para a frente. Por um tique-taque de coração o guerreiro hesitou em espalhar a história de uma anciã temperamental do Clã do Rio que não tinha nenhuma comprovação, mas sua necessidade de saber a verdade lhe deu coragem para prosseguir. – Pata Negra me disse que, na batalha das Rochas Ensolaradas, Coração de Carvalho impediu Rabo Vermelho de atacar um guerreiro chamado Pelo de Pedra. Coração de Carvalho afirmou que jamais nenhum felino do Clã do Trovão deveria maltratá-lo. Eu... eu tive a oportunidade de falar com uma das anciãs do Clã do Rio, que me disse que Coração de Carvalho trouxe Pé de Bruma e Pelo de Pedra para ela cuidar, quando eles ainda eram bebês. Era a estação sem folhas, e ela garantiu que os filhotes teriam morrido se não tivessem recebido cuidados. Poça Cinzenta – a anciã – os amamentou. Disse que... que eles tinham o cheiro do Clã do Trovão. Poderia ser verdade? Alguma vez foram roubados filhotes do nosso acampamento?

Estrela Azul estava tão quieta que, por alguns tique-taques de coração, o guerreiro pensou que ela não o tivesse escutado. Então ela se levantou e foi até ele, até ficarem quase nariz com nariz. – E você deu ouvidos a essa bobagem? – ela sibilou.

– Apenas pensei que deveria...

– Esperava mais de você, Coração de Fogo – grunhiu a líder. Seus olhos brilhavam como gelo, o pelo do pescoço eriçado. – Entrar no território adversário e ouvir papo furado? Acreditar em um gato do Clã do Rio? Você faria melhor pensando nos seus próprios deveres do que vindo aqui contar histórias sobre Garra de Tigre. – Ela o observou por um longo tempo. – Talvez ele tenha razão em duvidar de sua lealdade.

– Sin... Sinto muito – gaguejou o jovem guerreiro. – Mas pensei que Poça Cinzenta estivesse dizendo a verdade.

Estrela Azul soltou um longo suspiro. Todo o interesse que demonstrara antes tinha desaparecido, deixando seu semblante frio e distante. – Vá – ela ordenou. – Encontre alguma coisa útil para fazer – alguma coisa apropriada a um guerreiro. E nunca – *nunca* – fale sobre isso comigo de novo. Entendeu?

– Sim, Estrela Azul. – Coração de Fogo começou a recuar para sair da toca. – E sobre Garra de Tigre? Ele...

– *Vá!* – a líder cuspiu a ordem com raiva.

Em sua pressa para obedecer, as patas de Coração de Fogo derrapavam na areia. Uma vez fora da toca, o gato se precipitou pela clareira, só descansando quando havia algumas raposas de distância entre ele e a líder. Sentia-se perdido. No começo Estrela Azul parecia pronta a ouvi-lo, mas assim que ele mencionou os filhotes roubados do Clã do Trovão não quis mais saber de nada.

Um súbito arrepio percorreu Coração de Fogo. E se Estrela Azul quisesse saber como ele tinha conseguido falar com os gatos do Clã do Rio? E se descobrisse a respeito de Listra Cinzenta e Arroio de Prata? E quanto a Garra de Tigre? Por um curto período, Coração de Fogo tivera a esperança de fazer a líder entender quanto o representante era perigoso.

Que problemão, ele pensou. *Agora ela não vai querer ouvir mais nada contra Garra de Tigre. Estraguei tudo!*

CAPÍTULO 7

Confuso e infeliz, Coração de Fogo foi para a toca dos guerreiros. Antes de entrar, hesitou. Não queria se arriscar a encontrar Garra de Tigre, e não estava com humor suficiente para trocar lambidas com os amigos.

De forma quase inconsciente, rumou para o túnel de samambaias que levava à toca de Presa Amarela. Pata de Cinza, mancando, quase colidiu com ele. Coração de Fogo caiu sentado, fazendo barulho, e a gata parou bruscamente, espirrando neve nele.

– Desculpe, Coração de Fogo – ela bufou. – Não vi você.

O guerreiro sacudiu a neve da pelagem. Ao ver Pata de Cinza, os olhos azuis brilhando, sem graça, o pelo arrepiado em todas as direções, seu coração de súbito se abrandou. Ela era assim na época em que era sua aprendiz; depois do acidente, por algum tempo Coração de Fogo teve medo de que essa Pata de Cinza tivesse desaparecido para sempre. – Para que tanta pressa? – ele perguntou.

— Vou procurar ervas para Presa Amarela. Tantos gatos ficaram doentes, com toda essa neve, que seus estoques de medicamentos estão muito baixos. Quero conseguir o máximo possível antes que escureça.

— Vou com você para ajudar — Coração de Fogo se ofereceu. Estrela Azul lhe dissera para fazer alguma coisa útil, nem mesmo Garra de Tigre podia achar errado colher ervas para a curandeira.

— Ótimo! — Pata de Cinza miou, feliz. Lado a lado, atravessaram a clareira para chegar ao túnel de tojo. Coração de Fogo precisou diminuir o passo para acompanhar a gata, mas, se ela percebeu, não pareceu se importar.

Pouco antes de alcançarem o túnel, o guerreiro ouviu vozes agudas de filhotes. Voltou-se para os galhos de uma árvore caída, perto da toca dos anciãos. Um grupo tinha cercado Cauda Partida, que tinha recebido um ninho entre os galhos.

Desde que Estrela Azul oferecera abrigo ao antigo líder, ele vivia sozinho em sua toca, com guerreiros montando guarda. Poucos gatos passavam por ali, e não havia razão de os filhotes estarem por perto.

— Vilão! Traidor! — Era a voz de Filhote de Nuvem, que se elevava em um miado entrecortado. Coração de Fogo, alarmado, viu o gato branco disparar, dar uma patada nas costelas do prisioneiro e rolar para trás, para não ser alcançado. Um dos outros jovens fez o mesmo, guinchando: — Você não me pega!

Risca de Carvão, que estava de guarda, não tentou expulsá-los. Sentou-se a uma raposa de distância, as patas sob o corpo, observando a cena com um brilho de divertimento nos olhos.

Cauda Partida balançou a cabeça de um lado para o outro, frustrado, mas, com seus olhos nublados e cegos, ele não podia retaliar. O pelo escuro e malhado parecia sem brilho e irregular, e a cara larga tinha muitas cicatrizes, algumas decorrentes dos golpes que tinham destruído seus olhos. Não havia nenhum vestígio do antigo líder arrogante e sedento de sangue.

Coração de Fogo trocou um olhar preocupado com Pata de Cinza. Ele sabia que muitos gatos pensavam que Cauda Partida merecia sofrer; mas, vendo o antigo líder tão velho e desamparado, sentia certa pena. A raiva começou a queimar dentro dele à medida que a provocação continuava. – Espere por mim – ele miou para Pata de Cinza, e correu para a beirada da clareira.

Ele viu Filhote de Nuvem agarrar de repente a cauda do gato cego e mordê-la várias vezes com dentes afiados como agulha. Cauda Partida conseguiu se safar, caminhando com suas pernas instáveis, e lançou a pata na direção do filhote.

Em um instante, Risca de Carvão deu um pulo, sibilando: – Se você tocar nesse filhote, seu traidor, vou fazer sua pele em tiras!

Coração de Fogo estava zangado demais para falar. Pulou até Filhote de Nuvem, agarrou-o pelo cangote e o jogou para longe de Cauda Partida.

O sobrinho choramingou em um protesto. – Pare! Isso *dói*.

O tio o largou de qualquer jeito na neve e soltou um grunhido seco entre os dentes expostos. – Vão para casa! – ordenou. – Vão ficar com suas mães. *Agora!*

Os jovens fixaram nele o olhar arregalado de medo, e então saíram correndo, desaparecendo no berçário.

– Quanto a você... – Coração de Fogo sibilou para Filhote de Nuvem.

– Deixe-o em paz – Risca de Carvão interrompeu, colocando-se ao lado do jovem. – Ele não está fazendo nada demais.

– Fique fora disso – grunhiu Coração de Fogo. Risca de Carvão passou por ele, quase o derrubando, antes de voltar, com passos firmes, a seu posto de vigilância. – Gatinho de gente! – ele debochou por cima do ombro.

Coração de Fogo sentiu os músculos tensos. Ele queria pular em Risca de Carvão e fazê-lo engolir o insulto goela abaixo, mas se deteve. Não era hora para os guerreiros do clã começarem a brigar entre si. Além disso, precisava lidar com Filhote de Nuvem.

– Você ouviu só? – ele indagou, olhando para baixo, para falar com o filhote branco. – Gatinho de gente?

– E daí? – Filhote de Nuvem sussurrou, rebelde. – O que é um gatinho de gente?

Coração de Fogo engoliu em seco ao perceber que o jovem ainda não sabia o que suas origens significavam para o clã. – Bem, um gatinho de gente é um gato que vive com os Duas-Pernas – ele começou, cuidadoso. – Para alguns gatos de clã, um felino nascido gatinho de gente jamais será um bom guerreiro. E isso me inclui, pois, como você, nasci em um Lugar dos Duas-Pernas.

Enquanto Coração de Fogo falava, os olhos de Filhote de Nuvem se arregalavam cada vez mais. – Como assim? Eu nasci *aqui*! – ele miou.

O tio o olhou firmemente. – Não, não nasceu. Sua mãe é minha irmã, Princesa. Ela vive em um ninho de Duas-Pernas. Ela entregou você ao clã ainda bem jovem, para que você se tornasse um guerreiro.

Por alguns momentos, Filhote de Nuvem ficou rijo, como se fosse feito de neve e gelo. – Por que não me *disse*? – ele perguntou.

– Sinto muito – Coração de Fogo miou. – Eu... Eu achei que você soubesse, que Cara Rajada tinha lhe contado.

Filhote de Nuvem recuou algumas caudas. O assombro em seus olhos azuis aos poucos foi sendo substituído por um frio entendimento. – Então é por isso que os outros gatos me odeiam – ele cuspiu com raiva. – Acham que nunca serei bom porque não nasci nesta droga de floresta. Que burrice!

Coração de Fogo lutou para encontrar as palavras certas para confortá-lo. Só se lembrava de como Princesa ficara empolgada ao entregar seu filho ao clã, e de como ele lhe prometera que Filhote de Nuvem teria uma vida maravilhosa. Agora ele estava forçando Filhote de Nuvem a pensar em seu passado e nos problemas que teria antes de ser aceito pelo clã. E se o jovem achasse que ele e Princesa tinham tomado a decisão errada?

Coração de Fogo suspirou. – Pode ter sido burrice, mas foi assim. Eu devia saber. Ouça – ele explicou, paciente. – Guerreiros como Risca de Carvão acham que ser gatinho de gente é ruim. Mas significa apenas que temos de trabalhar duas vezes mais para que vejam que não precisamos ter vergonha do nosso sangue.

Filhote de Nuvem se aprumou. – Não quero nem saber! – miou. – Vou ser o melhor guerreiro do clã. Vou brigar com qualquer gato que diga que não sou corajoso o bastante para matar foras da lei como o velho Cauda Partida.

Coração de Fogo ficou aliviado por ver o espírito de Filhote de Nuvem se recuperando do choque da descoberta. Mas não tinha certeza se ele compreendera realmente o significado do Código dos Guerreiros. – Ser um guerreiro é bem mais do que matar – ele advertiu o jovem. – Um verdadeiro guerreiro – o melhor – não é cruel ou malvado. Ele não usa as garras para atacar o inimigo que não pode revidar. Onde fica a honra nessa situação?

Filhote de Nuvem virou a cabeça, evitando o olhar do tio. O guerreiro esperava ter dito a coisa certa. Olhando ao redor, viu que Pata de Cinza fora atrás de Cauda Partida para examinar a cauda machucada por Filhote de Nuvem. – Não é nada sério – ela miou ao gato cego.

Cauda Partida agachou-se e ficou imóvel, os olhos inúteis fixos nas próprias patas, e nada respondeu. Relutante, Coração de Fogo se aproximou e o ajudou a se levantar. – Vamos lá. Vamos voltar para sua toca.

O antigo líder nada disse e deixou-se guiar até o buraco sob os galhos mortos. Risca de Carvão observou-os passar vagarosamente e mostrou seu desdém com um movimento da cauda.

– Certo, Pata de Cinza – miou Coração de Fogo quando o velho gato já estava instalado. – Vamos procurar essas ervas.

– Aonde vocês vão? – Filhote de Nuvem chegou agitado, com toda a energia restaurada. – Posso ir também?

O tio do jovem hesitou, mas Pata de Cinza miou: – Ah, deixe-o vir, Coração de Fogo. Ele só se mete em confusão porque está aborrecido. Assim poderemos contar com mais ajuda.

Os olhos de Filhote de Nuvem brilharam de prazer e um ronronar saiu de sua garganta, um som enorme para um corpo tão pequeno e fofo.

Coração de Fogo deu de ombros. – Tudo bem. Mas se você der uma patada em falso, vai voltar para o berçário antes de dizer "camundongo"!

Mancando, mas com firmeza, Pata de Cinza os conduziu pela ravina até o vale onde os aprendizes tinham sessões de treinamento. O sol já começava a baixar, lançando sombras azuis e alongadas sobre a neve. Filhote de Nuvem ia correndo na frente, investigando buracos nas rochas e fazendo tocaia para presas imaginárias.

– Como você vai conseguir achar ervas com o chão coberto de neve? – Coração de Fogo questionou. – Não estão todas congeladas?

– Ainda deve haver algumas frutinhas vermelhas – Pata de Cinza lembrou. – Presa Amarela me disse para procurar zimbro – que é muito bom para tosse e dores de barriga – e genista, para fazer cataplasma para pernas quebradas e feridas. Ah, e casca de amieiro, para dores de dente.

– Frutinhas vermelhas! – Filhote de Nuvem saltava de lá para cá. – Vou encontrar um montão para vocês! – Ele disparou novamente na direção de uns arbustos que cresciam nas laterais do vale.

Pata de Cinza balançava a cauda, divertida. – Ele é esperto – observou. – Quando for aprendiz, vai aprender depressa.

Coração de Fogo produziu um ruído evasivo com a garganta. A energia de Filhote de Nuvem o fazia lembrar Pata de Cinza quando ela se tornara aprendiz. Mas a jovem jamais teria atacado um gato indefeso como o cego Cauda Partida.

– E se ele é *meu* aprendiz, é melhor começar a me ouvir – murmurou o gato avermelhado.

– Ah, é? – Pata de Cinza lançou-lhe um olhar provocador. – Você é mesmo um mentor rígido; todos os seus aprendizes vão tremer debaixo do pelo!

Coração de Fogo encontrou os olhos sorridentes da gata e relaxou. Como sempre, estar com a antiga aprendiz fazia muito bem para o seu estado de espírito. Era melhor parar de se preocupar com Filhote de Nuvem e continuar a tarefa que tinham a cumprir.

– Pata de Cinza! – Filhote de Nuvem chamou lá de longe. – Há frutinhas vermelhas aqui – venham ver!

O guerreiro levantou o pescoço e viu o filhote branco agachado sob um arbusto pequeno, de folhas escuras, que crescia entre duas rochas. Frutinhas vermelhas e brilhantes cresciam perto do caule.

– Parecem apetitosas – o jovem miou quando os outros se aproximaram. Ele abriu bem as mandíbulas para conseguir um grande bocado.

No mesmo instante, um som de sufocamento veio de Pata de Cinza. Para espanto de Coração de Fogo, ela se atirou para a frente na neve, com tanta velocidade quanto permitia sua perna manca. – Não, Filhote de Nuvem! – ela gritou.

Ela correu para cima dele, derrubando-o. Filhote de Nuvem guinchou, pasmado, e os dois caíram embolados no chão. Coração de Fogo logo se aproximou, ansioso, pensando que Filhote de Nuvem pudesse ter machucado Pata de Cinza, mas quando se aproximou ela já afastava o filhote e se levantava, ofegante. – Você tocou em alguma das frutas?

– N-Não – Filhote de Nuvem gaguejou, atrapalhado. – Eu estava só...

– Olhe. – Pata de Cinza o empurrou até o nariz dele ficar a um camundongo de distância do arbusto. Coração de Fogo nunca a tinha visto tão zangada. – Olhe, mas não toque. Essas frutinhas são tão venenosas que são chamadas de frutinhas mortais. Uma teria bastado para matar você.

Os olhos de Filhote de Nuvem estavam redondos como a lua cheia. Emudecido pela primeira vez, ele olhava horrorizado para Pata de Cinza.

– Tudo bem – ela miou, agora mais gentil, dando-lhe umas lambidas de conforto no ombro. – Não aconteceu desta vez. Mas observe bem agora, para não cometer o mesmo erro. E nunca, você ouviu?, *nunca* coma o que você não conhece.

– Sim, Pata de Cinza – Filhote de Nuvem prometeu.

– Então continue a procurar frutinhas. – A gata o ajudou a se levantar. – E me chame assim que encontrar alguma coisa.

Filhote de Nuvem se afastou, olhando por cima do ombro, uma ou duas vezes enquanto prosseguia. Coração de Fogo não se lembrava de tê-lo visto tão arrasado. Metido como era, tinha levado um susto de verdade. – Que bom que você estava aqui, Pata de Cinza – ele miou, com uma pontada de culpa por não saber o suficiente para alertar Filhote de Nuvem. – Você aprendeu um bocado com Presa Amarela.

– Ela é uma excelente mestra – Pata de Cinza replicou. Sacudiu diversos flocos de neve do pelo e começou a seguir Filhote de Nuvem pelo vale. Coração de Fogo foi também, novamente diminuindo o ritmo para acompanhá-la.

Dessa vez Pata de Cinza percebeu. – Sabe, minha perna está bem melhor – miou baixinho. – Vou lamentar deixar a toca de Presa Amarela, mas não posso ficar lá para sempre. – Ela se virou para fitar Coração de Fogo. Seus olhos não demonstravam mais enfado; em suas profundezas azuis, eles revelavam dor e incerteza. – Não sei o que vou fazer.

Coração de Fogo se alongou e esfregou o focinho no da antiga aprendiz, confortando-a. – Estrela Azul vai saber.

— Talvez. — Pata de Cinza deu de ombros. — Desde que eu era bem pequena, tudo o que eu queria era ser igual a Estrela Azul. Ela é tão nobre, e dedicou toda a vida ao clã. Mas, Coração de Fogo, o que eu posso oferecer agora?

— Não sei — ele admitiu.

A vida de um gato no clã tinha uma sequência clara: de filhote a aprendiz, daí a guerreiro, às vezes, a rei ou rainha, e, enfim, aposentado, em uma idade honrosa, entre os anciãos. Coração de Fogo não tinha ideia do que acontecia com um gato que sofria ferimentos graves que o impedissem de ser um guerreiro, partir em longas patrulhas, dedicar-se à caça e à luta. Mesmo as rainhas que cuidavam dos filhotes no berçário já tinham sido guerreiras um dia, com habilidades que as capacitavam a alimentar e defender os pequeninos.

Pata de Cinza era corajosa e perspicaz e, antes do acidente, tinha mostrado energia infindável e compromisso com o clã. Aquilo não poderia ser jogado fora. *Isso é culpa de Garra de Tigre*, Coração de Fogo pensou, sombrio. *Ele preparou a trilha que a levou ao acidente.* — Você deve falar com Estrela Azul — ele sugeriu em voz alta. — Veja o que ela pensa.

— Talvez eu fale. — Pata de Cinza deu de ombros.

— Pata de Cinza! — Um miado agudo de Filhote de Nuvem os interrompeu. — Venha ver o que encontrei!

— Estou indo, Filhote de Nuvem! — Pata de Cinza seguiu, mancando, miando bem-humorada para Coração de Fogo ao longo do caminho: — Talvez agora seja a mortal dama-da-noite.

Coração de Fogo a observou afastar-se. Tomara que Estrela Azul encontrasse uma forma de dar à sua antiga aprendiz uma vida digna dentro do clã. Pata de Cinza estava certa. Estrela Azul era uma grande líder, e não apenas nas batalhas. Ela realmente se importava com seus gatos.

Justamente por saber disso, Coração de Fogo sentia-se ainda mais confuso quando se lembrava da reação dela à história de Poça Cinzenta. Por que ela reagira tão estranhamente quando ele contou que dois guerreiros do Clã do Rio tinham sido filhotes do Clã do Trovão? A história a abalara tanto que ela fechara os olhos ao perigo representado por Garra de Tigre.

Coração de Fogo balançava a cabeça enquanto, vagarosamente, acompanhava Pata de Cinza em sua caminhada. Havia um grande mistério envolvendo esses gatos, e ele começava a sentir que compreendê-lo podia estar além de suas forças.

CAPÍTULO 8

Coração de Fogo agachou-se no berçário, observando a ninhada de filhotes que mamava na mãe. Por um momento, ao ver aquelas minúsculas criaturas que representavam o futuro do clã, ele se encheu de emoção.

Então alguma coisa lhe veio à mente. O Clã do Trovão não tinha filhotes tão jovens quanto aqueles. De onde eles teriam vindo? Seu olhar passou dos filhotes para a mãe, mas ele nada viu além de uma ondulante pelagem cinza-prateado. A rainha não tinha focinho.

Coração de Fogo sufocou um grito de horror. Enquanto ele observava, a forma prateada da rainha começou a desaparecer, deixando apenas escuridão. Os filhotes se contorciam e soltavam guinchos de terror e perda. Um vento frio levantou-se e varreu os cheiros quentes do berçário. Coração de Fogo pôs-se de pé em um pulo e tentou seguir o som dos filhotes indefesos, perdidos na escuridão trazida pelo vento. – Não consigo encontrá-los! – gritou em um lamento. – Onde vocês estão?

Então apareceu uma luz suave e dourada. Coração de Fogo viu outra gata à sua frente, os filhotinhos abrigados entre suas patas. Era Folha Manchada.

O guerreiro abriu a boca para falar com ela, que lhe deu um olhar de bondade infinita antes que sua imagem desaparecesse, e Coração de Fogo acordou agitado na cama de musgo da toca dos guerreiros.

– Precisa fazer tanto barulho? – resmungou Pelagem de Poeira. – Ninguém consegue tirar sequer um cochilinho.

Coração de Fogo levantou. – Desculpe – sussurrou. Ele não pôde deixar de dar uma olhada para o centro da toca, onde Garra de Tigre dormia. O representante já tinha se queixado do barulho que ele fazia ao sonhar.

Para seu alívio, Garra de Tigre não estava lá. O gato de pelo avermelhado podia ver, pela luz que passava através dos galhos, que o sol já estava acima das árvores. Lavou-se rapidamente, tentando esconder de Pelagem de Poeira quanto o sonho o abalara. Medo, filhotes solitários... bebês cuja mãe desaparecera. Seria uma profecia? E se fosse, qual seria seu significado? Não havia filhotes tão jovens assim no clã agora. Ou será que era sobre os antigos bebês do Clã do Trovão – Pé de Bruma e Pelo de Pedra? Será que a mãe verdadeira deles tinha desaparecido?

Enquanto ele se lavava, Pelagem de Poeira lhe deu uma última olhada e abriu caminho entre os galhos, deixando-o na companhia de Rabo Longo e Vento Veloz, que dormiam no lugar de sempre.

Coração de Fogo percebeu que não havia sinal de Listra Cinzenta, e que sua cama estava fria como se ele estivesse fora desde a madrugada. *Foi se encontrar com Arroio de Prata*, adivinhou. Ele tentou entender a força do sentimento do amigo, mas não podia deixar de se preocupar, nem de sentir saudade dos dias descomplicados da época em que eles eram aprendizes. Enfiando a cabeça entre os galhos, viu o acampamento coberto de neve, brilhando sob o sol frio do inverno. Ainda não se percebiam indícios do degelo.

Ao lado do canteiro de urtiga, Tempestade de Areia, agachada, se fartava com uma peça de presa fresca. – Bom dia, Coração de Fogo – ela cumprimentou, alegre. – Se quiser comer, é melhor ser rápido, enquanto ainda tem alguma coisa.

Coração de Fogo sentiu a barriga doer de fome. Parecia que ele não comia havia uma lua. Pulou sobre a pilha de presas e viu que a gata tinha razão. Havia apenas algumas peças. Ele escolheu um estorninho e levou-o para o canteiro de urtiga, para comer com Tempestade de Areia. – Vamos ter de caçar hoje – miou entre uma bocada e outra.

– Nevasca e Pelo de Rato já saíram com seus novos aprendizes – contou Tempestade de Areia. – Pata Brilhante e Pata de Espinho estavam ansiosos!

Coração de Fogo se perguntava se Listra Cinzenta também saíra com seu aprendiz, mas logo depois Pata de Samambaia apareceu sozinho, vindo da toca dos aprendizes. O gato malhado castanho-claro olhou à sua volta antes de correr para Coração de Fogo.

– Você viu Listra Cinzenta? – perguntou.

– Sinto muito – Coração de Fogo deu de ombros. – Quando acordei, ele já tinha saído.

— Ele nunca está aqui — Pata de Samambaia miou, triste.
— Se continuar assim, Pata Ligeira será guerreiro antes de mim — Pata Brilhante e Pata de Espinho também.

— Bobagem — Coração de Fogo miou. De repente, ficou zangado com Listra Cinzenta e sua obsessão pela gata do Clã do Rio. Nenhum gato tinha o direito de negligenciar seu aprendiz assim. — Você está indo bem, Pata de Samambaia. Você pode sair para caçar comigo, se quiser.

— Obrigado — o aprendiz fez rom-rom, começando a parecer mais alegre.

— Também vou — se ofereceu Tempestade de Areia, engolindo o último pedaço de comida e lambendo os beiços. Ela tomou a frente quando os três saíram pelo túnel de tojo. — Agora, Pata de Samambaia — miou Coração de Fogo quando eles chegaram à borda do vale de treinamento. — Onde é um bom lugar para procurar presas?

— Debaixo das árvores — replicou o jovem, apontando com um movimento da cauda. — É onde os camundongos e os esquilos vão buscar nozes e sementes.

— Bom — miou o guerreiro. —Vamos ver se você está certo.

Eles foram mais longe, contornando o vale; passaram por Cara Rajada, que olhava carinhosamente seus filhotes brincando na neve. — Eles precisavam esticar as pernas — explicou. — Toda essa neve os deixou inquietos.

Filhote de Nuvem estava sob um arbusto de teixo com alguns colegas de ninhada, explicando, solene, que aquelas eram frutinhas mortais e que eles nunca, *nunca*, deveriam comê-las. Divertido com a seriedade do jovem, Coração de Fogo miou uma saudação quando passou por ele.

Sob as árvores da parte mais alta do vale, a neve não era tão espessa e na superfície branca podiam ser vistos trechos marrons, da terra à mostra. Enquanto os três gatos rastejavam, Coração de Fogo ouviu o som de passos miúdos e farejou camundongo. Automaticamente, agachou-se em posição de caça e deslizou para a frente, colocando pouco peso nas patas para não assustar a presa. O camundongo continuava lá, sem consciência do perigo, de costas para o guerreiro, mordiscando uma semente caída. Quando estava a uma cauda de distância dele, Coração de Fogo saltou e, triunfante, voltou para seus amigos com a presa entre os dentes.

– Boa pegada! – bradou Tempestade de Areia.

Coração de Fogo cobriu a presa de terra para buscá-la mais tarde. – A próxima será a sua, Pata de Samambaia – ele miou.

O aprendiz levantou a cabeça com orgulho e começou a perscrutar à frente, os olhos dardejando de um lado para o outro. Coração de Fogo avistou um melro bicando entre as frutinhas ao pé de um arbusto de azevinho, mas desta vez ele se conteve.

O aprendiz percebeu o pássaro quase ao mesmo tempo que Coração de Fogo. Furtivamente, pata a pata, ele se agachou, balançando os quadris de um lado para o outro, preparando-se para atacar. Para Coração de Fogo o aprendiz estava esperando muito, um tique-taque de coração além do que deveria. O melro o percebeu e voou, mas Pata de Samambaia deu um salto poderoso e o golpeou no ar.

Mantendo uma pata sobre a presa, virou-se para Coração de Fogo. – Calculei mal – admitiu. – Esperei demais, não foi?

– Talvez – replicou Coração de Fogo. – Mas não fique tão triste. Você o *pegou*, é o que interessa.

– Quando você voltar, pode levar essa presa para os anciãos – miou Tempestade de Areia.

Pata de Samambaia se animou. – Sim, eu... – começou. Mas foi interrompido por um lamento estridente e apavorado vindo do vale.

Coração de Fogo olhou em volta. – Parece um filhote!

Com Tempestade de Areia e Pata de Samambaia, ele correu na direção do som. Irrompendo das árvores, lançou-se para a parte mais elevada e olhou para baixo.

– Grande Clã das Estrelas! – Tempestade de Areia gritou, ofegante.

Logo abaixo, os três gatos viram um enorme animal preto e branco; Coração de Fogo reconheceu o cheiro repulsivo de um texugo. Era a primeira vez que via um deles, embora muitas vezes tivesse ouvido o barulho que faziam nos arbustos. Com sua pata enorme e cheia de garras, o bicho tentava alcançar uma fenda entre duas pedras, onde Filhote de Nuvem estava agachado.

– Coração de Fogo – ele gemeu. – Por favor, me ajude!

O guerreiro sentiu todos os pelos de seu corpo arrepiar. Lançou-se rumo ao vale, as patas dianteiras estendidas, prontas para atacar. Tinha vaga consciência da presença de Tempestade de Areia e Pata de Samambaia, logo atrás dele. Coração de Fogo enterrou as garras na lateral do corpo do texugo, e o enorme animal voltou-se contra ele, soltando um rugido e tentando abocanhá-lo. Foi tudo muito rápido, e, se Pata de Samambaia não tivesse pulado, enfiando as garras nos olhos da fera, ela poderia ter conseguido apanhar Coração de Fogo.

O texugo virou a cabeça, pois Tempestade de Areia tinha enfiado os dentes em uma de suas patas traseiras. Chutando com toda a força, jogou longe a gata, que rolou na neve.

Coração de Fogo correu para enfiar novamente as garras no flanco do animal. Gotas de sangue vermelho vivo caíam na neve. O texugo rosnou, mas agora já recuava, e quando Tempestade de Areia se ergueu e avançou, cuspindo, o animal voltou-se e seguiu pela ravina com um andar desajeitado.

Coração de Fogo voltou-se para o sobrinho. – Você se machucou?

Filhote de Nuvem rastejou para fora da fenda na pedra, tiritando incontrolavelmente. – N... não.

Coração de Fogo sentiu um estremecimento de alívio. – O que aconteceu? Onde está Cara Rajada?

– Não sei. Estávamos todos brincando, e então, quando me virei, não vi mais nenhum deles. Pensei em ir me encontrar com você, e aí apareceu o texugo... – Soltou um miado apavorado e se agachou, deitando a cabeça sobre as patas.

Coração de Fogo estava esticando o pescoço para lhe dar uma lambida reconfortante quando Tempestade de Areia disse: – Coração de Fogo, olhe.

Pata de Samambaia estava deitado de lado; de sua pata traseira, o sangue escorria sobre a neve.

– Não é nada – grunhiu o aprendiz, tentando se levantar, corajoso.

– Fique quieto enquanto damos uma olhada – ordenou Tempestade de Areia.

Coração de Fogo se adiantou e examinou a ferida. Para seu alívio, o corte na perna, apesar de extenso, não era profundo, e o sangramento estava quase parando. – Você teve sorte, graças ao Clã das Estrelas – ele miou. – E me salvou de uma mordida horrível. Foi um ato de coragem, Pata de Samambaia.

Os olhos do aprendiz brilharam com o elogio. – Não fui corajoso de verdade – miou, trêmulo. – Não tive tempo de pensar.

– Um guerreiro não teria feito melhor – miou Tempestade de Areia. – Mas o que é que um texugo estava fazendo aqui em plena luz do dia? Eles sempre caçam à noite.

– Deve estar morto de fome. Como nós – adivinhou o guerreiro. – Caso contrário não atacaria algo do tamanho de Filhote de Nuvem. – Voltou-se para o sobrinho e o empurrou com delicadeza para que ficasse de pé. – Venha, vamos voltar para o acampamento.

Tempestade de Areia ajudou Pata de Samambaia a se levantar e, caminhando ao lado do aprendiz, que mancava, dirigiram-se à ravina. Coração de Fogo seguia com Filhote de Nuvem, que se mantinha bem perto dele.

Quando chegaram ao local, Cara Rajada surgiu, chamando freneticamente por Filhote de Nuvem. Outros gatos vinham atrás dela, atraídos para fora do acampamento por seus gritos desesperados. Coração de Fogo viu Vento Veloz e Pelagem de Poeira e, então, sentiu um aperto no peito ao ver Garra de Tigre, que os seguira.

Cara Rajada correu para Filhote de Nuvem e cobriu-o de lambidas ansiosas. – Onde você *estava*? – repreendeu. – Procurei você por *toda parte*. Você não deve fugir assim.

– Não fugi! – protestou o jovem.

– O que está acontecendo? – perguntou Garra de Tigre, colocando-se à frente do grupo.

Coração de Fogo explicou, enquanto Cara Rajada continuava a alisar o pelo arrepiado do filhote. – Nós expulsamos o texugo – ele disse ao representante. – Pata de Samambaia foi muito corajoso.

Enquanto ele falava, Garra de Tigre o encarava com seus ferozes olhos cor de âmbar, mas Coração de Fogo mantinha a cabeça alta; dessa vez não tinha por que se sentir culpado.

– É melhor você ir ver Presa Amarela e mostrar a perna para ela – grunhiu o representante para Pata de Samambaia. – Quanto a você... – Virou-se ameaçadoramente para Filhote de Nuvem. – O que estava fazendo, arriscando-se dessa maneira? Acha que os guerreiros não têm nada melhor para fazer do que salvar você?

Filhote de Nuvem colou as orelhas à cabeça. – Sinto muito, Garra de Tigre. Não queria me meter em perigo.

– Não queria! Nenhum gato lhe ensinou nada melhor do que sair por aí sem rumo?

– Ele é apenas um filhote – protestou Cara Rajada, voltando o delicado olhar verde para o representante.

Garra de Tigre arreganhou os dentes e emitiu um ronco. – Ele já causou mais problemas do que todos os outros filhotes juntos – grunhiu. – É hora de aprender uma lição. Só pra variar, ele pode fazer um trabalho de verdade.

Coração de Fogo abriu a boca para protestar. Pela primeira vez Filhote de Nuvem não tivera a intenção de causar problema; o susto já bastava como castigo por ele ter se afastado de Cara Rajada.

O representante, porém, continuou. – Você pode ir cuidar dos anciãos – ordenou. – Limpe as camas sujas e pegue mais musgo limpo. Certifique-se de que eles tenham bastante presa fresca e cate os carrapatos no pelo deles.

– Carrapatos! – exclamou Filhote de Nuvem ofendido, perdendo o resto do medo que sentia. – Não vou fazer isso! Por que eles não tiram os próprios carrapatos?

– Porque são anciãos – ciciou Garra de Tigre. – Você precisa começar a entender mais sobre o clã se quiser ser um aprendiz. – Olhou feio para Filhote de Nuvem. – Vá. E faça isso até segunda ordem.

O filhote pensou em se rebelar, mas nem mesmo ele desafiaria Garra de Tigre duas vezes. Seus olhos azuis chispavam quando encarou o representante, e ele então fugiu rumo ao túnel. Cara Rajada soltou um miado desesperado e o seguiu.

– Sempre disse que trazer gatinho de gente para o clã era uma má ideia – rugiu Garra de Tigre para Pelagem de Poeira. E falou olhando para Coração de Fogo, como se desafiasse o jovem guerreiro a protestar.

Entretanto, Coração de Fogo desviou o olhar. – Venha, Pata de Samambaia – miou, engolindo a raiva. Não via sentido em entrar em uma briga. – Vamos ver Presa Amarela.

– Vou voltar e tentar encontrar as presas que capturamos – propôs Tempestade de Areia. – Não queremos que o texugo as pegue! – Começou, então, a correr de volta à ravina. Coração de Fogo miou um obrigado e foi para o acampamento com Pata de Samambaia. O aprendiz, mancando bastante, parecia cansado.

Ao se aproximarem do túnel de tojo, Coração de Fogo se surpreendeu ao ver Cauda Partida, que andava aos trancos ao lado de Presa Amarela. Dois guardas, Risca de Carvão e Rabo Longo, os seguiam de perto.

– Devemos estar loucos deixando-o sair assim – resmungou Rabo Longo. – E se ele fugir?

– Fugir? – ralhou Presa Amarela. – Suponho que você também acredite que porco-espinho voa. Ele não vai a lugar nenhum, sua estúpida bola de pelo. – Com todo o cuidado, ela tirou a neve de cima de uma pedra e guiou Cauda Partida até o local. Ele se acomodou, os olhos cegos voltados para o sol, e farejou o ar.

— Está um lindo dia — murmurou Presa Amarela, enroscando seu corpo magro perto do dele. Coração de Fogo jamais a ouvira falar tão delicadamente. — Em breve a neve vai derreter e a estação do renovo vai chegar. As presas estarão apetitosas e gordas. Aí você vai se sentir melhor.

Ao ouvir isso, Coração de Fogo lembrou que nenhum outro gato sabia que Presa Amarela era mãe de Cauda Partida. Nem o próprio Cauda Partida, que sequer deu sinal de ter ouvido palavras tão gentis. O guerreiro de pelagem cor de chama estremeceu ao ver a dor estampada nos olhos da velha gata. Ela fora obrigada a entregar Cauda Partida logo após seu nascimento porque as curandeiras eram proibidas de ter filhotes. E, mais tarde, teve de cegá-lo para salvar seu clã de adoção do ataque dos renegados.

Para Cauda Partida, Presa Amarela era como qualquer outro gato do Clã do Trovão, mas a curandeira ainda o amava. Coração de Fogo quase rugiu para demonstrar sua solidariedade.

— Vou ter de dizer isso a Garra de Tigre — miou Risca de Carvão, afetado, andando de lá para cá ao pé da rocha onde os gatos se sentaram. — Ele não autorizou a saída do prisioneiro do acampamento.

Decidido, Coração de Fogo se aproximou e pressionou seu focinho contra o do outro gato. — Até onde sei, *Estrela Azul* é a líder do clã — cuspiu. — E a quem você acha que ela vai dar ouvidos? A você ou à curandeira?

Risca de Carvão se ergueu nas patas traseiras, a boca arreganhada mostrando as presas. Atrás dele, Coração de

Fogo ouviu um sibilar de alarme de Pata de Samambaia. Retesou-se, pronto para o ataque do guerreiro mais velho, mas, antes que começasse uma luta, Presa Amarela os interrompeu com um grunhido furioso.

– Parem com essa bobagem! O que aconteceu a Pata de Samambaia? – Sua cara achatada surgiu na ponta da pedra, crispada de preocupação.

– Um texugo o arranhou – disse-lhe Coração de Fogo, lançando um último olhar para Risca de Carvão.

A velha curandeira desceu com dificuldade e examinou a perna de Pata de Samambaia, farejando a ferida. – Você vai sobreviver – resmungou. – Vá para a minha toca. Pata de Cinza está lá e vai lhe dar algumas ervas para pressionar sobre o machucado.

– Obrigado, Presa Amarela – miou o jovem, que saiu mancando.

Coração de Fogo o seguiu, mas, antes de entrar no túnel de tojo, olhou para trás. A curandeira tinha voltado para o alto da pedra; sentada, abraçara Cauda Partida, lambendo gentilmente o pelo do gato. O guerreiro ainda ouviu os sussurros delicados que uma rainha diria aos seus filhotes.

Cauda Partida, porém, continuava tão insensível quanto antes. Nem mesmo se virou para trocarem lambidas.

Muito triste, Coração de Fogo dirigiu-se ao túnel. Há poucos laços mais fortes do que os que existem entre a mãe e seus filhotes. Presa Amarela ainda sentia essa ligação, mesmo depois de toda a dor que Cauda Partida lhe causara – matando o próprio pai, destruindo seu clã com sua liderança sanguinária, atacando o Clã do Trovão unido a um bando de renegados. Para uma parte de Presa Amarela, entretanto, ele ainda era seu filhote.

Então, questionou-se Coração de Fogo, como Pé de Bruma e Pelo de Pedra tinham sido separados da mãe? Por que Coração de Carvalho os levara para o Clã do Rio? E, sobretudo, por que os gatos do Clã do Trovão não tinham tentado encontrá-los?

CAPÍTULO 9

Na toca de Presa Amarela, Coração de Fogo explicou o que acontecera enquanto Pata de Cinza inspecionava o corte na perna de Pata de Samambaia, providenciando um cataplasma para colocar no machucado.

– É melhor você descansar aqui esta noite – disse a gata cinza ao aprendiz. – Pode deixar, sua perna vai estar nova em folha em um ou dois dias. – Ela falava com alegria, sem nenhuma amargura pelo fato de que sua própria perna jamais ficaria curada. Virando-se para Coração de Fogo, acrescentou: – Acabei de receber Filhote de Nuvem. Como ele me disse que tinha de catar carrapatos no pelo dos anciãos, dei-lhe um pouco de bile de camundongo.

– Para que serve? – perguntou Pata de Samambaia.

– Se você colocar um pouco sobre os carrapatos, eles caem em um instante – disse Pata de Cinza. Seus olhos azuis brilharam, bem-humorados. – Mas não passe a língua nas patas depois. É nojento.

– Tenho certeza de que Filhote de Nuvem vai gostar de fazer isso. – Coração de Fogo fez uma careta. – Pena que

Garra de Tigre o tenha punido; não acho que tenha sido culpa dele o ataque do texugo.

Pata de Cinza deu de ombros. – Com Garra de Tigre não se pode discutir.

– É verdade – Coração de Fogo concordou. – De qualquer forma, acho que vou me certificar de que Filhote de Nuvem está bem.

Assim que ele colocou a pata na toca dos anciãos, franziu o nariz por causa do fedor da bile de camundongo. Orelhinha estava deitado de lado e Filhote de Nuvem procurava carrapatos em seu pelo. O ancião se contraiu quando ele colocou um pouco da bile em sua perna traseira. – Cuidado, garoto! Mantenha as garras recolhidas.

– Mas elas já estão – sussurrou Filhote de Nuvem, com uma careta, enojado. – Pronto, já foi. Você está pronto, Orelhinha.

Cauda Mosqueada, que estivera observando, dirigiu-se a Coração de Fogo com voz rouca: – Seu sobrinho é muito eficiente. – Quando o filhote se aproximou, com o musgo encharcado de bile, ela disse: – Não, Filhote de Nuvem. Garanto que não tenho carrapatos. E, se eu fosse você, não acordaria Caolha. – Ela apontou para onde a velha gata dormia, enroscada perto do tronco da árvore caída. – Ela não vai gostar nada se você lhe perturbar o sono.

Filhote de Nuvem olhou à volta, cheio de esperança. Os demais anciãos não estavam. – Então posso ir?

– Você poderá ver Caolha mais tarde – Coração de Fogo miou. – Enquanto isso, é melhor tirar daqui esses restos sujos de cama. Vamos, eu ajudo você.

– E trate de providenciar outros bem sequinhos! – grunhiu Orelhinha. Juntos, tio e sobrinho removeram o musgo e a urze velhos, fazendo diversas viagens para levar aquilo tudo para fora do acampamento. Coração de Fogo ensinou Filhote de Nuvem a limpar a bile de camundongo das patas, esfregando-as na neve. – Agora vamos pegar musgo fresco – ele miou. – Venha comigo. Conheço um bom lugar.

– Estou cansado – Filhote de Nuvem reclamou. – Não quero fazer isso.

– Sinto muito, é preciso. Anime-se, poderia ser pior. Eu já lhe contei que, quando eu era aprendiz, precisei cuidar sozinho de Presa Amarela?

– Presa Amarela! – O jovem arregalou os olhos. – Uau, aposto que ela era rabugenta! Ela atacou você com a garra?

– Não, só com a língua – Coração de Fogo replicou. – E já era afiada o bastante!

Filhote de Nuvem emitiu um curto rom-rom com uma risada. Para alívio do guerreiro, seu sobrinho parou de reclamar, e, quando chegaram ao canteiro de musgo, o filhote fez sua parte, cavando a neve e imitando Coração de Fogo, que mostrou como sacudir a pata e se livrar da umidade.

Eles estavam voltando para o acampamento, com as mandíbulas carregadas de musgo, quando Coração de Fogo viu um gato sair do túnel de tojo e subir a lateral da ravina. O corpo maciço e o pelo listrado não deixavam dúvida. Era Garra de Tigre.

Coração de Fogo semicerrou os olhos. O representante procurava passar despercebido; olhou para os lados antes de sair do túnel e desapareceu na beira da ravina o mais rápido possível. Coração de Fogo sentiu um desconforto. Alguma coisa estava errada.

– Filhote de Nuvem – ele miou, colocando a bola de musgo no chão. – Leve sua parte para fazer a cama dos anciãos e depois venha buscar a minha. Tenho uma coisa para fazer.

O jovem miou através do musgo que lhe enchia a boca, concordando, e foi para o túnel. Coração de Fogo virou-se e, correndo, subiu a encosta até onde Garra de Tigre tinha desaparecido.

Não se via o representante, mas com a ajuda da trilha de cheiro e das enormes marcas de pata na neve Coração de Fogo não teve dificuldade em segui-lo, tomando cuidado em não chegar muito perto para que Garra de Tigre não o visse nem sentisse seu cheiro.

A trilha seguia diretamente através dos Pinheiros Altos, passando pelo Ponto de Corte de Árvores. Coração de Fogo, assustado, percebeu que Garra de Tigre estava indo para o Lugar dos Duas-Pernas. Sentiu o peito apertar. Será que ele estava indo procurar Princesa, irmã de Coração de Fogo? Talvez, de tão zangado com Filhote de Nuvem, quisesse machucar sua mãe. O gato avermelhado nunca dissera ao clã onde exatamente Princesa morava, mas não seria impossível para Garra de Tigre achá-la pelo cheiro, já que conhecia Filhote de Nuvem. Ele se mantinha abaixado, tentando se deslocar sem fazer barulho. Quando a trilha se desviou para uma moita de tojo, ele percebeu, com o canto do olho, um movimento. Era um camundongo, que arranhava a terra sob um dos arbustos.

Coração de Fogo não queria parar e caçar, mas o bicho estava praticamente implorando para ser apanhado. Por instinto, ele se agachou em posição de caça e se arrastou para pegar a presa. O impulso o fez cair bem em cima do camundongo, mas ele perdeu um pouco mais de tempo para enterrar o animal na neve, antes de voltar a seguir Garra de Tigre. O guerreiro acelerou o passo, com medo do que o representante podia ter feito enquanto ele se detivera.

Quando rodeava o tronco de uma árvore caída, ele quase colidiu com Garra de Tigre, que vinha correndo na direção oposta.

O representante recuou, surpreso. – Seu miolo de camundongo! – ele sibilou. – O que você está fazendo aqui?

A primeira reação do guerreiro foi de alívio. Garra de Tigre certamente não tivera tempo de chegar ao Lugar dos Duas-Pernas e machucar Princesa. Ele então percebeu uma profunda suspeita nos olhos cor de âmbar do representante. *Ele não pode saber que eu o seguia*, pensou Coração de Fogo, desesperado.

– Eu... Eu saí para mostrar a Filhote de Nuvem um bom lugar para encontrar musgo para preparar as camas – gaguejou. – Então pensei que podia aproveitar e caçar um pouco.

– Não estou vendo presa alguma – grunhiu Garra de Tigre.

– Ela está enterrada logo ali. – Coração de Fogo apontou com a cabeça trêmula o lugar de onde viera.

O guerreiro estreitou os olhos. – Vamos, mostre. – Furioso por Garra de Tigre não acreditar nele, mas também bastante aliviado pela sorte que o levara a conseguir uma presa, Coração de Fogo voltou pela trilha e cavou a neve, descobrindo o camundongo que tinha acabado de enterrar. – Satisfeito?

O representante do clã franziu a testa. Coração de Fogo quase podia ler seus pensamentos; Garra de Tigre estava louco para culpá-lo por alguma coisa, mas desta vez não dera certo.

Enfim, o representante grunhiu: – Vamos logo com isso. – E, curvando a cabeça, tomou o camundongo de Coração de Fogo e dirigiu-se ao acampamento.

O jovem guerreiro o observou se afastar e voltou a correr pela trilha, rumo ao Lugar dos Duas-Pernas. E finalmente descobriu onde Garra de Tigre estivera. De vez em quando ele girava as orelhas para trás, com medo de que o representante voltasse e o seguisse, mas não ouviu nada e, aos poucos, começou a relaxar.

O cheiro de Garra de Tigre acabava perto das cercas que marcavam o território dos Duas-Pernas. Coração de Fogo andou de lá para cá sob as árvores, estudando o solo. A neve tinha a marca de muitas patas, patas demais para que ele pudesse identificá-las. Havia também muitos odores estranhos. Diversos felinos tinham estado ali, e recentemente.

Coração de Fogo torceu o nariz. Os cheiros dos gatos estavam misturados com os de presas mortas havia muito tempo e o fedor do lixo dos Duas-Pernas. A não ser pelo cheiro do próprio Garra de Tigre, era impossível saber quem eram os outros gatos. Coração de Fogo sentou-se e começou a lavar as patas enquanto pensava intensamente. Não havia como saber se Garra de Tigre tinha encontrado aqueles gatos desconhecidos ou se apenas cruzara suas trilhas. Ele já estava voltando para o acampamento quando ouviu um miado.

– Coração de Fogo! Coração de Fogo!

Ele girou nas patas. Na cerca, na extremidade do jardim dos Duas-Pernas estava sua irmã, Princesa. Imediatamente o guerreiro saiu correndo e pulou para o lado dela.

Princesa emitiu um rom-rom do fundo da garganta e esfregou sua bochecha na do irmão. – Coração de Fogo, como você está magro! – exclamou, afastando-se. – Você está comendo direito?

– Não, tampouco nenhum outro gato no clã – ele admitiu. – Há escassez de presas por causa do tempo.

– Você está com fome? Há uma tigela de comida no meu ninho na casa dos Duas-Pernas. Pode ficar com ela se quiser.

Por alguns tique-taques de coração o guerreiro vermelho ficou tentado a aceitar. Ficou com água na boca quando ele pensou em encher a barriga com comida que ele não precisara caçar. Mas o bom-senso venceu. Ele não podia de jeito algum voltar ao acampamento coberto do cheiro dos Duas-Pernas, e o Código dos Guerreiros o proibia de comer antes de alimentar o resto do clã. – Obrigado, Princesa, mas não posso.

— Espero que esteja alimentando Filhote de Nuvem — Princesa miou, ansiosa. — Há dias espero por você, para que me diga como ele está.

— Ele está bem. Logo será um aprendiz.

Os olhos de Princesa brilharam de orgulho, e Coração de Fogo sentiu no pelo uma pontada de incerteza. Sabia quanto significava para a irmã ter dado o primogênito para o clã. Ele não podia deixar que ela tivesse qualquer dúvida sobre a adaptação do jovem. — Filhote de Nuvem é forte e valente — ele lhe disse. — E inteligente. — *E enxerido, mimado, malcriado*, acrescentou para si mesmo. Mas certamente ele iria aprender com o tempo, crescendo no meio do clã e aprendendo seus hábitos. — Estou certo de que ele vai se tornar um ótimo guerreiro.

Princesa ronronou. — Claro que sim, você vai ensinar a ele.

As orelhas de Coração de Fogo se contraíram, com a vergonha que ele sentiu. Princesa pensava que era fácil para ele ser um guerreiro. Ela não conhecia os problemas que ele tinha, vivendo dentro do clã, ou como era difícil saber qual a atitude certa a tomar quando se descobriam coisas que afetavam o grupo.

— É melhor eu ir — ele miou. — Logo voltarei a visitá-la. E quando a estação do renovo chegar trarei Filhote de Nuvem comigo.

Deu uma carinhosa lambida de despedida em Princesa e deixou-a ronronando ainda mais forte com o pensamento de rever o amado filhote.

Coração de Fogo voltou seguindo a trilha de cheiro de Garra de Tigre, atento para ver se encontrava alguma presa no caminho. Depois de dizer ao representante que estava caçando, sabia que era melhor voltar com uma presa que impressionasse. Aos poucos começou a ouvir um som desconhecido. Precisou parar para entender do que se tratava. Em algum lugar, havia água pingando. Olhando ao redor, viu um glóbulo prateado na ponta de um galho espinhento. A gota inchou e brilhou a luz do sol, antes de cair e derreter um pequeno buraco na neve.

O guerreiro levantou a cabeça. O barulho de água estava por todo lado, agora, e uma brisa morna eriçou seu pelo. Uma onda de alegria o percorreu quando ele percebeu que a cruel estação sem folhas estava chegando ao fim. Logo viria o renovo e haveria montes de presas outra vez. O degelo tinha começado!

CAPÍTULO 10

DE VOLTA AO ACAMPAMENTO, CORAÇÃO DE FOGO VIU Estrela Azul saindo do berçário. Rapidamente, ele colocou a caça na pilha e foi até a líder.

– Sim, Coração de Fogo, o que é? – a líder quis saber. Sua voz era calma, mas tinha um toque sombrio; o guerreiro sabia que a frieza significava que ela ainda não o perdoara pelas perguntas a respeito dos filhotes desaparecidos do Clã do Trovão.

Ele abaixou a cabeça respeitosamente. – Estrela Azul, eu estava caçando perto do Lugar dos Duas-Pernas, e...

– Por que lá? – ela interrompeu. – Às vezes acho que você passa muito tempo perto do Lugar dos Duas-Pernas, Coração de Fogo.

– P... pensei que poderia haver presas por ali – ele gaguejou. – De qualquer forma, quando estava lá, senti o cheiro de gatos estranhos.

No mesmo momento a líder ficou alerta; suas orelhas se moveram para a frente e ela fixou os olhos significativamente no guerreiro. – Quantos gatos? De que clã?

— Não estou certo quanto ao número — admitiu. — Cinco ou seis, pelo menos. Mas eles não tinham o odor de nenhum dos clãs. — O guerreiro torceu o nariz e lembrou. — Eles cheiravam a carniça, o que me fez ter certeza de que não eram gatinhos de gente.

Estrela Azul ficou pensativa; para alívio de Coração de Fogo, sua hostilidade pareceu ir embora. — De quando é o cheiro? — ela indagou.

— Muito recente. Mas não vi nenhum gato por lá. — *Exceto Garra de Tigre*, acrescentou para si mesmo, em silêncio. Coração de Fogo resolveu não contar à líder essa parte da história. Ela não estava disposta a ouvir mais acusações contra o representante, e ele não tinha provas de que Garra de Tigre tivesse alguma coisa a ver com os gatos desconhecidos.

— Quem sabe renegados vindos do Lugar dos Duas-Pernas? Obrigada, Coração de Fogo. Direi às patrulhas que fiquem atentas quando passarem por ali. Não acho que seja uma ameaça ao Clã do Trovão, mas cuidado nunca é demais.

Com um rato silvestre entre os dentes, Coração de Fogo foi para o acampamento. O sol brilhava em um céu azul resplandecente e, dois dias depois de seu encontro com Princesa, a maior parte da neve já tinha desaparecido. Os brotos tinham aumentado de tamanho e uma fina camada de folhas verdes se insinuava nas árvores. E o mais importante, as presas começavam a reaparecer na floresta. Já era mais fácil reabastecer a pilha do acampamento e, pela primeira vez em luas, o clã estava bem alimentado.

Coração de Fogo chegou à clareira e encontrou as rainhas retirando do berçário o musgo velho que forrava as camas. O guerreiro deixou a caça na pilha e foi ajudá-las, satisfeito por ver que Filhote de Nuvem fazia o mesmo.

– Vou mostrar aos outros filhotes onde se pode encontrar o melhor musgo! – miou, cheio de orgulho, o pequeno gato branco, cambaleante com o peso dos forros velhos.

– Boa ideia – concordou Coração de Fogo. Ele notara que, mesmo depois que Garra de Tigre o liberara das funções com os anciãos, o filhote continuava a ajudar. Talvez, afinal de contas, ele sentisse uma centelha de lealdade pelo clã de adoção. – Mas tome cuidado com os texugos!

Só então viu Flor Dourada sair do berçário, empurrando uma bola de musgo sujo. Sua barriga estava redonda por causa do peso dos bebês que carregava.

– Olá, Coração de Fogo – ela miou. – Não é maravilhoso ver novamente o sol?

O guerreiro respondeu com uma lambida amigável no ombro da rainha. – Logo chegará a estação do renovo – ele miou. – Bem a tempo para a chegada dos seus filhotes. Se você... – Ele se calou, virando-se ao ouvir Garra de Tigre chamá-lo.

– Coração de Fogo, se não tiver nada melhor para fazer do que fofocar com as rainhas, tenho um serviço para você.

O gato engoliu uma resposta zangada. Estivera caçando a manhã inteira e só tinha parado por alguns minutos para falar com Flor Dourada.

– Quero que você leve uma patrulha para a fronteira do Clã do Rio – continuou o representante. – Faz dias que nenhum gato anda por lá, e agora que a neve se foi, precisamos renovar nossas marcas de cheiro. Certifique-se de que os gatos do Clã do Rio não estejam caçando em nosso território. E, se estiverem, já sabe o que fazer.

– Sim, Garra de Tigre – miou Coração de Fogo. Os ouriços deviam estar criando asas, pensou, se Garra de Tigre o escolhera para liderar uma patrulha! Mas o representante era esperto demais para se comportar com hostilidade em público; ao contrário, ele seria cuidadoso, tratando-o como aos demais guerreiros do clã, pois Estrela Azul poderia perceber.

Mas eu ainda não confio em você! Coração de Fogo pensou. E miou alto: – Quem devo levar comigo?

– Qualquer gato de que você goste. Ou você precisa que eu segure sua pata? – o representante acrescentou com desdém.

– Não, Garra de Tigre. – Coração de Fogo mal conseguia segurar sua língua; ele adoraria socar aquele focinho cheio de cicatrizes. Deu um miado apressado para Flor Dourada e foi para a toca dos guerreiros. Tempestade de Areia estava lá, deitada de lado, lavando-se com vontade; ali perto, Listra Cinzenta e Vento Veloz trocavam lambidas.

– Quem está a fim de sair em patrulha? – Coração de Fogo chamou. – Devemos verificar a fronteira do Clã do Rio.

À menção do Clã do Rio, Listra Cinzenta, atrapalhado, ficou de pé imediatamente, enquanto Vento Veloz se levantou mais devagar. Tempestade de Areia interrompeu o banho e reclamou com Coração de Fogo. – Logo agora que eu estava querendo um pouco de paz. Estive caçando desde a madrugada. – Mas o tom era bem-humorado, sem o menor traço daquela hostilidade que ele experimentara quando chegara ao clã, pensou Coração de Fogo; quase ao mesmo tempo ela se levantou, sacudiu-se e disse: – Tudo bem; vá na frente.

– E Pata de Samambaia? – perguntou o guerreiro a Listra Cinzenta. – Vamos levá-lo?

– Nevasca e Pelo de Rato saíram com os aprendizes – explicou Vento Veloz. – *Todos* os aprendizes – são loucos! Estão caçando presas frescas para os anciãos.

Coração de Fogo tomou a frente, sentindo uma comichão nas patas quando saltou para a ravina. Parecia fazer muitas luas que ele não dava uma corrida sem que a neve lhe congelasse as patas, e ele queria esticar os músculos. – Vamos para as Rochas Ensolaradas – miou –, e então seguiremos ao longo da fronteira até Quatro Árvores.

O guerreiro de pelo avermelhado estabeleceu um ritmo acelerado, mas, mesmo assim, podia perceber as folhas verdes e brilhantes das samambaias novas começando a se desenrolar, e os primeiros brotos pálidos das prímulas saindo de suas coberturas verdes. O canto dos passarinhos e o aroma fresco de brotos se desenvolvendo enchiam o ar.

Quando a patrulha se aproximou da beira da floresta, ele desacelerou o passo e começou a caminhar devagar. À frente, ouvia-se o som do rio, livre, enfim, das amarras do gelo. – Já estamos quase na fronteira – ele miou baixinho.

– A partir daqui temos de ficar alertas. Pode haver gatos do Clã do Rio.

Listra Cinzenta parou e abriu a boca para sorver o aroma da brisa. – Não sinto cheiro algum – anunciou. Coração de Fogo imaginou que estava decepcionado porque Arroio de Prata não estava por perto. – Além disso, eles terão presas em abundância agora que o rio descongelou – acrescentou Listra Cinzenta. – Por que viriam roubar as nossas?

– Não ponho a minha pata no fogo pelo Clã do Rio – grunhiu Vento Veloz. – Eles roubam até o pelo de suas costas se você não ficar de olho.

Coração de Fogo viu que o pelo de Listra Cinzenta começava a ficar arrepiado. – Venha, então – ele miou, com pressa, tentando distrair o amigo antes que ele dissesse algo que denunciasse sua lealdade dividida. – Vamos. – Passou correndo pelas últimas árvores e chegou ao campo aberto. O que ele viu fez com que estacasse, e a lembrança de seu sonho o atingiu como o estrondo de um trovão.

Diante deles, a terra se inclinava suavemente para o rio – ou para o que tinha sido o rio. Avolumadas pela neve derretida, as águas tinham extravasado as margens e subido até chegar à vegetação, a quase um coelho de distância das patas de Coração de Fogo. Só estavam visíveis as pontas dos juncos; um pouco adiante, rio acima, as Rochas Ensolaradas eram ilhas cinzentas no meio de um lago prateado e cintilante.

O degelo tinha chegado, isso era certo, mas o rio, agora, transbordara completamente.

CAPÍTULO 11

— Grande Clã das Estrelas! — murmurou Tempestade de Areia.

Os outros dois gatos emitiram um som gutural, concordando, mas Coração de Fogo estava mudo, horrorizado. Ele imediatamente reconheceu a brilhante extensão de água, e agora lembrava as ameaçadoras palavras de Folha Manchada: "A água pode extinguir o fogo."

O medo o deixou arrepiado, enquanto ele tentava entender como essa cheia poderia ameaçar seu clã, e ele não percebeu que Listra Cinzenta tentava atrair sua atenção até que o grande gato cinza se encostasse nele, pressionando-o. O medo chamejava nos olhos cor de âmbar de Listra Cinzenta, e não era necessário indagar a razão; ele temia por Arroio de Prata.

O terreno era mais baixo na margem do Clã do Rio, o que permitia que a inundação chegasse até muito longe. Com relação ao acampamento na ilha... Coração de Fogo imaginava quanto dele estaria debaixo da água. Ele passara a gostar de Arroio de Prata, apesar de suas preocupações, e sentia também um relutante respeito por Pé de Bruma e Poça Cinzenta. Não queria pensar na possibilidade de elas terem de abandonar o acampamento, ou pior, de se afogarem.

Vento Veloz foi até a beira e seu olhar cruzou o rio. – O Clã do Rio não vai gostar disto. Mas há um lado bom, também. A enchente vai mantê-los afastados do nosso território.

Coração de Fogo percebeu que Listra Cinzenta ficara tenso ao notar satisfação no tom de Vento Veloz. Ele lançou ao amigo um olhar de aviso. – Bem, não podemos patrulhar a fronteira agora – salientou. – É melhor voltarmos ao acampamento e contar o que vimos. Vamos, Listra Cinzenta – ele acrescentou com firmeza, vendo o guerreiro olhar novamente, angustiado, para a outra margem do volumoso rio.

Tão logo soube da notícia, Estrela Azul pulou para o topo da Pedra Grande e fez a convocação habitual. – Que todos os gatos com idade suficiente para caçar a própria comida se reúnam aos pés da Pedra Grande.

Imediatamente os felinos começaram a sair das tocas para a clareira. Coração de Fogo tomou seu lugar à frente do grupo, percebendo, com uma ponta de aborrecimento, que Filhote de Nuvem vinha, aos pulos, atrás de Cara Rajada, embora ainda fosse jovem demais para assistir à reunião. Viu Presa Amarela e Pata de Cinza escutando da boca do túnel de samambaias. Até Cauda Partida saiu da toca, empurrado por Pelo de Rato.

O belo tempo da manhã dera lugar a nuvens, que começavam a se juntar, encobrindo o sol, e a brisa suave transformara-se em um vento forte que varria a clareira, achatando o pelo dos gatos que estavam agachados à volta da Pedra Grande. Coração de Fogo estremeceu, sem saber se de frio ou de apreensão.

– Gatos do Clã do Trovão – miou Estrela Azul. – Nosso acampamento pode estar em perigo. A neve se foi, mas o rio extravasou as margens. Parte de nosso território já está inundada.

Um coro de desânimo se elevou, mas Estrela Azul impôs sua voz. – Coração de Fogo, diga ao clã o que viu.

O gato de pelo cor de chama se levantou e descreveu como o rio tinha transbordado nas proximidades das Rochas Ensolaradas.

– Não parece tão perigoso – miou Risca de Carvão depois de ouvi-lo. – Sobrou ainda muito território para caçar. Vamos deixar que o Clã do Rio se preocupe com a cheia.

Ouviu-se um murmúrio de aprovação, embora Coração de Fogo tenha percebido que Garra de Tigre permanecia calado. O representante estava na base da Pedra Grande, imóvel, exceto pela ponta da cauda, que ele movia como se fosse um chicote.

– Silêncio! – cuspiu Estrela Azul. – O volume de água pode aumentar e chegar até aqui antes que percebamos. Um problema desse tipo é pior do que a rivalidade entre clãs. Não gostaria de ouvir que algum gato do Clã do Rio morreu por causa da enchente.

Coração de Fogo percebeu um brilho ardente nos olhos da líder, como se suas palavras tivessem um sentido maior. Confuso, lembrou como Estrela Azul se zangara por ele ter conversado com os guerreiros do Clã do Rio; embora, nessas circunstâncias, sua forte empatia pudesse significar apenas que ela estava tomada por solidariedade.

Retalho elevou a voz entre os anciãos. – Lembro a última vez que o rio transbordou, muitas luas atrás. Gatos de todos os clãs se afogaram, e passamos fome, também, embora nossas patas tenham permanecido secas. Esse problema não é só do Clã do Rio.

– Muito bem dito, Retalho – miou Estrela Azul. – Também me lembro desse tempo, e esperava que isso nunca mais se repetisse. Mas, como já aconteceu, minhas ordens são: nenhum gato pode sair do acampamento sozinho. Os filhotes e aprendizes só saem acompanhados por pelo menos um guerreiro. As patrulhas vão sair para conferir até onde as águas chegaram. – Garra de Tigre, providencie isso.

– Sim, Estrela Azul – miou o representante. – Vou mandar também patrulhas de caça. Precisamos providenciar um estoque de presas antes que as águas subam mais.

– Boa ideia – concordou a líder. Ela voltou a subir o tom de voz para se fazer ouvir por todo o clã. – A reunião está encerrada. Vão cumprir suas tarefas. – Ela pulou, graciosa, da Pedra Grande e foi conversar com Retalho e os demais anciãos.

Enquanto esperava para ver se Garra de Tigre iria escolhê-lo para integrar uma patrulha, Coração de Fogo viu

Listra Cinzenta se afastar do círculo de gatos. O guerreiro de pelagem rubra o seguiu, alcançando-o assim que ele se encaminhou para o túnel de tojo. – Aonde você pensa que vai? – cochichou no ouvido do guerreiro cinza. – Estrela Azul acabou de dizer que nenhum gato deve sair sozinho.

Listra Cinzenta o olhou apavorado e protestou: – Coração de Fogo, *preciso* ver Arroio de Prata. Preciso ter certeza de que ela está bem.

Coração de Fogo soltou um suspiro longo e exasperado. Compreendia o sentimento do amigo, mas ele não podia ter escolhido hora pior para visitar a namorada. – Como você vai atravessar o rio? – perguntou.

– Eu me arranjo – respondeu Listra Cinzenta, grosseiro. – É só água.

– Não seja tão miolo de camundongo! – Coração de Fogo cuspiu, lembrando a ocasião em que Listra Cinzenta caíra no gelo e fora resgatado por Arroio de Prata. – Uma vez você já quase se afogou. Não chega?

Listra Cinzenta não respondeu; apenas voltou para o túnel.

Coração de Fogo olhou por cima do ombro. Na clareira, os demais gatos formavam pequenos grupos, sob a batuta de Garra de Tigre, prontos para sair em patrulha. – Pare, Listra Cinzenta! – ele ciciou, detendo o amigo na entrada do túnel. – Espere aí.

Quando teve certeza de que Listra Cinzenta ia fazer o que ele pediu, Coração de Fogo cruzou a clareira para falar com o representante. – Ei, Garra de Tigre, Listra Cinzenta e eu estamos prontos. Vamos verificar a fronteira do Clã do Rio depois das Rochas Ensolaradas rio abaixo, tudo bem?

Garra de Tigre estreitou os olhos, deixando clara sua insatisfação por Coração de Fogo ter decidido que área iria patrulhar. Mas ele não tinha razão para negar, especialmente porque Estrela Azul podia ouvir. – Tudo bem – grunhiu. – Tente também trazer alguma presa.

– Claro, Garra de Tigre – Coração de Fogo replicou, abaixando a cabeça antes de correr até Listra Cinzenta. – Certo – ele arfou. – Estamos em patrulha, pelo menos assim nenhum gato vai ficar imaginando aonde você foi.

– Mas você... – Listra Cinzenta começou a protestar.

– Sei que você tem de ir – Coração de Fogo miou. – Mas eu vou junto.

Enquanto dizia isso, ele sentiu uma ponta de culpa. Mesmo em patrulha, ele e Listra Cinzenta não deveriam ultrapassar as fronteiras do clã. Estrela Azul ficaria furiosa se soubesse que dois de seus guerreiros estavam arriscando a vida no território inimigo quando seu próprio clã precisava tanto deles. Mas Coração de Fogo não tinha como ficar ali e deixar Listra Cinzenta seguir sozinho. Ele poderia ser levado pelas águas e jamais voltar.

– Obrigado, Coração de Fogo – murmurou Listra Cinzenta ao saírem do túnel. – Não vou esquecer isso.

Lado a lado, os dois guerreiros subiram aos trancos pela encosta rochosa e íngreme. Entrando pela floresta, refazendo os passos da patrulha anterior, Coração de Fogo percebeu que o chão sob suas patas estava enlameado. A neve derretida encharcara a terra como a mais forte das chuvas, mesmo sem a mortal invasão das águas do rio.

Quando chegaram à beira da floresta, Coração de Fogo viu que a água subira ainda mais. As Rochas Ensolaradas estavam quase submersas e a correnteza turbilhonava entre elas, em círculos estreitos. – Nunca vamos conseguir atravessar aqui – ele miou.

– Vamos descer o rio – Listra Cinzenta sugeriu. – Talvez possamos usar o caminho de pedras.

– Vamos tentar – Coração de Fogo miou, incrédulo. Ia seguir o amigo quando pensou ter ouvido alguma coisa – um lamento fino sobressaía ao barulho do vento e do ímpeto da torrente. – Espere. Você ouviu?

Listra Cinzenta olhou para trás e os dois felinos ficaram eretos, orelhas de pé, tentando identificar o som. Então Coração de Fogo ouviu novamente: o miado apavorado de filhotes em agonia.

– Onde estão eles? – ele miou, olhando ao redor e acima, nas árvores. – Não consigo vê-los!

– Ali! – Listra Cinzenta apontou com a cauda a área das Rochas Ensolaradas. – Coração de Fogo, eles vão se afogar!

A correnteza tinha jogado um emaranhado de galhos e lixo contra as Rochas Ensolaradas. Sobre ele dois filhotes se equilibravam precariamente, as boquinhas abertas, gritando por ajuda. No momento em que Coração de Fogo observava, a correnteza empurrava o tapete flutuante, ameaçando levá-lo embora. – Vamos! – gritou para Listra Cinzenta. – Temos de alcançá-los.

Depois de tomar fôlego, ele entrou na água, que imediatamente encharcou seu pelo; um tremor gelado e paralisante lhe subiu pelas pernas. O impulso da correnteza tornava mais difícil manter-se de pé a cada passo.

Listra Cinzenta também se jogou na água, mas parou quando sentiu a barriga molhada. – Coração de Fogo... – ele miou, a voz sufocada.

O amigo o encorajou com um aceno. Compreendia como o rio devia apavorar Listra Cinzenta, depois de seu quase afogamento havia algumas luas. – Fique aí. Vou tentar empurrar os galhos até você.

Listra Cinzenta fez que sim com a cabeça, tremendo demais para falar. Coração de Fogo deu uns passos à frente e, então, se jogou na correnteza e começou a nadar, batendo instintivamente as pernas para vencer a água turva. Eles estavam em um ponto do rio acima das Rochas Ensolaradas; se o Clã das Estrelas permitisse, a correnteza o levaria até os filhotes.

Por um momento os perdeu de vista em meio às ondas que o vento formava, embora ainda ouvisse seus gritos de terror. Então a pedra cinza e lisa de uma das Rochas Ensolaradas surgiu ao seu lado. Ele chutou com força, temendo, por um assustador tique-taque de coração, ser arrastado para longe dali.

A correnteza formava um redemoinho. Coração de Fogo mexia as patas com vigor, e o rio o jogava contra a rocha, fazendo-o perder o fôlego. Ele se esforçava para chegar à tona, tentando se equilibrar nas águas revoltas, e se viu diante dos dois filhotes.

Eles eram bem pequeninos; provavelmente ainda não desmamaram, imaginou Coração de Fogo. Um era preto, o outro cinza; o pelo estava grudado nos seus minúsculos corpos e eles tinham os brilhantes olhos azuis esbugalhados de pavor. Estavam agachados no emaranhado de galhos, folhas e lixo dos Duas-Pernas, mas, quando viram Coração de Fogo, desajeitados, tentaram alcançá-lo. O tapete flutuante balançou e eles gritaram, pois a água os cobriu.

– Fiquem parados! – Coração de Fogo falou, mal respirando, lutando loucamente contra a correnteza. Por um instante se perguntou se conseguiria subir na pedra e levar os filhotes, mas não tinha certeza de quanto tempo ainda faltava para as Rochas Ensolaradas ficarem totalmente submersas. Seu melhor plano ainda era empurrar o tapete flutuante até Listra Cinzenta. Olhou para trás e viu que o amigo já descera um pouco o rio e estava em uma boa posição para agarrar o emaranhado quando ele o empurrasse em sua direção.

– Aqui vamos nós – Coração de Fogo sussurrou. – Que o Clã das Estrelas nos ajude! – Ele se afastou da rocha e, com o focinho, empurrou o tapete para a correnteza. Os dois filhotes choramingavam abaixados sobre os galhos.

Coração de Fogo buscou o resto de energia de que ainda dispunha e empurrou os galhos emaranhados com o nariz e as patas. Sentia a exaustão drenando-lhe a força dos braços e das pernas. O pelo estava encharcado e ele, tão gelado que mal podia respirar. Levantou a cabeça e, com água escorrendo dos olhos, constatou, aterrorizado, que tinha perdido de vista a margem e Listra Cinzenta. Era como se, no mundo, só existissem a água agitada, o frágil emaranhado de galhos e os dois filhotes em pânico.

Então, ouviu a voz de Listra Cinzenta, bem perto. – Coração de Fogo! Coração de Fogo, aqui!

O guerreiro empurrou novamente o tapete flutuante, tentando direcioná-lo ao ponto de onde vinha a voz. Mas o emaranhado rodopiou e cobriu-lhe a cabeça. Tossindo, engasgado, ele usou as garras para chegar à tona, e viu Listra Cinzenta caminhando na terra seca, a poucas caudas de distância.

Por um tique-taque de coração, o guerreiro avermelhado sentiu alívio por estar perto. Então fixou novamente os olhos embaçados nos filhotes e sentiu o medo pulsar dentro dele. O tapete estava quase se rompendo.

Coração de Fogo, sem poder fazer nada, viu o tapete de galhos e lixo se abrir sob o filhote cinza e a pequena criatura ser tragada pela correnteza.

CAPÍTULO 12

– Não! – gritou Listra Cinzenta, mergulhando atrás do filhote que estava se afogando.

Coração de Fogo os perdeu de vista. O filhote que restara no tapete gritava desesperadamente, tentando se agarrar aos galhos que se desprendiam por causa da correnteza. Com o resto de suas forças, o guerreiro avançou para ele, cravou os dentes no cangote da criaturinha e a lançou para a terra seca.

Logo ele sentiu que havia pedras sob suas patas e se levantou. Com as pernas duras de cansaço, cambaleou até a margem e colocou o filhotinho preto no capim, à beira das águas torrenciais. Os olhos do bebê estavam fechados; o guerreiro não sabia se ele ainda estava vivo.

Olhando rio abaixo, ele viu Listra Cinzenta saindo da água em uma parte mais rasa, segurando firmemente o filhote cinza com os dentes. Foi até Coração de Fogo e colocou o bebê delicadamente no chão.

Coração de Fogo tocou os dois filhotes com o nariz. Eles estavam imóveis, mas quando o guerreiro os olhou mais de perto percebeu o sutil sobe e desce da respiração. – Muito obrigado, Clã das Estrelas – ele murmurou. Começou a lamber o filhotinho preto como vira as rainhas do berçário fazer, passando a língua no sentido oposto ao do pelo para despertar o bebê e aquecê-lo. Listra Cinzenta se agachou a seu lado e fez a mesma coisa com o filhote cinza.

Logo o filhote preto se contorceu e tossiu uma bocada de água. O cinza levou mais tempo para responder, mas, por fim, ele também cuspiu a água e abriu os olhos.

– Estão vivos! – exclamou Listra Cinzenta, a voz cheia de alívio.

– Sim, mas não vão aguentar muito tempo sem a mãe – observou Coração de Fogo. Ele farejou o filhote preto cuidadosamente. A água do rio tinha lavado muito do cheiro do clã, mas ele podia detectar um leve vestígio. – Clã do Rio – miou, sem surpresa. – Vamos ter de levá-los para casa.

A coragem de Coração de Fogo por um triz não o abandonou quando ele pensou que teriam de atravessar o rio de águas volumosas. Ele quase se afogara resgatando os filhotes e estava exausto. Tinha as pernas frias e duras, o pelo encharcado. Tudo o que queria era rastejar até a própria toca e dormir por uma lua.

Ainda agachado próximo ao filhote cinza, Listra Cinzenta parecia sentir a mesma coisa. Sua pelagem cinza e espessa estava colada ao corpo, os olhos cor de âmbar, arregalados de ansiedade. – Você acha que conseguiremos atravessar?

– Temos de conseguir, ou os bebês vão morrer. – Forçando-se a ficar de pé, Coração de Fogo pegou novamente o filhote preto pelo cangote e caminhou um pouco rio abaixo. – Vamos ver se conseguimos atravessar pelo caminho de pedras, como você disse. – Listra Cinzenta foi atrás, carregando o bebê cinza pelo capim molhado na beira das águas transbordantes.

Quando o rio estava em seu nível normal, o caminho de pedras era uma rota fácil para a travessia dos gatos do Clã do Rio. A maior distância entre duas pedras não passava de uma cauda de comprimento, e o Clã do Rio controlava o território nas duas margens.

Agora as águas cobriam completamente as pedras. Mas onde elas tinham extravasado as margens, uma árvore morta, com a casca arrancada, estava atravessada no rio. Coração de Fogo deduziu que alguns dos galhos tinham ficado presos nas pedras submersas. – Obrigado, Clã das Estrelas! – exclamou. – Podemos usar a árvore para passar para o outro lado. – Ajustou sua mordida no cangote do bebê e seguiu pelos pontos mais rasos até a extremidade lascada do tronco. O filhote, vendo a água revolta a apenas um camundongo abaixo de seu nariz, começou a miar e a lutar debilmente.

– Fiquem quietos, os dois – resmungou Listra Cinzenta suavemente, apoiando o filhote no chão por um momento para ajustar a mordida em seu cangote. – Vamos procurar a mãe de vocês.

Coração de Fogo não estava certo se o bebê aterrorizado tinha idade suficiente para entender, mas ao menos ele relaxou novamente, o que facilitava a tarefa de carregá-lo.

O guerreiro, aos tropeços, precisava levantar bem a cabeça para manter fora da água a criaturinha que se debatia. Alcançou a árvore sem precisar nadar e pulou, agarrando-se à madeira macia e apodrecida. Assim que subiu, sua principal preocupação era conseguir se manter sobre o tronco liso e escorregadio. Caminhando cuidadosamente, pata ante pata, em uma linha reta, Coração de Fogo dirigiu-se à margem oposta, o rio se agitando sob ele, sugando a árvore como se quisesse arrastá-la, e também sua carga de gatos, correnteza abaixo. Olhou para trás e viu que Listra Cinzenta o seguia, carregando o filhote cinza, o focinho vincado de determinação.

Em sua outra extremidade, o tronco se dividia em um emaranhado de galhos quebrados. Coração de Fogo curvou-se para se espremer entre eles, tomando cuidado para não deixar o pelo do bebê se prender às farpas. Era mais difícil encontrar onde se apoiar porque, como os galhos estavam ficando mais finos, faltava alguma coisa que suportasse seu peso, e era preciso atravessar ainda um vão de duas raposas de comprimento que o separava da outra margem. O guerreiro respirou fundo, flexionou as patas traseiras e saltou. As patas da frente alcançaram o terreno, enquanto as de trás esperneavam loucamente na correnteza impetuosa. Como a água espirrava, o filhote começou a se debater de novo. Mantendo os dentes cerrados em seu cangote, Coração de Fogo afundou as garras da frente na terra macia, movimentando-se com dificuldade até subir e ficar de pé na margem, em segurança. Então, dando alguns passos cambaleantes para a frente, colocou suavemente o bebê no chão.

Olhando ao redor, Coração de Fogo viu Listra Cinzenta saindo da água um pouco abaixo. Ele colocou o filhote cinza na terra, se sacudiu e reclamou. – A água do rio tem um gosto horrível.

– Veja o lado positivo – sugeriu Coração de Fogo. – Pelo menos disfarça seu cheiro. Os gatos do Clã do Rio não vão saber que é você o guerreiro que tem invadido o território deles. Se algum dia descobrirem...

Parou de falar quando três gatos surgiram de trás dos arbustos, um pouco além de Listra Cinzenta. Coração de Fogo se preparava mentalmente para uma má notícia quando reconheceu Pelo de Leopardo, a representante do Clã do Rio, e os guerreiros Garra Negra e Pelo de Pedra. Forçando as pernas cansadas a se mover, pegou o filhote negro e seguiu pela margem até ficar ao lado de Listra Cinzenta, que se levantou. Os dois jovens guerreiros deixaram suas cargas no chão e, juntos, encararam os rivais.

Coração de Fogo imaginava se os gatos do Clã do Rio tinham ouvido o que ele estava dizendo a Listra Cinzenta. Ele e o amigo estavam exaustos demais para resistir a uma patrulha de guerreiros fortes e vigorosos; sua cabeça girava enquanto ele tentava reunir, nas patas congeladas, energia suficiente para uma luta. Mas, para seu alívio, os gatos do Clã do Rio pararam a algumas caudas de distância.

– O que é isso? – rugiu Pelo de Leopardo. Seu pelo com manchas douradas se eriçou, e as orelhas colaram-se à cabeça.

Ao lado dela estava Garra Negra, com os dentes arreganhados, em sinal de ameaça. – Por que vocês estão invadindo nosso território?

– Não estamos invadindo – Coração de Fogo miou baixinho. – Retiramos dois de seus filhotes do rio e quisemos trazê-los para casa.

– Você acha que quase nos afogamos só por diversão? – Listra Cinzenta falou de forma abrupta.

Pelo de Pedra chegou perto o suficiente para cheirar os dois filhotes. – É verdade! – Seus olhos azuis se arregalaram. – São os bebês de Pé de Bruma que tinham desaparecido!

Coração de Fogo se retesou de espanto. Ele sabia que Pé de Bruma tinha tido filhotes recentemente, mas não tinha percebido que eram os gatinhos que eles tinham resgatado. Agora ele estava ainda mais feliz por eles terem conseguido salvar a vida dos bebês, mas sabia que não devia deixar que esses gatos soubessem que Pé de Bruma tinha amigos no Clã do Trovão.

Pelo de Leopardo não relaxou a pelagem do ombro. – Como podemos ter certeza de que vocês salvaram os bebês? – ela grunhiu. – Vocês podiam estar tentando roubá-los.

Coração de Fogo a encarou. Depois de eles terem arriscado a vida na enchente, não acreditava que estivessem sendo acusados de roubar os filhotes. – Miolo de camundongo! – ele cuspiu. – Se nenhum gato do Clã do Trovão tentou roubar seus bebês quando podíamos atravessar o rio por cima do gelo, por que tentaríamos agora? Nós quase nos afogamos!

Pelo de Leopardo ficou pensativa, mas Garra Negra empertigou-se e impeliu agressivamente a cabeça na direção de Coração de Fogo, que rugiu, pronto para desferir um golpe.

– Garra Negra! – miou de modo ríspido Pelo de Leopardo. – Para trás! Deixe que esses gatos se expliquem para Estrela Torta e vejamos se ele acredita neles.

Coração de Fogo abriu a boca para protestar, mas as palavras ficaram por dizer. Eles teriam de ir com os gatos do Clã do Rio; naquele estado de exaustão, ele e Listra Cinzenta não tinham nenhuma esperança de vencer uma luta. Pelo menos Listra Cinzenta poderia ver Arroio de Prata. – Tudo bem – Coração de Fogo miou. – Só espero que o líder do seu clã consiga ver a verdade diante de seu nariz.

Pelo de Leopardo guiou o caminho ao longo da margem; Garra Negra pegou um dos filhotes e seguiu, ameaçador, ao lado de Coração de Fogo e Listra Cinzenta. Pelo de Pedra vinha atrás, carregando o outro bebê.

Ao chegarem à ilha onde ficava o acampamento do Clã do Rio, Coração de Fogo viu que um amplo canal de água corrente a separava da elevação de terra seca e mudava de rumo subitamente no ponto em que os galhos pendiam dos salgueiros. Não se viam gatos através dos juncos, e Coração de Fogo percebeu que a água prateada se estendia pelos arbustos que escondiam o acampamento.

Pelo de Leopardo parou, os olhos se arregalaram, alarmados. – A água subiu desde que deixamos o acampamento.

Enquanto ela falava, ouviu-se um grito vindo de trás, do topo da encosta, onde, algum tempo antes, Coração de

Fogo e Listra Cinzenta tinham se escondido para falar com Arroio de Prata. – Pelo de Leopardo! Aqui em cima!

Coração de Fogo virou-se e viu o líder do Clã do Rio, Estrela Torta, saindo do abrigo de arbustos. Estava encharcado, o pelo malhado todo revirado; com sua mandíbula torta, parecia zombar da patrulha e de seus prisioneiros.

– O que aconteceu? – Pelo de Leopardo perguntou, ao alcançar o líder.

– O acampamento está inundado – replicou Estrela Torta, com a voz arrasada. – Tivemos de nos mudar lá para cima.

Nisso, dois ou três outros felinos saíram cautelosamente dos arbustos. Coração de Fogo percebeu que Listra Cinzenta se iluminou ao ver Arroio de Prata entre eles.

– E o que vocês nos trouxeram? – Estrela Torta continuou. Ele estreitou os olhos para fitar Coração de Fogo e Listra Cinzenta. – Espiões do Clã do Trovão? Como se não tivéssemos problemas o suficiente!

– Eles encontraram os filhotes de Pé de Bruma – disse Pelo de Leopardo, acenando para que Pelo de Pedra e Garra Negra trouxessem os bebês. – Eles alegam tê-los tirado do rio.

– Não acredito em uma só palavra! – cuspiu Garra Negra, soltando o filhote que carregava. – Não se pode confiar em um gato do Clã do Trovão.

À menção dos filhotes, Arroio de Prata rapidamente desapareceu de novo sob os arbustos. Estrela Torta avançou e farejou os pacotinhos reclamões. Naquele momento, embora ainda estivessem completamente ensopados, eles tinham começado a se recuperar da penosa experiência e tentavam ficar de pé.

– Os filhotes de Pé de Bruma desapareceram quando o acampamento inundou – comentou Estrela Torta, voltando o olhar frio e verde para Coração de Fogo e Listra Cinzenta. – Como foi que vocês os pegaram?

Coração de Fogo trocou um olhar exasperado com Listra Cinzenta, a exaustão deixando-o de pavio curto. – Atravessamos o rio voando – miou, sarcástico.

Um urro o interrompeu. Pé de Bruma surgiu dos arbustos e correu até eles. – Meus bebês! Onde estão os meus bebês? – Ela se agachou sobre os pedacinhos de pelo, olhando freneticamente ao redor, como se achasse que os outros felinos iam tentar tomá-los. Então começou a lambê-los furiosamente, querendo consolar os dois ao mesmo tempo. Pelo de Pedra pressionou com força seu corpo contra o dela e miou ao seu ouvido, confortando-a.

Arroio de Prata seguiu-a mais vagarosamente e se colocou ao lado do pai, Estrela Torta, observando os gatos do Clã do Trovão. Coração de Fogo estava aliviado por ver seu olhar passar por Listra Cinzenta com aparente indiferença. Ela não os trairia, o guerreiro tinha certeza.

Outros gatos apareceram e ficaram ao redor, curiosos. Coração de Fogo reconheceu Poça Cinzenta, que não deu nenhum sinal de tê-lo visto antes, e Pelo de Lama, o curandeiro do Clã do Rio, que se agachou ao lado de Pé de Bruma para examinar os bebês.

Todos os gatos do Clã do Rio estavam encharcados, e o pelo colado ao corpo deixava evidente que estavam mais magros do que nunca.

Coração de Fogo sempre pensara nos gatos do Clã do Rio como gordos e lustrosos, bem alimentados com os peixes do rio. Isso até que Arroio de Prata lhe contara que os Duas-Pernas tinham ficado perto do rio durante a estação das folhas verdes e tinham roubado ou afugentado a maioria das presas. Os Duas-Pernas tinham deixado a floresta agora, durante a estação sem folhas, mas o Clã do Rio não tinha conseguido caçar com o rio congelado. E, no lugar de trazer o alimento tão necessário, o degelo os expulsara de vez de seu acampamento.

Apesar de sentir uma pontada de pena, Coração de Fogo também podia ver animosidade em seus olhos, hostilidade em suas orelhas coladas à cabeça e nas pontas das caudas em espasmo. O gato avermelhado sabia que ele e Listra Cinzenta teriam de se esforçar muito para convencer Estrela Torta de que tinham salvado os filhotes.

O líder do clã estava ao menos preparado para lhes dar uma oportunidade de se explicar. – Digam-nos o que aconteceu – ordenou Estrela Torta.

Coração de Fogo começou seu relato do momento em que ouviu o choro dos bebês e os viu, isolados, sobre o tapete de detritos no rio.

– Desde quando os gatos do Clã do Trovão arriscam a vida por nós? – Garra Negra interrompeu, com desdém, enquanto Coração de Fogo narrava como tinha empurrado os filhotes pela correnteza até a margem.

Coração de Fogo engoliu uma resposta furiosa e Estrela Torta sibilou para o guerreiro: – Silêncio, Garra Negra! Deixe-o falar. Se ele estiver mentindo, logo vamos descobrir.

– Ele não está mentindo. – Pé de Bruma levantou o olhar de onde ainda estava acariciando os bebês com o focinho. – Por que o Clã do Trovão roubaria filhotes quando todos os clãs estão tendo dificuldades para se alimentar?

– A história de Coração de Fogo faz sentido – Arroio de Prata comentou com calma. – Tivemos de abandonar o acampamento e nos abrigar nesses arbustos quando a água começou a subir – ela explicou a Coração de Fogo. – Quando viemos pegar os filhotes de Pé de Bruma, só encontramos dois. Faltavam outros dois. Todo o chão do berçário tinha sido levado pelas águas. Eles devem ter sido carregados pelo rio até onde vocês os encontraram.

Estrela Torta assentia com a cabeça, em um lento movimento, e Coração de Fogo percebeu que a hostilidade dos gatos estava diminuindo – exceto por Garra Negra, que virou as costas aos guerreiros do Clã do Trovão com um grunhido de insatisfação.

– Nesse caso, somos gratos a vocês – miou Estrela Torta, embora parecesse relutante, como se mal pudesse suportar estar em dívida com um par de gatos do Clã do Trovão.

– Sim – miou Pé de Bruma. Fitou-os novamente, os olhos brilhantes e suaves, agradecidos. – Sem vocês, meus filhotes teriam morrido.

Coração de Fogo abaixou a cabeça, confirmando. Impulsivamente, indagou: – Há alguma coisa que possamos fazer por vocês? Se não podem voltar ao acampamento e se há escassez de presas por causa da enchente...

– Não precisamos da ajuda do Clã do Trovão – grunhiu Estrela Torta. – Os gatos do Clã do Rio podem cuidar de si.

– Não seja tolo. – Foi Poça Cinzenta que falou, fitando seu líder. Coração de Fogo sentiu que seu respeito por ela aumentava; ele supunha que poucos se atreveriam a usar aquele tom com Estrela Torta. – Cuidado com esse excesso de orgulho. Isso pode se virar contra você – disse asperamente a anciã. – Como vamos nos alimentar, mesmo com o degelo? Não há peixes para comer. O rio está praticamente envenenado; você sabe que está.

– O quê? – Listra Cinzenta exclamou; Coração de Fogo estava abalado demais para dizer qualquer coisa.

– É tudo culpa dos Duas-Pernas – Poça Cinzenta explicou. – No último renovo, o rio estava limpo e cheio de peixes. Agora está imundo com o lixo do acampamento dos Duas-Pernas.

– E os peixes estão envenenados – acrescentou Pelo de Lama. – Quem come fica doente. Tratei mais gatos com dor de barriga nessa estação sem folhas do que em toda a minha vida de curandeiro.

Coração de Fogo olhou para Listra Cinzenta e depois de novo para os gatos famintos do Clã do Rio. A maioria não conseguia encará-lo, com vergonha de expor seus problemas a um felino de outro clã. – Então, deixem-nos ajudar – ele pediu. – Até que as águas abaixem e o rio esteja limpo, vamos caçar presas em nosso território e trazê-las para vocês.

Ao fazer a oferta, sabia estar quebrando o Código dos Guerreiros, que exige lealdade apenas ao próprio clã. Estrela Azul ficaria furiosa se descobrisse que ele estava pronto a partilhar as preciosas presas do seu clã. Mas Coração de Fogo não podia abandonar outro clã em um momento de necessidade. *A própria Estrela Azul disse que nosso bem-estar depende de haver quatro clãs na floresta*, lembrou a si mesmo. *– Certamente esse é o desejo do Clã das Estrelas.*

– Você realmente faria isso por nós? – Estrela Torta perguntou com a voz lenta, os olhos semicerrados de desconfiança.

– Faria – miou Coração de Fogo.

– Também vou ajudar – prometeu Listra Cinzenta, com um olhar para Arroio de Prata.

– Então o clã agradece – grunhiu Estrela Torta. – Nenhum dos meus gatos vai desafiá-los em nosso território até que as águas baixem e possamos retornar ao nosso acampamento. Mas, depois disso, vamos voltar a cuidar de nós. – Ele retomou o caminho dos arbustos. Seus gatos, obedientes, o seguiram, lançando olhares a Coração de Fogo e a Listra Cinzenta. O guerreiro avermelhado percebia que nem todos confiavam ou acreditavam naquela oferta de ajuda.

A última a sair foi Pé de Bruma, empurrando os filhotes para fazê-los andar e guiando-os encosta acima. – Obrigada aos dois – ela sussurrou. – Não vou esquecer.

Os felinos do Clã do Rio desapareceram nos arbustos, deixando Coração de Fogo e Listra Cinzenta sozinhos. Na descida da encosta, em direção ao rio, Listra Cinzenta balançou a cabeça sem acreditar. – Caçar para outro clã? Devemos estar loucos.

– Que opção nós tínhamos? – Coração de Fogo retorquiu. – Deixá-los morrer de fome?

– Não! Mas temos de ser cuidadosos. Vamos virar carniça se Estrela Azul descobrir.

Ou Garra de Tigre, acrescentou para si mesmo Coração de Fogo. *Ele já suspeita que Listra Cinzenta e eu tenhamos amigos no Clã do Rio. E talvez estejamos prestes a provar que ele está certo.*

CAPÍTULO 13

Era uma manhã fria e cinzenta. Relutante, Coração de Fogo se arrastou do ninho quente e foi cutucar Listra Cinzenta.

– O q...? – Listra Cinzenta se mexeu e voltou a se ajeitar, com a cauda enrolada sobre o nariz. – Caia fora, Coração de Fogo.

O guerreiro de pelagem rubra curvou a cabeça e cutucou os ombros largos e cinzentos do amigo, cochichando em seu ouvido: – Vamos lá. Precisamos caçar para o Clã do Rio.

Ao ouvir isso, Listra Cinzenta levantou-se e abriu a boca em um enorme bocejo. Coração de Fogo estava tão cansado quanto o amigo; caçar para fornecer presa fresca para o Clã do Rio, além de cumprir seus deveres no Clã do Trovão, tomava-lhes tempo e energia. Tinham atravessado o rio carregando presas várias vezes e, até então, tinham tido sorte. Nenhum felino do Clã do Trovão descobrira o que estavam fazendo.

Coração de Fogo se espreguiçou e, cauteloso, examinou a toca. A maioria dos guerreiros estava enroscada no meio do musgo, em um sono pesado demais para que pudesse fazer perguntas inconvenientes. Garra de Tigre era apenas um monte de pelo malhado e escuro no seu ninho.

Coração de Fogo escorregou entre os galhos da toca. Achava que todos os outros gatos estavam dormindo; mas, de súbito, viu Cara Rajada aparecer na entrada do berçário e elevar o focinho para farejar o ar. Como se importunada pelo vento úmido e desagradável que a cumprimentou, quase imediatamente voltou para dentro.

O guerreiro de pelagem avermelhada olhou mais uma vez para Listra Cinzenta, que tirava pedaços de musgo do pelo. – Tudo bem – ele miou. – Agora podemos ir.

Os dois cruzaram a clareira rumo ao túnel de tojo. Ao chegarem lá, ouviram uma voz familiar: – Coração de Fogo! Coração de Fogo!

O gato avermelhado se sentiu congelar e voltou-se. Filhote de Nuvem se aproximava, aos gritos: – Coração de Fogo! Espere por mim!

– Por que esse seu sobrinho aparece sempre nos piores momentos? – grunhiu Listra Cinzenta.

– Só o Clã das Estrelas sabe – suspirou Coração de Fogo.

– Aonde vocês vão? – Filhote de Nuvem, entusiasmado e ofegante, chegou correndo e parou de repente na frente dos guerreiros. – Posso ir junto?

– Não – Listra Cinzenta respondeu. – Só aprendizes podem sair com guerreiros.

Filhote de Nuvem lançou-lhe um olhar de desagrado. – Mas logo vou ser um aprendiz. Não vou, Coração de Fogo?

– "Logo" não é "agora" – o tio lembrou, lutando para se manter calmo. Se ficassem muito mais tempo ali, todo o clã acordaria, querendo saber aonde eles estavam ido. – Desta vez não dá, Filhote de Nuvem. Vamos em uma missão especial de guerreiros.

Os olhos azuis do jovem ficaram redondos, maravilhados. – É um segredo?

– É, sim – sibilou Listra Cinzenta. – Especialmente para filhotes enxeridos.

– Não conto para ninguém – o jovem prometeu, ansioso. – Coração de Fogo, *por favor*, me deixe ir.

– Não. – Coração de Fogo trocou um olhar exasperado com Listra Cinzenta. – Olhe, Filhote de Nuvem, volte para o berçário, talvez depois eu leve você para um treinamento de caça, certo?

– Certo... Eu acho. – O gatinho branco parecia de mau humor, mas virou-se e tomou a direção do berçário.

Coração de Fogo observou-o até que ele chegasse à entrada e deslizasse pela boca do túnel. Logo depois o guerreiro subia a ravina ao lado de Listra Cinzenta.

– Espero que ele conte a todo o clã que saímos cedo em missão especial – bufou Listra Cinzenta.

– Depois nos preocupamos com ele – Coração de Fogo falou, arfando.

Os dois guerreiros se dirigiram para o caminho de pedras. A árvore caída ainda estava lá para ajudá-los a atravessar o rio, e caçar mais perto significava carregar as presas por menor distância, e menor probabilidade de serem localizados.

Quando chegaram à beira da floresta, a claridade tinha aumentado, mas o sol se escondia atrás de uma massa de nuvens cinzentas. Havia um chuvisco no vento. Coração de Fogo sabia que todas as presas de bom-senso estariam enroscadas em suas tocas. Ele levantou a cabeça e farejou o ar. A brisa trazia cheiro de esquilo, fresco e de não muito longe. Com cuidado, começou a espreitar entre as árvores. Logo viu sua presa fuçando entre as folhas caídas, ao pé de um carvalho. Enquanto ele observava, o esquilo se levantou, mordiscando uma bolota, que segurava entre as patas.

– Se ele souber que estamos aqui – Listra Cinzenta cochichou –, vai subir correndo naquela árvore.

Coração de Fogo fez que sim. – Dê a volta – murmurou. – Venha daquele lado.

Listra Cinzenta se afastou dele quase deslizando, uma forma silenciosa e cinza entre as sombras das árvores. Com a facilidade da longa prática, Coração de Fogo se agachou na posição do caçador e, rastejando, começou a se aproximar do esquilo. Viu as orelhas do animal se retesarem e a cabeça girar como se algum tipo de alarme houvesse soado; talvez ele tivesse visto um relance do movimento de Listra Cinzenta, ou percebido seu cheiro.

Enquanto ele estava distraído, Coração de Fogo se atirou no campo aberto. Suas garras imobilizaram o esquilo no chão da floresta, e Listra Cinzenta correu para finalizar a situação.

– Muito bem! – Coração de Fogo grunhiu.

Listra Cinzenta cuspiu uma bocada de pelo. – É um pouco velho e fedorento, mas serve.

Os dois guerreiros continuaram a caçada até matarem um coelho e uma dupla de camundongos. Àquela altura, embora não pudesse ver o sol, Coração de Fogo sabia que ele devia estar quase a pino. – É melhor levarmos isso para o Clã do Rio. Daqui a pouco vão sentir nossa falta no acampamento.

Cambaleando um pouco por causa do peso do esquilo e de um dos camundongos, Coração de Fogo seguiu rumo à árvore caída. Para seu alívio, a água não tinha subido mais, e a travessia parecia mais fácil agora, depois de tantas vezes realizada. Ainda assim, Coração de Fogo, sabendo-se visível a qualquer felino do Clã do Trovão que estivesse, por acaso, patrulhando a beira da floresta, sentia-se pouco à vontade enquanto atravessava, a trancos e barrancos, a cortina de galhos.

Ele e Listra Cinzenta nadaram os últimos dois comprimentos de raposa e saíram do rio na margem que pertencia ao Clã do Rio. Sacudiram a água do pelo e rapidamente rumaram para os arbustos, onde os felinos do Clã do Rio tinham montado um acampamento temporário.

Devia haver um gato de guarda, porque, quando eles se aproximaram, Pelo de Leopardo surgiu dos arbustos. – Bem-vindos – ela miou, parecendo mais amigável do que quando os encontrara com os filhotes salvos das águas.

Coração de Fogo a seguiu até o abrigo de galhos de pilriteiro, lembrando como ele e Listra Cinzenta tinham se escondido ali para esperar por Arroio de Prata. Os gatos do Clã do Rio tinham trabalhado duramente desde que a cheia os forçara a sair do acampamento; tinham trazido musgo para as camas e removido a terra ao lado das raízes de um grande arbusto para estocar presa fresca. Hoje ali havia apenas uma pobre coleção de alguns camundongos e uma dupla de melros, o que tornava a colaboração dos gatos do Clã do Trovão ainda mais necessária. Coração de Fogo colocou suas presas na pilha e Listra Cinzenta fez o mesmo.

– Mais presa fresca? – Pelo de Pedra apareceu, com Arroio de Prata logo atrás. – Ótimo!

– Primeiro temos de alimentar os anciãos e as rainhas que estão amamentando – lembrou Pelo de Leopardo.

– Vou levar alguma coisa para os anciãos – Arroio de Prata se dispôs. Deu um longo olhar para o namorado e miou: – Você pode me ajudar. Pode pegar o coelho, não pode?

Coração de Fogo sentiu um repentino tremor de alarme. Será que Arroio de Prata iria se arriscar a passar um tempo sozinha com Listra Cinzenta no próprio acampamento? Nas visitas anteriores, ela mantivera distância.

O gato cinza não precisou de um segundo convite. – Claro – miou, agarrando o coelho e seguindo Arroio de Prata para fora dos arbustos.

– Eles tiveram a ideia certa – miou Pelo de Pedra. – Coração de Fogo, você quer trazer o esquilo para as rainhas que estão amamentando? Elas poderão lhe agradecer pessoalmente.

Meio surpreso, ele concordou. Seguindo Pelo de Pedra, voltou a pensar em como era estranho olhar para o guerreiro do Clã do Rio e saber que ele era metade Clã do Trovão, especialmente porque o próprio Pelo de Pedra não sabia disso.

No berçário improvisado, Coração de Fogo ficou feliz em rever Pé de Bruma, deitada de lado, os filhotes mamando, felizes. Mas não deixava de se preocupar com Listra Cinzenta. Depois de cumprimentar as rainhas e ajudá-las a repartir o esquilo, ele sussurrou a Pelo de Pedra: – Você pode me mostrar aonde Listra Cinzenta foi? Temos de voltar antes que notem nossa falta.

– Claro, por aqui. – Ele levou Coração de Fogo a um local afastado da margem, onde três ou quatro anciãos estavam agachados em uma cama de urze e samambaia, engolindo a presa fresca. Do coelho restavam apenas uns pedaços de pelo.

Os namorados observavam em silêncio, lado a lado, mas sem se tocar, a cauda enroscada em torno das patas. Assim que viram Coração de Fogo, se levantaram e foram encontrá-lo.

Os olhos amarelos de Listra Cinzenta brilhavam em um misto de empolgação e medo. – Coração de Fogo! – ele deixou escapar. – Você não vai acreditar no que Arroio de Prata acabou de me dizer!

O guerreiro olhou para trás, mas Pelo de Pedra já desaparecia entre os arbustos. Os anciãos tinham acabado de comer e pareciam sonolentos; nenhum deles estava prestando atenção em Listra Cinzenta.

– O que foi? – o gato miou, desconfortável, a pelagem começando a se eriçar. – Mas fale baixo.

O gato cinza parecia pronto para explodir, sair da própria pele. – Coração de Fogo – ele disse baixinho –, Arroio de Prata vai dar à luz meus filhotes!

CAPÍTULO 14

Com o coração batendo forte, o gato de pelo avermelhado fitou Listra Cinzenta e depois Arroio de Prata. Ela tremia de felicidade, os olhos verdes brilhando de orgulho. – Seus filhotes? – ele repetiu, alarmado. – Vocês dois estão malucos? Isso é um desastre!

Listra Cinzenta desviou o olhar, sem conseguir encarar o amigo. – Não... não necessariamente. Significa que esses filhotes vão nos unir para sempre.

– Mas vocês são de clãs diferentes! – Coração de Fogo protestou. Pelo desconforto que via na fisionomia de Listra Cinzenta, o guerreiro imaginou que ele sabia muito bem as dificuldades que os bebês causariam. – Você nem mesmo pode declarar que esses filhotes são seus. E, Arroio de Prata – acrescentou, virando-se para a gata do Clã do Rio –, você não vai poder dizer a ninguém do seu clã quem é o pai.

– Não me importo – a gata insistiu, dando uma lambida rápida no pelo do peito. – *Eu* saberei. É tudo o que interessa.

Listra Cinzenta parecia não estar muito certo. – É bobagem que eles não possam saber – falou baixinho. – Não fizemos nada que nos envergonhe. – Ele pressionou seu corpo contra o da namorada e lançou a Coração de Fogo um olhar desamparado.

– Sei que é assim que você se sente – Coração de Fogo concordou, com convicção. – Mas isso não é bom, Listra Cinzenta, você sabe. Eles serão filhotes do Clã do Rio. – Seu coração se apertou ao pensar no problema que isso poderia causar no futuro. Quando os bebês crescerem e se tornarem guerreiros, Listra Cinzenta talvez precise lutar contra eles! Ele ficaria dividido entre a lealdade ao sangue e a lealdade ao clã e ao Código dos Guerreiros. Coração de Fogo não via como seria possível manter-se fiel a ambos.

Será que o mesmo não acontecerá com Pé de Bruma e Pelo de Pedra?, pensou Coração de Fogo, curioso. Será que, alguma vez, os pais deles, que pertencem ao Clã do Trovão, não tiveram de lutar contra eles? Lembrou-se de Coração de Carvalho tentando defendê-los do ataque do Clã do Trovão; como o guerreiro do Clã do Rio lhes teria explicado isso? Era uma situação impossível, e agora começaria tudo de novo, com uma nova ninhada.

Mas Coração de Fogo sabia que era inútil dizer isso agora. Olhando de alto a baixo a linha dos arbustos, para ver se nenhum gato se aproximava, miou: – É hora de irmos embora. Já deve ser sol a pino. Vão sentir a nossa falta no acampamento.

Listra Cinzenta encostou com carinho seu nariz no de Arroio de Prata. – Coração de Fogo está certo – sussurrou.

– Precisamos ir agora. E não se preocupe. Eles serão os bebês mais bonitos da floresta.

Os olhos de Arroio de Prata se estreitaram com afeto, e sua voz veio com um ronronar profundo. – Eu sei. Vamos encontrar uma maneira de superar isso. – Ela observou os dois amigos se afastarem dos arbustos e descerem a encosta em direção ao rio de águas volumosas. Listra Cinzenta continuou a olhar para trás, como se não suportasse deixar a namorada.

Coração de Fogo tinha a impressão de levar no peito uma pedra fria e pesada e pensava: *Quanto tempo vai demorar até que algum gato descubra?*

Embora se esforçasse para não pensar no problema, ele ainda era pura ansiedade quando atravessaram o rio, passando pelo tronco, e voltaram ao território do Clã do Trovão. Agora o mais importante era decidir o que dizer se alguém tivesse percebido a ausência deles.

– Acho que devíamos caçar um pouco – disse Listra Cinzenta. – Aí, pelo menos...

Um miado empolgado vindo da beira da floresta o interrompeu. – Coração de Fogo! Coração de Fogo!

O guerreiro olhou incrédulo o corpinho branco que saiu das samambaias no limite das árvores. Filhote de Nuvem!

– Ah, camundongos me mordam! – Listra Cinzenta murmurou.

Coração de Fogo atravessou o capim, o peito doído. – Filhote de Nuvem, o que você está fazendo aqui? Eu lhe disse para ficar no berçário.

– Rastreei você – Filhote de Nuvem anunciou com orgulho. – O caminho todo, desde o acampamento.

Quando fitou os olhos azuis brilhantes do filhote, Coração de Fogo sentiu-se mal, de tão preocupado. As chances de retornar ao acampamento com uma história de caçada bem cedo tinham simplesmente desaparecido. O sobrinho devia tê-los visto atravessando o rio.

– Segui a trilha do seu cheiro até o caminho de pedras – continuou Filhote de Nuvem. – O que vocês dois estavam fazendo no território do Clã do Rio?

Antes que o guerreiro pensasse em uma resposta, outra voz o interrompeu – um rugido baixo e ameaçador. – Sim, é o que eu também gostaria de saber.

O gato de pelagem avermelhada sentiu as forças se esvaindo pelas patas ao ver Garra de Tigre abrindo caminho através das samambaias marrons ressecadas.

– Coração de Fogo é realmente corajoso! – Filhote de Nuvem miou, enquanto o guerreiro permanecia com a boca entreaberta, o pânico embaralhando-lhe os pensamentos. – Ele saiu em uma missão especial de guerreiro; ele me contou.

– Contou agora? – ciciou Garra de Tigre, um brilho de interesse nos olhos. – E contou que missão especial de guerreiro era essa?

– Não, mas posso imaginar. – Filhote de Nuvem tremia de tanta empolgação. – Ele foi com Listra Cinzenta espionar o Clã do Rio. Coração de Fogo, você...

– Cale a boca, filhote! – retrucou Garra de Tigre asperamente. – Então? – o representante desafiou Coração de Fogo. – Isso é verdade?

Coração de Fogo olhou para Listra Cinzenta. Seu amigo estava congelado, os olhos amarelos fitavam com horror o representante; com certeza da parte dele não viriam boas sugestões.

– Queríamos ver até onde as águas chegaram – miou Coração de Fogo. O que não era exatamente uma mentira.

– Ah! – O representante fez uma pausa e olhou deliberadamente em todas as direções; então, quis saber: – O que aconteceu ao resto da sua patrulha? E algum gato deve ter enviado vocês para essa missão – ele acrescentou, sem aguardar resposta. – Não fui eu, embora tenha designado todas as outras patrulhas.

– Nós apenas pensamos... – começou Listra Cinzenta, com a voz débil.

Garra de Tigre o ignorou. Aproximou tanto a enorme cabeça de Coração de Fogo que o guerreiro chegou a sentir o hálito quente e rançoso do representante. – Se quer saber, *gatinho de gente*, você é amigável demais com o Clã do Rio. Talvez tenha ido lá para espionar – ou talvez esteja espionando *para* eles. De que lado você está?

– Você não tem direito de me acusar! – A raiva fez o pelo do guerreiro se eriçar. – Sou leal ao Clã do Trovão.

Um guincho profundo saiu da garganta de Garra de Tigre. – Então você não vai se importar se falarmos a Estrela Azul sobre essa expedição que vocês fizeram. E veremos se *ela* acha você tão leal. Quanto a você... – Ele fitou Filhote de Nuvem, que tentou encarar com ousadia o seu olhar cor de âmbar, mas teve de recuar um ou dois passos. – Estrela

Azul ordenou que nenhum filhote saísse do acampamento sozinho. Ou será que você, como seu parente gatinho de gente, pensa que as ordens do clã não lhe dizem respeito?

Pela primeira vez Filhote de Nuvem não respondeu; seus olhos azuis pareciam assustados.

Garra de Tigre deu meia-volta e caminhou devagar em direção às árvores. – Vamos, estamos desperdiçando tempo. Sigam-me todos – ele rugiu.

Quando chegaram ao acampamento, Coração de Fogo viu Estrela Azul na base da Pedra Grande. Uma patrulha formada por Nevasca, Rabo Longo e Pelo de Rato lhe apresentava um relatório.

– As águas chegaram ao Caminho do Trovão – Coração de Fogo ouviu Nevasca dizer. – Se a água não abaixar, não conseguiremos ir à próxima Assembleia.

– Ainda há tempo antes... – Estrela Azul se interrompeu quando viu que Garra de Tigre se aproximava. – Sim, o que é?

– Trouxe estes gatos para você – resmungou o representante. – Um filhote desobediente e dois traidores.

– Traidores! – repetiu Rabo Longo. Seus olhos encontraram os de Coração de Fogo com um brilho desagradável. – Exatamente o que eu esperaria de um gatinho de gente – zombou.

– Basta – ordenou Estrela Azul, com um leve rugido. Ela inclinou a cabeça na direção dos gatos da patrulha. – Podem ir agora, todos vocês. – Virou-se para Garra de Tigre enquanto os outros se afastavam. – Diga-me o que aconteceu.

– Vi este filhote saindo do acampamento – o representante começou, apontando a cauda para Filhote de Nuvem – depois de você ter ordenado que nenhum filhote ou aprendiz saísse sem um guerreiro. Fui buscá-lo, mas, quando entrei na ravina, percebi que ele estava seguindo uma trilha de cheiro. – Fez uma pausa e olhou desafiadoramente para Coração de Fogo e Listra Cinzenta. – A trilha levava ao caminho de pedras, adiante das Rochas Ensolaradas rio abaixo. E o que vejo lá se não estes bravos guerreiros – ele cuspia as palavras – atravessando de volta do território do Clã do Rio. Quando indaguei o que estavam fazendo, vieram com uma história para camundongo dormir sobre verificar até onde as águas tinham chegado.

Coração de Fogo se preparou para a fúria de Estrela Azul, mas ela permaneceu calma e inquiriu: – Isso é verdade?

Enquanto voltavam do caminho de pedras, Coração de Fogo tivera tempo de pensar. Sabia que estaria em maus lençóis se voltasse a mentir para Estrela Azul. Vendo a sabedoria estampada em seus penetrantes olhos azuis, soube que tinha de dizer a verdade. – Sim – admitiu. – Podemos explicar, mas... – Ele disparou um olhar para Garra de Tigre.

Estrela Azul fechou os olhos por um longo momento. Quando os abriu, seu semblante era indecifrável, como sempre. – Garra de Tigre, vou tratar disto. Você pode ir.

O representante parecia pronto a se opor, mas sob o olhar claro de Estrela Azul ele se manteve em silêncio. Fez um aceno com a cabeça e rumou para a pilha de presas frescas.

— Agora, Filhote de Nuvem — miou a líder, virando-se para o jovem de pelagem branca. — Você sabe por que ordenei que filhotes e aprendizes não saíssem sozinhos?

— Porque a enchente é perigosa — replicou Filhote de Nuvem, com ar carrancudo. — Mas eu...

— Você me desobedeceu e deve ser punido. Essa é a lei do clã.

Por um momento, Coração de Fogo pensou que o sobrinho ia protestar; mas, para seu alívio, ele apenas abaixou a cabeça e miou: — Sim, Estrela Azul.

— Recentemente Garra de Tigre mandou você ajudar os anciãos por alguns dias, não foi? Muito bem, pode continuar com essas funções. É uma honra servir aos outros gatos, e você tem de aprender que também é uma honra obedecer às ordens do clã. Agora vá e veja se eles têm alguma tarefa para você.

O jovem curvou a cabeça e saiu em disparada pela clareira, a cauda erguida. Coração de Fogo suspeitava de que ele gostasse de cuidar dos anciãos e de que sua punição não tinha sido tão ruim. Mas ele não podia deixar de se preocupar pelo fato de Filhote de Nuvem ainda não ter aprendido a respeitar as diretrizes do clã.

Estrela Azul sentou-se com as patas escondidas sob o corpo. — Contem-me o que aconteceu.

Respirando fundo, Coração de Fogo explicou como ele e Listra Cinzenta tinham resgatado os bebês do Clã do Rio, e como tinham sido levados ao acampamento pelos guerreiros do Clã do Rio.

— Entretanto, não pudemos entrar no acampamento — miou o guerreiro. — Ele está debaixo d'água. Por enquanto os gatos do clã estão entre os arbustos, em um terreno mais alto.

— Entendo... — sussurrou Estrela Azul.

— Eles estão mal instalados, sem proteção — continuou Coração de Fogo. — Com dificuldades para encontrar presas. Eles nos contaram que os Duas-Pernas envenenaram o rio. Os gatos ficam doentes quando comem peixe.

Enquanto falava, ele percebeu um olhar preocupado de Listra Cinzenta, como se o amigo achasse que era perigoso revelar tantas fraquezas do Clã do Rio. Coração de Fogo sabia que alguns gatos veriam isso como uma boa oportunidade para atacar o clã rival. Mas acreditava que Estrela Azul não era assim. Ela jamais se aproveitaria dos problemas de outros felinos, especialmente na estação sem folhas.

— Então sentimos que precisávamos fazer alguma coisa — ele concluiu. — Nós... nos oferecemos para caçar para eles em nosso território, e temos levado presa fresca para o outro lado do rio. Hoje Garra de Tigre nos viu quando voltávamos.

— Não somos traidores — Listra Cinzenta acrescentou. — Só queríamos ajudar.

Estrela Azul se virou para ele e, então, de novo para Coração de Fogo. Seu ar era austero, mas havia um lampejo de compreensão em seus olhos. — Entendo — falou baixinho. — E até respeito a boa intenção de vocês. Todos os gatos têm o direito de sobreviver, não importa o clã. Mas vocês sabem perfeitamente que não podem tomar os problemas nas próprias patas como fizeram. Agiram de forma dissimulada, escapando sozinhos. Mentiram para Garra de Tigre, ou, pelo menos, não lhe disseram toda a verdade – acrescentou, antes que Coração de Fogo protestasse. – E caçaram para outro clã antes de caçar para o seu. Não é assim que guerreiros se comportam.

Coração de Fogo engoliu em seco, desconfortável, e olhou de soslaio para Listra Cinzenta. A cabeça do amigo estava baixa; envergonhado, ele fitava o chão.

– Sabemos disso tudo – Coração de Fogo admitiu. – Mil desculpas.

– Pedir desculpas é pouco – Estrela Azul miou, com um tom agudo na voz. – Vocês terão de ser castigados. E, já que não agiram como guerreiros, vamos ver se ainda se lembram como é ser aprendiz. De agora em diante, vão caçar para os anciãos e cuidar das necessidades deles. E, quando forem caçar, serão supervisionados por outro guerreiro.

– Como? – Coração de Fogo deixou escapar um miado de indignação.

– Vocês quebraram o Código dos Guerreiros – Estrela Azul lembrou. – Como não foram corretos, irão com alguém que seja. Não deve haver mais visitas ao Clã do Rio.

– Mas... não voltaremos a *ser* aprendizes, não é? – Listra Cinzenta miou, ansioso.

– Não. – A gata permitiu que um brilho gaiato suavizasse seu olhar. – Vocês ainda são guerreiros. Uma folha não pode voltar a ser broto. Mas viverão como aprendizes até que eu ache que aprenderam a lição.

Coração de Fogo forçou-se a controlar sua respiração. Tinha tanto orgulho de ser um guerreiro do Clã do Trovão, e foi dominado pela vergonha ao pensar em perder seus privilégios. Mas sabia que era inútil discutir com a líder e, por dentro, reconhecia que a punição era justa. Ele abaixou a cabeça com respeito. – Está certo, Estrela Azul.

– Nós realmente sentimos muito – Listra Cinzenta acrescentou.

– Eu sei. – Ela fez um aceno. – Pode ir, Listra Cinzenta. Coração de Fogo, espere um instante.

Surpreso e um pouco nervoso para saber o que Estrela Azul queria, Coração de Fogo esperou.

Quando Listra Cinzenta não podia mais ouvi-la, a líder falou. – Diga-me, Coração de Fogo, algum gato do Clã do Rio morreu nessa cheia? – Ela parecia distraída, e pela primeira vez seus olhos não encontraram os do gato avermelhado. – Algum guerreiro?

– Não que eu saiba – ele admitiu. – Estrela Torta não comentou se algum gato tinha se afogado.

Estrela Azul franziu a testa, mas não perguntou mais nada. Fez um pequeno meneio de cabeça, como se fosse para si mesma. Então, depois de uma breve hesitação, liberou o guerreiro. – Encontre Listra Cinzenta e diga-lhe que vocês dois podem ir comer – ela ordenou, com a voz novamente inexpressiva e firme. – E diga a Garra de Tigre para vir aqui.

Coração de Fogo curvou a cabeça e se levantou para sair. Atravessando a clareira, olhou para Estrela Azul. A gata cinza ainda estava agachada aos pés da rocha, os olhos fixos em um ponto distante. Foi impossível não se sentir intrigado com aquelas perguntas insistentes da líder.

Por que ela estaria tão preocupada com os guerreiros do Clã do Rio?, ele cismava.

CAPÍTULO 15

– Ora, se não é o nosso mais novo aprendiz, Pata de Fogo!

Coração de Fogo comia um rato silvestre e levantou o focinho ao ver Rabo Longo se aproximar, com ar insolente, a cauda balançando. – Pronto para uma sessão de treinamento? – o guerreiro zombou. – Garra de Tigre me designou como seu mentor.

Devagar, Coração de Fogo engoliu o último pedaço de presa e se pôs de pé. Imaginou o que tinha acontecido. Estrela Azul falara a Garra de Tigre sobre o castigo, e o representante logo organizara a primeira patrulha. Claro que escolheria o gato que mais detestasse Coração de Fogo para supervisionar a caçada.

Ao lado dele, Listra Cinzenta se levantou em um pulo, foi na direção de Rabo Longo e rugiu: – Dobre a língua! Não somos aprendizes!

– Não foi o que eu ouvi – replicou Rabo Longo, lambendo os beiços com prazer, como se tivesse acabado de engolir um pedaço saboroso.

– Então é melhor ficar sabendo – Coração de Fogo sibilou, começando a bater com a cauda. – Você quer que eu rasgue sua outra orelha?

Rabo Longo deu um passo atrás. Estava claro que ele tinha se lembrado da chegada de Coração de Fogo ao acampamento, quando este lutara ferozmente com Rabo Longo, sem mostrar nenhum medo, apesar das provocações do guerreiro, chamando-o "gatinho de gente". Coração de Fogo sabia que, ainda que os outros gatos não mencionassem a derrota de Rabo Longo, sua orelha rasgada o faria lembrar o fato para sempre.

– É melhor prestarem atenção – o guerreiro ameaçou. – Garra de Tigre lhes arranca as caudas se vocês me tocarem.

– Pois valeria a pena – Coração de Fogo replicou. – Você vai ver o que lhe acontece se me chamar de Pata de Fogo de novo.

Rabo Longo nada disse, apenas virou a cabeça para o lado para lamber o pelo desbotado. Coração de Fogo relaxou o comportamento ameaçador. – Então, vamos – ele grunhiu. – Se é para caçar, vamos logo.

Os dois amigos foram à frente, saindo do túnel de tojo e subindo a ravina. Rabo Longo os seguia, sugerindo, em voz alta, onde caçar, como se fosse o encarregado; mas, uma vez na floresta, Coração de Fogo e Listra Cinzenta trataram de ignorá-lo.

O dia estava frio e cinzento e uma chuva fina tinha começado a cair. Estava difícil encontrar presas. Listra Cinzenta percebeu um movimento em umas folhas de samambaia e foi investigar, mas Coração de Fogo estava a ponto de desistir quando viu um pintassilgo bicando ao redor das raízes de uma aveleira. Ele se agachou e foi rastejando, pata ante pata, enquanto o pássaro, sem se dar conta do perigo, continuava a bicar.

Ele se preparou para o bote, o quadril balançando de um lado para o outro. Rabo Longo zombou: – Isso lá é jeito de se agachar? Já vi um coelho de três pernas fazer melhor! – Assim que ele falou, o pintassilgo voou, apavorado, soltando um grito de alarme.

Coração de Fogo voltou-se para ele, furioso. – Foi culpa sua! – rugiu. – Quando ele ouviu a sua voz...

– Que nada! – miou Rabo Longo. – Não arrume desculpas. Você não seria capaz de pegar um camundongo que estivesse sentadinho entre suas patas.

Coração de Fogo colou as orelhas à cabeça e mostrou os dentes, pronto para a luta, mas, de repente, pensou que Rabo Longo poderia estar fazendo provocações de propósito. Ele teria uma boa história para contar a Garra de Tigre se Coração de Fogo o atacasse.

– Certo – o gato vermelho resmungou entredentes. – Se você é que é o bambambã, mostre como se faz.

– Como se tivesse sobrado alguma presa depois do barulhão que o pássaro fez quando você o assustou – Rabo Longo zombou.

– Quem é que está arrumando desculpas agora? – Coração de Fogo devolveu, com raiva.

Antes que Rabo Longo respondesse, Listra Cinzenta surgiu da samambaia com um rato silvestre entre os dentes. Ele o colocou ao lado de Coração de Fogo e começou a cavar a terra para enterrá-lo até que fosse hora de voltar ao acampamento.

Rabo Longo aproveitou a interrupção para se meter no túnel que Listra Cinzenta fizera nas samambaias.

Listra Cinzenta o observou. – Qual é o problema dele? Parece que engoliu bile de camundongo.

Coração de Fogo deu de ombros. – Não é nada. Vamos continuar.

Depois disso, Rabo Longo os deixou sozinhos e, no pôr do sol, os dois jovens guerreiros tinham juntado uma respeitável pilha de presas para levar para o acampamento.

– Leve algumas peças para os anciãos – Coração de Fogo sugeriu a Listra Cinzenta quando eles colocaram as últimas presas na pilha. Eu levo para Presa Amarela e Pata de Cinza. – Ele escolheu um esquilo e rumou para a toca da curandeira. Presa Amarela estava do lado de fora, na fenda da pedra, com Pata de Cinza à sua frente. A antiga aprendiz de Coração de Fogo estava feliz e alerta. Ereta, tinha a cauda em torno das patas, os olhos azuis grudados em Presa Amarela, a quem ouvia com atenção.

– Podemos mascar folhas de senécio e misturá-las com frutinhas de junípero amassadas – disse Presa Amarela com voz rouca. – É um bom cataplasma para juntas doloridas. Quer experimentar?

– Quero! – Pata de Cinza miou, entusiasmada. Ela deu um pulo e farejou o monte de folhas que Presa Amarela tinha posto no chão. – O gosto é ruim?

– Não, porém tente não engolir. Um pouquinho não vai fazer mal, mas, em excesso, vai lhe dar uma boa dor de barriga. Sim, Coração de Fogo, o que você quer?

O guerreiro cruzou a clareira, arrastando o esquilo entre as patas dianteiras. Pata de Cinza já estava agachada na frente do monte de senécio, mascando com vigor, mas o cumprimentou com um movimento da cauda.

– Trouxe para vocês. – Coração de Fogo miou ao colocar o esquilo ao lado de Presa Amarela.

– Ah, sim. Vento Veloz me disse que você estava de volta às tarefas de aprendiz – ela grunhiu. – Seu miolo de camundongo! Você devia ter imaginado que algum gato ia acabar descobrindo que vocês estavam ajudando o Clã do Rio.

– Agora está feito. – Coração de Fogo não queria falar do castigo.

Para seu alívio, Presa Amarela pareceu feliz em mudar de assunto. – Que bom que está aqui, porque quero ter uma palavrinha com você. Está vendo este cataplasma? – Ela levantou o focinho na direção da maçaroca de folhas mascadas que Pata de Cinza estava preparando.

– Estou.

– É para Orelhinha. Ele está na minha toca, sofrendo com o pior caso de juntas endurecidas que vi em meses. Mal consegue se mexer. E se você me perguntar por quê saiba que tudo aconteceu porque seu ninho foi forrado com musgo úmido. – O tom era gentil, mas os seus olhos amarelos queimavam os de Coração de Fogo.

O guerreiro sentiu o coração apertar. – Isso é coisa de Filhote de Nuvem, não é?

– Acho que sim – miou Presa Amarela. – Ele não teve cuidado na hora de fazer a cama, não se deu o trabalho de sacudir as folhas para eliminar a água.

– Mas eu ensinei isso a ele – Coração de Fogo interrompeu. Ele já tinha problemas suficientes, pensou; não era justo ter de resolver a vida de Filhote de Nuvem também. Ele suspirou e prometeu: – Vou falar com ele.

– Faça isso – grunhiu Presa Amarela.

Pata de Cinza se sentou, cuspindo pedaços de senécio. – Já mascou bastante?

Presa Amarela inspecionou o trabalho. – Excelente.

Os olhos azuis de Pata de Cinza brilharam com o elogio. Coração de Fogo olhou com admiração para a velha curandeira. Ver como ela fizera Pata de Cinza sentir-se útil e necessária dava-lhe um grande prazer.

– Agora você pode apanhar as frutinhas de junípero – continuou a velha gata. – Vejamos... três devem bastar. Você sabe onde eu as guardo?

– Sei, Presa Amarela. – Com a cauda empinada e muita energia, apesar de coxear, Pata de Cinza dirigiu-se à fenda na rocha. Na boca da toca ela olhou para trás. – Obrigada pelo esquilo, Coração de Fogo – miou antes de desaparecer.

Presa Amarela prestava atenção e aprovou seu comportamento com um rom-rom de velha. – Ora! Aqui temos um gato que sabe o que está fazendo – sussurrou.

Coração de Fogo concordou. Gostaria de poder dizer o mesmo do sobrinho. – Vou procurar Filhote de Nuvem imediatamente. – Ele suspirou, tocando Presa Amarela com o nariz antes de sair da toca.

O filhote branco não estava no berçário. Coração de Fogo tentou, então, a toca dos anciãos. Quando entrou, ouviu a voz de Meio Rabo. – Então o líder do Clã do Tigre tocaiou a raposa por uma noite e um dia, e na segunda noite... Ei, você, Coração de Fogo. Quer ouvir esta história?

O gato avermelhado olhou em torno. Meio Rabo estava enroscado no musgo, perto de Retalho e Cauda Mosqueada. O sobrinho, agachado no refúgio do corpo do gatão malhado, tinha os olhos azuis bem abertos, maravilhados, imaginando os gatos grandes e listrados de preto do Clã do Tigre. Havia peças de presa fresca no chão e, pelo cheiro de camundongo que vinha do pelo do pequeno gato branco, Coração de Fogo imaginou que os anciãos tinham deixado que ele partilhasse a comida.

– Não, obrigado, Meio Rabo – ele miou. – Não posso ficar. Só queria falar com Filhote de Nuvem. Presa Amarela disse que ele tem trazido folhas úmidas para fazer as camas.

Cauda Mosqueada bufou. – Que bobagem!

– Ela está dando ouvidos a Orelhinha – miou Retalho. – Ele reclamaria até se os gatos do Clã das Estrelas descessem pessoalmente do Tule de Prata para lhe trazer materiais para a cama.

O pelo de Coração de Fogo se eriçou de vergonha. Não esperava ver os anciãos arrumando desculpas para Filhote de Nuvem. – Afinal, você trouxe ou não trouxe musgo úmido? – ele perguntou, encarando o filhote.

O jovem o olhou de forma evasiva. – Eu *tentei* fazer certo, Coração de Fogo.

– Ele é só um filhote – Cauda Mosqueada comentou, com carinho.

– Sim, bem... – Coração de Fogo arranhou com as patas o chão da toca. – Orelhinha está com dor nas juntas.

– Orelhinha já tem dor nas juntas há muitas estações – miou Meio Rabo. – Desde antes de esse filhote começar a mamar. Cuide de sua vida, Coração de Fogo, e deixe que cuidemos da nossa.

– Desculpe. Já vou, então. Filhote de Nuvem, veja se a partir de agora tem mais cuidado com o musgo, certo?

Ele já estava saindo da toca, mas ainda pôde ouvir o miado de Filhote de Nuvem: – Continue, Meio Rabo. O que o líder do Clã do Tigre fez então?

Coração de Fogo ficou feliz em fugir para a clareira. Não podia deixar de pensar que Filhote de Nuvem provavelmente não tivera cuidado com o musgo, mas parecia que os demais anciãos não reclamariam dele. Livre para garantir sua presa fresca, agora que tinha caçado para os anciãos, Coração de Fogo trotava em direção à pilha de presas quando viu Cauda Partida deitado do lado de fora da toca. Garra de Tigre estava ao seu lado, e os dois gatos trocavam lambidas como velhos amigos.

Inesperadamente tocado com a cena, Coração de Fogo parou. Estaria o lado piedoso de Garra de Tigre fazendo uma rara aparição? Ele só ouvia o som surdo da voz do representante; estava longe demais para entender as palavras. Cauda Partida replicou rapidamente, parecendo muito mais à vontade, como se estivesse retribuindo a gentileza do representante.

De repente, todas as velhas dúvidas de Coração de Fogo quanto a levar Garra de Tigre a julgamento o assaltaram. Qualquer gato sabia que o representante era um lutador feroz e corajoso, que cumpria suas obrigações com segurança. Coração de Fogo jamais vira nele a compaixão de um verdadeiro líder, pelo menos até agora, com Cauda Partida...

A mente de Coração de Fogo se agitava em um turbilhão; talvez Estrela Azul tivesse razão, talvez Garra de Tigre não tivesse culpa na morte de Rabo Vermelho. Talvez o ocorrido com Pata de Cinza tivesse sido mesmo um acidente, não uma armadilha. *E se você esteve errado o tempo todo?*, Coração de Fogo pensou. *E se Garra de Tigre é exatamente o que parece ser: um representante leal e eficiente?*

Mas ele não conseguia acreditar nisso. E, aproximando-se devagar da pilha de presas frescas, desejou, até a ponta das garras, libertar-se do peso de seu segredo.

CAPÍTULO 16

Coração de Fogo saiu do meio das samambaias que circundavam a toca dos aprendizes e esticou as patas dianteiras. O sol tinha acabado de nascer e o céu já parecia uma casca de ovo azul-clarinho, prometendo tempo bom depois de tantos dias de nuvens e chuva.

Para ele, a pior parte do castigo era ter de dormir na toca dos aprendizes. Cada vez que entrava, Pata de Espinho e Pata Brilhante arregalavam os olhos, como se não conseguissem acreditar no que viam. Pata de Samambaia parecia apenas bastante envergonhado, enquanto Pata Ligeira – que Coração de Fogo imaginava ser incentivado por seu mentor, Rabo Longo – zombava abertamente. Para o guerreiro era difícil relaxar, e seu sono era interrompido por sonhos em que Folha Manchada saltava em sua direção, alertando-o com miados sobre alguma coisa de que ele nunca se lembrava ao acordar.

Coração de Fogo abriu a boca em enorme bocejo e se ajeitou para começar um banho caprichado. Lista Cinzenta ainda dormia; logo teria de acordá-lo e encontrar um guerreiro para supervisioná-los em outra patrulha de caça.

Enquanto se lavava, Coração de Fogo viu Estrela Azul e Garra de Tigre aos pés da Pedra Grande, em uma conversa séria. Em vão, tentava imaginar de que estariam falando. Então, com um movimento rápido de cauda, Estrela Azul o chamou. Coração de Fogo deu um salto e atravessou o acampamento.

– Coração de Fogo – miou Estrela Azul ao vê-lo se aproximar. – Garra de Tigre e eu achamos que vocês dois já foram punidos o suficiente. Podem voltar à condição de guerreiros plenos novamente.

Coração de Fogo, quase tonto de alívio, miou: – Obrigado, Estrela Azul.

– Espero que tenham aprendido a lição – rugiu Garra de Tigre.

– Garra de Tigre vai liderar uma patrulha até Quatro Árvores – continuou a líder, sem esperar Coração de Fogo responder. – Daqui a duas noites será lua cheia, e precisamos saber se conseguiremos chegar à Assembleia. Garra de Tigre, você levará Coração de Fogo com você?

Coração de Fogo não sabia como interpretar o brilho nos olhos cor de âmbar do representante, que não parecia contente – e ele nunca estava mesmo –, mas demonstrava certa satisfação soturna, como se sentisse prazer em impor seu ritmo ao jovem guerreiro. Coração de Fogo não se importava. Estava emocionado porque Estrela Azul lhe confiava novamente uma missão de verdadeiro guerreiro.

– Ele pode vir – miou Garra de Tigre. – Mas se der uma patada em falso, vou querer explicações. – Sua pelagem escura ondulou quando ele se ergueu. – Vou procurar outro gato para ir conosco.

Coração de Fogo observou-o atravessar a clareira e desaparecer na toca dos guerreiros.

– Essa será uma Assembleia importante – murmurou, ao seu lado, Estrela Azul. – Precisamos descobrir como os outros clãs estão lidando com a cheia. É fundamental estarmos presentes.

– Vamos dar um jeito, Estrela Azul – assegurou-lhe Coração de Fogo.

No entanto, sua confiança logo se esvaiu ao ver Garra de Tigre sair da toca. O gato que o seguia era Rabo Longo. O representante parecia ter escolhido a dedo o terceiro membro da patrulha, com a intenção de prejudicá-lo.

Coração de Fogo, apreensivo, sentiu um aperto no estômago. Não tinha certeza de que queria sair sozinho com Garra de Tigre e Rabo Longo, pois a lembrança da batalha com o Clã do Rio ainda estava bem viva em sua mente. O representante o deixara lutar com um guerreiro feroz sem fazer nenhum movimento para ajudá-lo. E Rabo Longo fora seu adversário desde que ele pusera as patas no acampamento.

Por um momento, imagens terríveis dos dois gatos se voltando contra ele e tentando matá-lo nas profundezas da floresta rodopiaram na mente de Coração de Fogo, mas ele afastou aqueles pensamentos. Estava parecendo um filhote assustado com as histórias dos anciãos. Certamente Garra de Tigre faria exigências absurdas, e Rabo Longo se deleitaria a cada momento, mas Coração de Fogo não temia desafios. Não importa o que acontecesse, mostraria que era um guerreiro igual a eles!

Com todo respeito, disse adeus a Estrela Azul e correu pela clareira, seguindo Garra de Tigre e Rabo Longo.

O sol estava mais alto, e à medida que os gatos atravessavam a floresta, rumo a Quatro Árvores, o azul do céu ficava mais escuro. As samambaias pareciam pesadas com as gotas de orvalho brilhante, que grudavam no pelo de Coração de Fogo quando ele roçava nelas ao passar. Os pássaros cantavam e galhos cheios de folhas novas farfalhavam. O renovo chegara, enfim.

Enquanto seguia Garra de Tigre, Coração de Fogo distraía-se o tempo todo por movimentos de presas tentadoras correndo de lá para cá na vegetação rasteira. Passado algum tempo, o representante permitiu que parassem e caçassem para si mesmos. Ele estava com um bom humor bastante incomum. Relaxado a ponto de elogiar Coração de Fogo quando este se lançou sobre um rato silvestre especialmente ágil. Até Rabo Longo guardou para si os comentários desagradáveis.

Quando eles prosseguiram, Coração de Fogo sentia o estômago quentinho e cheio depois de ter comido o rato silvestre. Suas desconfianças tinham desaparecido. Em um dia como aquele, ele era puro otimismo. Tinha certeza de que logo teriam uma boa notícia para levar a Estrela Azul.

Logo depois, atingiram o alto de uma encosta e olharam na direção do riacho que atravessava o território do Clã do

Trovão, isolando-o de Quatro Árvores. Garra de Tigre sibilou longa e suavemente, enquanto Rabo Longo miava desanimado.

Coração de Fogo compartilhou a exasperação dos dois. Normalmente, o riacho era raso o suficiente para permitir que os gatos o cruzassem com facilidade, pulando de pedra em pedra para manter as patas secas. Mas agora a água tinha se espalhado de um lado a outro, como uma placa reluzente, enquanto a correnteza se agitava no curso original das águas.

— Atravessar aquilo? — cuspiu Rabo Longo. — Eu não.

Sem uma palavra, Garra de Tigre começou a andar, riacho acima, em direção ao Caminho do Trovão.

O terreno se elevava ligeiramente e, em pouco tempo, Coração de Fogo viu que a superfície brilhante era quebrada por tufos de capim, e que moitas de samambaias despontavam na água.

— Não é tão profundo quanto Nevasca disse — miou Garra de Tigre. — Vamos tentar atravessar aqui.

Coração de Fogo tinha dúvidas quanto à profundidade da água, mas não disse nada. Sabia que, se protestasse, zombariam dele, como de hábito, por causa de sua delicada origem de gatinho de gente. Ao contrário, seguia com tranquilidade Garra de Tigre, que já avançava para a área inundada. E não pôde deixar de notar que as orelhas de Rabo Longo se contraíram nervosamente quando ele entrou no riacho.

O guerreiro de pelagem cor de fogo sentiu a água fria batendo em suas pernas, e escolhia com cuidado onde pisar, fazendo um zigue-zague em direção à margem, saltando de um tufo de capim para outro. Gotas-d'água brilhavam ao sol à medida que ele avançava. De repente, sentiu um sapo se contorcer sob suas patas e quase perdeu o equilíbrio. Mas cravou com força as garras em um tufo encharcado e conseguiu, então, se reequilibrar.

Diante dele, onde a lama do leito do riacho tinha sido revirada, a correnteza era marrom. A distância era muito grande para um gato pular, e o caminho de pedras estava completamente submerso. *Espero que Garra de Tigre não queira nos fazer nadar*, pensou Coração de Fogo, estremecendo.

As palavras passavam por sua mente quando ouviu o grito de Garra de Tigre, que estava bem acima. – Venham aqui! Vejam isso!

Coração de Fogo correu, espalhando água. Garra de Tigre, com Rabo Longo ao lado, estava de pé, na beira do riacho. Diante deles, um galho trazido pela correnteza se estendia de uma margem a outra.

– Exatamente do que precisávamos – grunhiu Garra de Tigre, satisfeito. – Coração de Fogo, vá verificar se é seguro, sim?

O jovem guerreiro olhou para o galho meio em dúvida. Era muito mais fino do que a árvore caída que usara para atravessar para o território do Clã do Rio. Galhos mais finos enfiavam-se em todas as direções, e ainda havia folhas mortas penduradas neles. De vez em quando, um leve solavanco sacudia o galho, como se a correnteza quisesse arrastá-lo dali.

Com qualquer outro guerreiro veterano, e até mesmo com Estrela Azul, Coração de Fogo teria discutido a segurança do galho antes de colocar suas patas nele. Mas ninguém ousava questionar uma ordem de Garra de Tigre.

– Está com medo, gatinho de gente? – zombou Rabo Longo.

A barriga de Coração de Fogo ardia de determinação. Ele *não* demonstraria medo diante desses gatos, para não lhes dar o prazer de relatar o que acontecera ao resto do clã. Rangendo os dentes, pisou na ponta do galho.

Imediatamente o galho cedeu sob suas patas, e para recobrar o equilíbrio Coração de Fogo cravou suas garras nele. Via a água marrom correndo abaixo dele, a um camundongo de distância, e, por alguns tique-taques de coração, pensou que levaria um caldo.

Por fim, conseguiu se firmar. Começou a avançar com cautela, uma pata atrás da outra, em uma linha reta. A cada passo, o galho oscilava sob seu peso. Alguns gravetos prendiam-se à sua pelagem, dificultando o equilíbrio. *Dessa forma nunca chegaremos à Assembleia*, pensou o guerreiro.

Aos poucos, aproximou-se do meio do riacho, onde a correnteza era mais forte. O galho estava cada vez mais fino, chegando quase à espessura da cauda de Coração de Fogo, e era mais difícil encontrar um lugar para firmar a pata. O guerreiro parou para calcular quanto faltava; será que já dava para pular com segurança?

O galho então balançou sob seu corpo. Instintivamente, fincou as garras com mais força ainda. Então, ouviu o berro de Garra de Tigre: – Coração de Fogo! Volte!

Por um tique-taque de coração, o guerreiro de pelo rubro balançou perigosamente. Em seguida, o galho oscilou de novo e, de repente, se soltou e foi levado pelas águas em movimento. Coração de Fogo escorregou para o lado e, antes que as ondas se fechassem sobre sua cabeça, pensou ter ouvido mais uma vez o berro de Garra de Tigre.

CAPÍTULO 17

Ao cair no riacho, Coração de Fogo conseguiu manter uma de suas garras presa ao galho. Sentiu como se lutasse contra um inimigo coberto de pontas de madeira, gravetos que o açoitavam e machucavam seu pelo, enquanto sua respiração fazia bolhas na água escura. Sua cabeça veio à tona rapidamente, mas, antes que pudesse respirar, o galho deu uma guinada e Coração de Fogo afundou de novo.

O terror o deixou estranhamente calmo, como se o tempo tivesse desacelerado. Uma parte de sua mente lhe dizia para soltar o galho e lutar para chegar à superfície, mas sabia que se o fizesse arriscaria a vida; a correnteza era forte demais. A força da água lhe dizia que não havia nada a fazer, salvo cravar as garras e aguentar firme. *Clã das Estrelas, me ajude!*, pensava freneticamente.

Quando começava a perder os sentidos e a entrar em uma tentadora escuridão, o galho rolou mais uma vez e o trouxe de volta à superfície. Sufocado e cuspindo, com a água batendo com força nos dois lados de seu corpo, agarrou-se a ele. Não conseguia ver a margem. Tentou arrastar o corpo para fora da água, mas o pelo encharcado tornava-o pesado demais, e suas pernas começavam a enrijecer por causa do frio. Não sabia por quanto tempo ainda poderia se segurar.

Quando Coração de Fogo estava quase desistindo, algo fez com que o galho parasse ruidosamente, estremecendo por inteiro e, por pouco, não o lançando longe. Enquanto se agarrava, em desespero, ouviu um gato guinchar seu nome. Virou a cabeça e viu que o outro lado do galho estava prensado contra uma pedra, que se projetava para o riacho.

Rabo Longo, agachado sobre a pedra, inclinou-se para ele e rugiu: – Mexa-se, gatinho de gente!

Com uma última gota de energia, Coração de Fogo arrastou-se ao longo do galho. Os gravetos batiam em seu focinho. Sentiu o galho dar mais uma guinada e, então, atirou-se para a pedra, arranhando-a com as patas dianteiras enquanto as traseiras davam impulso dentro da água. Mal suas patas tocaram a pedra, o galho foi arrastado de sob seu corpo.

Por um tique-taque de coração, o jovem guerreiro pensou que também seria levado. A pedra era lisa; não havia onde apoiar as patas. Então Rabo Longo o alcançou e Coração de Fogo sentiu-lhe os dentes nos pelos da nuca. Com essa ajuda, o guerreiro avermelhado usou as garras para galgar a rocha até o alto. Tremendo, ele cuspiu muitas bocadas de água antes de olhar para cima. – Obrigado, Rabo Longo – arfou.

O semblante do guerreiro era inexpressivo quando respondeu: – Não foi nada.

Garra de Tigre saiu de trás da pedra. – Você está ferido? – perguntou. – Consegue andar?

Tremendo, Coração de Fogo ficou de pé. Ele se sacudiu e muita água escorreu de seu pelo. – E... eu estou bem, Garra de Tigre – gaguejou.

O representante recuou para evitar as gotas que espirravam do pelo de Coração de Fogo. – Cuidado, já estamos molhados o suficiente. – Aproximou-se e farejou o felino avermelhado por inteiro. – Hora de você voltar para o acampamento – ordenou. – Na verdade, vamos todos. Nenhum gato faria essa travessia. Pelo menos foi o que você acabou de provar.

Coração de Fogo concordou e, calado, seguiu o representante de volta para a floresta. Com mais frio e muito mais cansado do que em qualquer outra ocasião de que pudesse se lembrar, tudo o que queria era se enroscar e dormir em um pedacinho de sol.

Seus braços e pernas pareciam uma pedra submersa, mas a mente era um turbilhão de medo e suspeita. Garra de Tigre ordenara que ele testasse o galho, mas qualquer um podia perceber quanto era perigoso. Coração de Fogo imaginava se o representante não deslocara o galho de propósito, para ter certeza de que ele seria arremessado no volumoso riacho.

Não na frente de Rabo Longo, decidiu. Afinal, ele o salvara. E, ainda que não gostasse dele, tinha de admitir que

Rabo Longo respeitara rigidamente o código do clã, socorrendo um guerreiro que precisava de ajuda.

Mesmo assim, Garra de Tigre poderia ter movimentado o galho sem que Rabo Longo visse, ou talvez o guerreiro de pelo desbotado não tivesse se dado conta do que estava acontecendo. Coração de Fogo gostaria de lhe perguntar, mas sabia que, se o fizesse, Rabo Longo contaria a Garra de Tigre.

Então olhou de relance para o representante e viu que este o encarava com ódio indisfarçável. Ao encontrar os seus olhos cor de âmbar, Coração de Fogo percebeu que eles se estreitavam em uma ameaça velada. *Soube*, então, naquele momento, que de alguma maneira o representante tinha tentado matá-lo. Dessa vez fracassara, *mas e da próxima?* O cérebro cansado de Coração de Fogo se recusava a ver o que era óbvio demais. Da próxima vez, Garra de Tigre iria dar um jeito de não fracassar.

Quando Coração de Fogo chegou ao acampamento, o sol quente do renovo já tinha secado seu pelo, mas, de tão exausto, mal conseguia colocar uma pata na frente da outra.

Tempestade de Areia, que tomava sol do lado de fora da toca dos guerreiros, levantou-se logo que o viu e correu até ele. – Coração de Fogo! Você está horrível! O que aconteceu?

– Nada demais. Eu estava...

– Coração de Fogo foi dar um mergulho, só isso – interrompeu Garra de Tigre. Olhou para o jovem guerreiro. – Vamos lá. Precisamos fazer um relatório para Estrela Azul.

– Com passos largos, dirigiu-se à Pedra Grande, seguido por Rabo Longo. Tempestade de Areia se aproximou de Coração de Fogo, que vinha logo atrás, bastante atordoado, e aconchegou seu corpo ao dele, em um gesto de apoio.

– E então? – perguntou Estrela Azul aos gatos à sua frente. – Encontraram um lugar para atravessar?

Garra de Tigre balançou a enorme cabeça. – É impossível. A água está alta demais.

– Mas todos os clãs devem participar da Assembleia – observou a líder. – O Clã das Estrelas vai ficar bravo se não tentarmos encontrar um caminho seco. Garra de Tigre, conte-me exatamente aonde vocês foram.

Garra de Tigre começou a descrever os acontecimentos daquela manhã em detalhes, incluindo a tentativa de Coração de Fogo de atravessar o rio pelo galho. – Ele foi corajoso, mas imprudente – resmungou. – Pensei que pagaria com a vida.

Tempestade de Areia olhou ao redor, boquiaberta, mas Coração de Fogo sabia tão bem quanto Garra de Tigre que não tivera escolha.

– Seja mais cuidadoso no futuro, Coração de Fogo – alertou Estrela Azul. – É melhor você ir ver Presa Amarela, para o caso de ter se resfriado.

– Estou bem. Preciso dormir, só isso.

Os olhos da líder se estreitaram. – Isso é uma ordem, Coração de Fogo.

Reprimindo um bocejo, ele inclinou a cabeça respeitosamente. – Sim, Estrela Azul.

– Venha para a toca quando terminar – miou Tempestade de Areia, dando-lhe uma lambida. – Vou pegar uma presa fresca para você.

Coração de Fogo agradeceu e foi tropeçando para a toca de Presa Amarela. A clareira estava vazia, mas, quando chamou a curandeira, a velha gata mostrou a cabeça pela fenda na pedra.

– Coração de Fogo? Grande Clã das Estrelas, você está parecendo um esquilo que caiu da árvore! O que aconteceu?

Ela se aproximou enquanto ouvia a explicação. Logo atrás da curandeira, mancando, vinha Pata de Cinza que se sentou ao lado dele, arregalando seus olhos azuis ao ouvir que ele quase se afogara.

Quando a viu, Coração de Fogo não pôde deixar de lembrar como Pata de Cinza tinha se ferido no Caminho do Trovão – teria sido outro acidente preparado por Garra de Tigre? Sem falar no assassinato a sangue-frio de Rabo Vermelho. Sua cabeça girava por causa do cansaço, e ele se perguntava como deter Garra de Tigre antes que outro gato morresse, vítima da ambição impiedosa do representante.

– Certo – respondeu Presa Amarela, interrompendo aqueles pensamentos perturbadores. – Você é um gato forte e provavelmente não se resfriou, mas vamos examinar para ter certeza. Pata de Cinza, o que devemos procurar quando um gato fica ensopado?

A jovem endireitou-se, a cauda circundando as patas. Olhou fixamente a curandeira e recitou: – Respiração fraca, náuseas, sanguessugas no pelo.

– Bom – resmungou Presa Amarela. – Mãos à obra, então.

Com muito cuidado, Pata de Cinza farejou todo o corpo do guerreiro para se certificar de que nenhuma sanguessuga tinha se agarrado à pele dele. – Você está respirando bem? – ela quis saber, gentil. – Está se sentindo nauseado, indisposto?

– Não, está tudo bem. Só preciso dormir por uma lua.

– Acho que ele está bem, Presa Amarela – disse Pata de Cinza, encostando a bochecha na de Coração de Fogo e dando-lhe umas lambidinhas rápidas. – Só não vá mais pular em rios, certo?

Presa Amarela soltou um ronronar gutural. – Tudo bem, Coração de Fogo, você pode ir dormir agora.

Pata de Cinza mexeu as orelhas, surpresa. – Você não vai examiná-lo também? E se eu tiver deixado escapar alguma coisa?

– Não é preciso – miou Presa Amarela. – Confio em você.

A velha gata se espreguiçou arqueando as costas magras e em seguida relaxou. – Estou querendo dizer uma coisa a você já faz algum tempo – continuou. – Vejo tantos gatos com miolo de camundongo, que é uma verdadeira alegria encontrar um que tenha bom-senso. Você aprendeu rápido e é muito boa para lidar com doentes.

– Obrigada, Presa Amarela! – exclamou Pata de Cinza, olhos arregalados, surpresa com o elogio.

– Fique quieta, ainda não terminei. Estou ficando velha e é hora de começar a pensar em encontrar um aprendiz. O que você acha de se tornar a próxima curandeira do Clã do Trovão?

A jovem gata pôs-se de pé em um pulo. Seus olhos brilhavam e ela tremia de emoção. – De verdade? – sussurrou.

– É claro que é de verdade – resmungou Presa Amarela. – Não falo pelo prazer de ouvir minha própria voz, ao contrário de certos gatos.

– Nesse caso, aceito, sim – sussurrou Pata de Cinza, erguendo a cabeça com dignidade. – Isso vale mais que tudo no mundo!

Coração de Fogo sentiu o coração bater mais rápido, feliz. Ele se preocupara muito com Pata de Cinza. Primeiro quando pensou que ela morreria, depois quando ficou claro que a perna machucada a impediria de se tornar uma guerreira. Lembrava-se dela questionando desesperadamente sobre o que fazer da vida. E agora parecia que Presa Amarela tinha encontrado a solução perfeita. Ver a jovem gata tão feliz e animada quanto ao futuro era muito mais do que ele esperava.

Ele voltou à toca dos guerreiros com passos mais leves para partilhar algumas presas frescas com Tempestade de Areia e depois dormir. Quando acordou, os raios vermelhos do sol poente invadiam a toca.

Listra Cinzenta o cutucou. – Acorde. Estrela Azul acabou de convocar uma reunião.

Coração de Fogo saiu da toca e viu que a líder já estava no topo da Pedra Grande. Presa Amarela estava a seu lado e, assim que o grupo se reuniu, foi a primeira a falar.

– Gatos do Clã do Trovão – disse com a voz rouca –, tenho um anúncio a fazer. Como todos sabem, não sou mais jovem. É hora de eu ter um aprendiz. Escolhi o único gato que consigo aturar. – Presa Amarela soltou um rom-rom bem-humorado. – E que também é o único que me atura. Sua próxima curandeira será Pata de Cinza.

Um coro de miaus satisfeitos ecoou. Com os olhos brilhando e o pelo elegantemente arrumado, Pata de Cinza sentou-se aos pés da pedra. Abaixou a cabeça, tímida, enquanto o clã lhe dava os parabéns.

– Pata de Cinza. – Estrela Azul elevou a voz para se fazer ouvir. – Você aceita ser a aprendiz de Presa Amarela?

A jovem ergueu a cabeça para olhar a líder. – Sim, Estrela Azul.

– Então, na meia-lua você viajará para a Boca da Terra para ser aceita pelo Clã das Estrelas diante dos outros curandeiros. Que os bons votos de todo o Clã do Trovão a acompanhem.

Meio pulando, meio deslizando, Presa Amarela desceu da pedra e foi até Pata de Cinza para trocarem toques de focinho. O resto do clã se aglomerou em torno da nova aprendiz. Coração de Fogo viu Pata de Samambaia perto da irmã e seus olhos brilharam de orgulho; até mesmo Garra de Tigre foi até ela e miou algumas palavras. Era evidente que a escolha de Pata de Cinza para aquela posição tão importante fora acertada.

Enquanto esperava para felicitar Pata de Cinza, tudo o que Coração de Fogo desejava era que seus problemas se resolvessem de forma igualmente tranquila.

CAPÍTULO 18

Era o terceiro pôr do sol desde que Coração de Fogo quase se afogara. O jovem guerreiro estava se lavando fora da toca, esfregando o pelo com a língua. Parecia que ele ainda sentia o gosto da água barrenta. Quando se virou para lavar as costas, ouviu o ruído de patas se aproximando; Garra de Tigre surgiu à sua frente.

– Estrela Azul quer que você vá à Assembleia – rugiu o representante. – Ela o espera na porta da toca. E leve Tempestade de Areia e Listra Cinzenta com você. – Ele se afastou sem esperar resposta.

Coração de Fogo se levantou e se espreguiçou. Olhando ao redor, avistou Listra Cinzenta e Tempestade de Areia comendo ao lado do canteiro de urtigas, e correu para se juntar a eles. – Estrela Azul nos escolheu para ir à Assembleia – anunciou.

A gata acabou de comer o melro e limpou a boca com a língua rosa. – Mas como vamos chegar? – miou, surpresa. – Pensei ser impossível atravessar o riacho.

— Estrela Azul disse que o Clã das Estrelas ficará furioso se não tentarmos – miou Coração de Fogo. – Ela quer conversar conosco agora. Talvez tenha um plano.

Listra Cinzenta falou com a boca cheia: – Só espero que ela não queira nos fazer nadar. – Apesar dessas palavras, seus olhos brilhavam de empolgação enquanto ele engolia o resto do rato silvestre e se punha de pé com um pulo. Coração de Fogo sabia que o amigo aguardava ansiosamente por uma oportunidade de rever Arroio de Prata e imaginava se eles tinham se encontrado desde que Listra Cinzenta e ele tinham sido pegos atravessando o rio, depois da desastrada missão de caça para o Clã do Rio.

Coração de Fogo pensou nos filhotes de Arroio de Prata e se perguntou como Listra Cinzenta suportaria vê-los crescer em outro clã. Será que Arroio de Prata contaria a eles que seu pai era Listra Cinzenta, guerreiro do Clã do Trovão? Coração de Fogo tentou tirar essas questões da cabeça enquanto atravessava a clareira com os amigos, rumo à Pedra Grande. Estrela Azul estava fora da toca, na companhia de Nevasca, Pelo de Rato e Pele de Salgueiro. Logo depois, Garra de Tigre e Risca de Carvão se juntaram ao grupo.

— Como vocês sabem, a lua está cheia esta noite – começou a líder, quando todos os felinos estavam à sua volta. – Será difícil chegar a Quatro Árvores, mas o Clã das Estrelas espera que façamos todo o possível para encontrar um caminho seco. Então, só escolhi guerreiros – não será uma jornada para anciãos e aprendizes, ou rainhas esperando filhotes. Risca de Carvão, esta manhã você guiou uma patrulha para examinar o riacho. Relate o que viu.

– A água está baixando, mas não rápido o bastante. Patrulhamos até o Caminho do Trovão, e não há nenhum ponto que possa ser atravessado por um gato, a não ser a nado.

– O riacho é mais estreito lá em cima – miou Pele de Salgueiro. – Podemos atravessar saltando?

– Talvez, se você criar asas – respondeu Risca de Carvão. – Mas tudo o que você tem são suas patas...

– Mas aquele deve ser o melhor lugar para tentar – insistiu Nevasca.

Estrela Azul concordou. – Começaremos por lá – ela decidiu. – Talvez o Clã das Estrelas nos guie até um lugar seguro. – Ela se pôs de pé e guiou seus gatos para fora do acampamento, em silêncio.

O sol já tinha se posto e o crepúsculo deixava indistintas as formas da floresta. Ao longe, uma coruja piou e Coração de Fogo ouviu o farfalhar causado pelas presas na vegetação rasteira, mas os guerreiros estavam concentrados demais em sua jornada para caçar. Estrela Azul os guiou por entre as árvores até onde o riacho surgia de um túnel de pedra sob o Caminho do Trovão. A rota habitual para Quatro Árvores não passava tão perto do Caminho do Trovão, e Coração de Fogo tentava imaginar o que a líder estaria planejando. Quando chegaram ao túnel, ele viu que as águas tinham transbordado nas duas margens, refletindo a luz pálida da lua nascente. A água também cobria o Caminho do Trovão, e os gatos viram um monstro passar, movendo-se lentamente, levantando uma onda de imundície com as patas pretas e redondas.

Quando ele desapareceu na distância, Estrela Azul levou seus gatos até a beira da água sobre a superfície dura do Caminho do Trovão. Ela farejou, franzindo o focinho por causa do fedor, e, cuidadosa, colocou ali uma pata: – Aqui é raso o bastante – miou. – Podemos seguir pelo Caminho do Trovão até o outro lado do riacho e chegar a Quatro Árvores acompanhando a fronteira do território do Clã das Sombras.

Andar pelo Caminho do Trovão! Coração de Fogo sentiu a pelagem se eriçar de medo ao pensar em seguir as trilhas dos monstros. O acidente de Pata de Cinza tinha mostrado o que eles podiam fazer a um gato, e ela só estivera na beira do caminho.

– E se outro monstro vier? – perguntou Listra Cinzenta, manifestando em voz alta o medo de Coração de Fogo.

– Vamos nos manter na lateral – Estrela Azul respondeu calmamente. – Você viu como aquele monstro estava se movendo devagar. Talvez não gostem de ficar com as patas molhadas.

Coração de Fogo viu que Listra Cinzenta ainda parecia em dúvida. Ele compartilhava as preocupações do amigo, mas não fazia mais sentido protestar. Garra de Tigre apenas os repreenderia por serem covardes.

– Estrela Azul, espere – chamou Nevasca enquanto a líder entrava na água. – Você não se lembra de como o nosso território é baixo do outro lado do riacho? Claro que lá também vai estar inundado. Não acho que conseguiremos chegar a Quatro Árvores sem entrar no território do Clã das Sombras, que é mais alto.

Um gato perto de Coração de Fogo deixou escapar um silvo fraco e ele sentiu outra pontada de medo. Um bando de guerreiros atravessando a fronteira de um clã com o qual tinham lutado recentemente? Se uma patrulha os pegasse, ia parecer uma invasão.

Estrela Azul parou, com a água lhe cobrindo as patas, e olhou para Nevasca. – Talvez – ela reconheceu. – Mas vamos ter de arriscar, já que este é o único jeito.

Ela retomou os seus passos sem dar tempo para protestos. Só restava seguir adiante. Chapinhando na água ao longo da beira do Caminho do Trovão, Coração de Fogo continuou, logo atrás de Nevasca. Garra de Tigre cobria a retaguarda para vigiar os monstros que se aproximassem.

No começo tudo estava calmo, exceto por um único monstro que viajava na direção contrária, no lado oposto do caminho. Coração de Fogo então ouviu um rugido familiar e o barulho da água de um monstro que se aproximava.

– Cuidado! – Garra de Tigre urrou no fim da fila.

Coração de Fogo congelou, espremendo-se contra a mureta que beirava o Caminho do Trovão no cruzamento com o riacho. Risca de Carvão escalou a mureta e agachou-se lá em cima dela, arreganhando os dentes para o monstro que passava. Por um momento as cores estranhas e brilhantes do monstro se refletiram na água fétida, e uma onda que se levantou encharcou Coração de Fogo até os pelos da barriga.

E então ele se foi, e o guerreiro pôde voltar a respirar.

Quando eles já estavam do outro lado do riacho, Coração de Fogo viu que Nevasca estava certo. Daquele lado, as terras baixas do Clã do Trovão estavam cobertas de água. Só lhes restava continuar pela beira do Caminho do Trovão até que surgisse um terreno seco o suficiente para caminhar por ele.

Aliviado por sair do Caminho do Trovão, que lhe machucava as patas, Coração de Fogo levantou a cabeça e entreabriu a boca. Um odor forte e fétido encheu suas glândulas olfativas – o odor do Clã das Sombras! Eles tinham seguido ao longo do Caminho do Trovão, mas tinham saído do próprio território e agora havia uma faixa de terra do Clã das Sombras entre eles e a Assembleia, em Quatro Árvores.

– Nós não deveríamos estar aqui – Pele de Salgueiro sussurrou, inquieta.

Se Estrela Azul ouviu, ignorou o comentário, acelerando o passo até todos passarem a correr pela relva encharcada. Existiam poucas árvores ali e não havia como se esconder no capim baixo. Coração de Fogo sentiu seu peito acelerar, e não apenas por causa da velocidade. Se os gatos do Clã das Sombras os pegassem ali, estariam em apuros. Mas Quatro Árvores não estava muito longe, e a sorte deles poderia durar até lá.

Então ele percebeu uma sombra escura riscando o chão diante deles, a caminho de interceptar Estrela Azul, que liderava a patrulha. Mais sombras se seguiram, e um grito furioso rompeu o silêncio da noite.

Por um tique-taque de coração, Estrela Azul acelerou o passo, como se pudesse escapar dos felinos que os desafia-

vam. Então, diminuiu o ritmo e parou. Seus guerreiros fizeram o mesmo. Coração de Fogo estava ofegante; as sombras se aproximaram; eram gatos do Clã das Sombras, guiados pelo líder, Manto da Noite.
– Estrela Azul! – ele cuspiu, parando na frente da gata. – Por que você trouxe seus gatos ao nosso território?
– Com essa cheia, era a única maneira de chegar a Quatro Árvores – Estrela Azul respondeu, com a voz baixa e firme. – Não queremos lhes fazer mal, Manto da Noite. Você sabe que há uma trégua para a Assembleia.
O gato ciciou, as orelhas coladas à cabeça e o pelo eriçado. – A trégua acontece em Quatro Árvores – rugiu. – Não há trégua aqui.
Instintivamente, Coração de Fogo se agachou em posição defensiva. Os gatos do Clã das Sombras – aprendizes e idosos, além de guerreiros – deslizaram silenciosamente, formando um semicírculo em torno dos felinos do Clã do Trovão, em minoria. Como Manto da Noite, eles tinham as pelagens eriçadas e agitavam as caudas, em fúria. Os olhos hostis refletiam a luz fria da lua. Se houvesse luta, o Clã do Trovão estava em esmagadora desvantagem numérica.
– Manto da Noite, me desculpe – miou Estrela Azul. – Nunca invadiríamos o seu território sem um bom motivo. Por favor, deixe-nos passar.
Tais palavras em nada ajudaram a apaziguar os felinos do Clã das Sombras. Pelo Cinzento, seu representante, colocou-se ao lado do líder, uma forma escura à luz do luar. – Acho que eles estão aqui para espionar – resmungou baixinho.

– Espionar? – Garra de Tigre abriu caminho para se colocar ao lado de Estrela Azul, empurrando sua cabeça na direção de Pelo Cinzento, seus narizes a menos de um camundongo de distância. – O que podemos espionar aqui? Não estamos nem perto do seu acampamento.

Pelo Cinzento arreganhou a boca, revelando dentes afiados como espinhos. – Dê a ordem, Manto da Noite, e vamos fazê-los em pedaços.

– Vocês podem tentar – resmungou Garra de Tigre.

Por alguns tique-taques de coração, Manto da Noite permaneceu em silêncio. Os músculos de Coração de Fogo se retesaram. A seu lado, Listra Cinzenta soltou um rugido seco, que vinha da garganta. Pelo de Rato mostrou os dentes ao guerreiro do Clã das Sombras mais próximo, e os olhos de ouro claro de Tempestade de Areia brilhavam, prontos para uma luta.

– Para trás – Manto da Noite resmungou, enfim, a seus guerreiros. – Vamos deixá-los passar. Quero ter gatos do Clã do Trovão na Assembleia. – As palavras eram amigáveis, mas foram sibiladas com os dentes arreganhados. De súbito, desconfiado, Coração de Fogo sussurrou para Listra Cinzenta: – O que ele quer dizer com isso?

O gato cinza deu de ombros. – Sei lá. Não tivemos notícia do Clã das Sombras desde que a inundação começou. Quem sabe o que andam fazendo?

– Vamos até mesmo escoltá-los – continuou Manto da Noite, com os olhos semicerrados. – Só para garantir que cheguem a Quatro Árvores em segurança. Não queremos que o Clã do Trovão se assuste com um camundongo zangado, não é?

Um murmúrio de aprovação se ergueu entre os guerreiros do Clã das Sombras. Eles se deslocaram de modo a envolver os gatos do Clã do Trovão. Com um ligeiro aceno de cabeça, Manto da Noite se colocou ao lado de Estrela Azul. Os outros felinos os seguiram, a patrulha do Clã das Sombras emparelhada com o Clã do Trovão, passo a passo.

O Clã do Trovão dirigiu-se à Assembleia completamente cercado por adversários.

A lua estava em seu apogeu quando Coração de Fogo e os outros gatos do Clã do Trovão foram levados ao vale sob os quatro carvalhos. Uma intensa luz fria caía sobre os membros do Clã do Rio e do Clã do Vento, já reunidos. Todos se viraram para olhar com curiosidade o grupo que descia a encosta. Coração de Fogo sabia que ele e seu clã deviam estar parecendo prisioneiros. Ele se empertigou orgulhosamente, cabeça e cauda erguidas, desafiando qualquer gato a dizer que eles tinham sido derrotados.

Para seu alívio, os gatos do Clã das Sombras mergulharam nas trevas logo que chegaram ao vale. Estrela Azul foi diretamente para a Pedra do Conselho, com Garra de Tigre ao seu lado. Coração de Fogo procurou Listra Cinzenta e descobriu que o amigo já tinha desaparecido; um momento depois ele o viu se aproximando de Arroio de Prata, mas a gata estava cercada de gatos do Clã do Rio, e Listra Cinzenta só pôde ficar por perto, sentindo-se frustrado.

Coração de Fogo reprimiu um suspiro. Sabia quanto Listra Cinzenta devia estar com vontade de rever a namorada, especialmente agora que ela esperava filhotes, mas havia um risco enorme em uma Assembleia, onde qualquer gato poderia flagrá-los juntos.

– O que há com você? – Pelo de Rato o fez pular. – Parece que está tramando alguma coisa.

Coração de Fogo olhou para a guerreira marrom. – Eu... eu estava pensando no que Manto da Noite disse – ele improvisou rapidamente. – Por que ele faz questão de ter o Clã do Trovão aqui?

– Bem, tenho certeza de que não é por gentileza ou atenção – miou Tempestade de Areia, que chegava com Pele de Salgueiro. Ela lambeu uma pata e passou-a acima da orelha. – Vamos descobrir em breve.

– Problemas a caminho – Pele de Salgueiro miou por cima do ombro, indo se juntar a um grupo de rainhas do Clã do Rio. – Posso sentir nas minhas patas.

Mais desconfortável do que nunca, Coração de Fogo andava para lá e para cá sob as árvores, esforçando-se para ouvir os gatos ao redor. A maioria trocava fofocas inofensivas, pondo em dia as notícias dos outros clãs, e ele nada ouviu sobre planos do Clã das Sombras. Mas notou que os felinos do Clã das Sombras que passavam o olhavam de maneira ferozmente hostil. E pegou um ou dois deles lançando olhares para a Pedra do Conselho, como se estivessem impacientes para a reunião começar.

Por fim, um brado veio do topo da pedra, calando o murmúrio dos gatos. Coração de Fogo encontrou um lugar na beira do vale, de onde ele tinha uma boa visão dos quatro líderes, suas silhuetas negras contra o céu.

Tempestade de Areia se acomodou ao seu lado, agachando-se com as patas sob o peito. – E lá vamos nós – ela sussurrou, esperançosa.

Manto da Noite deu um passo à frente, as pernas rijas, e com fúria mal disfarçada falou: – Gatos de todos os clãs, ouçam-me! Ouçam e lembrem. Até a última estação do renovo, Estrela Partida era o líder do Clã das Sombras. Ele era...

Estrela Alta, líder do Clã do Vento, deu um passo à frente para ficar ao lado de Manto da Noite. – Por que você pronuncia esse nome odioso? – rugiu. Seus olhos brilhavam, e Coração de Fogo sabia que ele estava pensando em como Estrela Partida e seus guerreiros tinham expulsado o Clã do Vento de seu território.

– Odioso, sim – concordou Manto da Noite. – E por um motivo que você conhece tão bem quanto qualquer outro gato, Estrela Alta. Ele roubou bebês do Clã do Trovão e empurrou para a batalha, muito cedo, filhotes de seu clã, que morreram. Finalmente, ficou tão sanguinário que nós – seu próprio clã – o expulsamos. E onde ele está agora? – a voz de Manto da Noite tornou-se aguda como um guincho. – Foi deixado para morrer na floresta? Ou para revirar o lixo, vivendo entre os Duas-Pernas? Não! Porque há gatos, presentes aqui esta noite, que o acolheram. Eles traíram o Código dos Guerreiros e todos os gatos da floresta.

Coração de Fogo trocou um olhar preocupado com Tempestade de Areia. Sentia o que estava por vir; e, pelo olhar perturbado que a gata lhe devolveu, ela sentia o mesmo.

– Clã do Trovão! – Manto da Noite roncou. – O Clã do Trovão está abrigando Estrela Partida!

CAPÍTULO 19

Gritos estridentes, de surpresa e raiva, ecoaram entre os gatos à volta da Pedra do Conselho. Cada músculo do corpo de Coração de Fogo o obrigou a rastejar para trás, na direção dos arbustos, para se esconder de tamanha fúria. Ele precisou de toda sua força para ficar onde estava. Tempestade de Areia encostou o corpo no dele, tremendo tanto quanto o guerreiro avermelhado; o calor deu a ele algum conforto.

No alto da Pedra do Conselho, Estrela Alta, de repente, encarou Estrela Azul e rugiu: – É verdade?

Ela não respondeu de pronto. Com muita dignidade, deu um passo para a frente e encarou o olhar de Manto da Noite. O luar brilhava no pelo da líder, deixando-o prateado, a ponto de Coração de Fogo quase acreditar que um guerreiro do Clã das Estrelas tinha descido do Tule de Prata para juntar-se a eles. Ela esperou até que o barulho abaixo diminuísse. – Como você ficou sabendo? – ela indagou friamente quando conseguiu se fazer ouvir. – Você esteve espionando o nosso acampamento?

– Espionando! – Manto da Noite cuspiu com raiva. – Não é preciso espionar quando os seus aprendizes deixam a fofoca correr solta. Meus guerreiros souberam a notícia na última Assembleia. Agora, você ousa dizer que é mentira?

Enquanto ele falava, Coração de Fogo lembrou-se de ter visto Pata Ligeira com os aprendizes do Clã das Sombras no final da última Assembleia. Não lhe causava espanto o ar de culpa do jovem, já que comentara com os amigos sobre o prisioneiro do Clã do Trovão logo depois de Estrela Azul ter ordenado segredo aos integrantes do clã!

Estrela Azul hesitou. Coração de Fogo sentiu-se solidário com ela. Em seu próprio clã, muitos gatos não estavam satisfeitos com a decisão dela de dar abrigo ao cego Cauda Partida. Como ela se defenderia ante os outros clãs?

Estrela Alta agachou-se diante dela, as orelhas coladas à cabeça. – Isso é verdade? – quis saber.

Por um instante, Estrela Azul nada disse. Até que levantou a cabeça, desafiadora, e miou: – Sim, é verdade.

– Traidora! – cuspiu Estrela Alta. – Você sabe o que Estrela Partida nos fez.

A ponta da cauda de Estrela Azul agitou-se; mesmo de onde estava, Coração de Fogo podia ver a tensão estampada nos músculos da líder, e sabia que ela estava lutando para se manter calma. – Nenhum gato *ousa* me chamar de traidora! – ela sibilou.

– *Eu* ouso – retorquiu Estrela Alta. – Você não passa de uma traidora do Código dos Guerreiros se está disposta a dar abrigo a esse... esse monte de *cocô de raposa*!

Em toda a clareira os gatos do Clã do Vento puseram-se de pé, gritando em apoio ao líder. – Traidora! Traidora!

Na base da Pedra do Conselho, Garra de Tigre e Pé Morto, o representante do Clã do Vento, se encararam, com o pelo dos cangotes eriçado, os lábios arreganhados para mostrar os dentes afiados, os narizes a apenas um camundongo de distância.

Coração de Fogo também se levantou de um salto, seu instinto de luta enviando energia às patas. Viu Pele de Salgueiro rosnando para as rainhas do Clã do Vento, com quem, momentos antes, trocava lambidas. Dois guerreiros do Clã das Sombras, vagarosa e ameaçadoramente, foram na direção de Risca de Carvão, e Pelo de Rato pulou para o lado dele, pronto para atacar.

– Parem! – bramiu Estrela Azul, do alto da Pedra do Conselho. – Como podem desrespeitar a trégua assim? Querem se arriscar à ira do Clã das Estrelas?

Enquanto ela falava, o luar começou a enfraquecer. Os gatos na clareira congelaram. Coração de Fogo olhou para cima e viu um fragmento de nuvem passando diante da lua. Ele estremeceu. Seria um aviso do Clã das Estrelas, pela ameaça dos clãs de quebrar a trégua sagrada? Já acontecera uma vez de as nuvens cobrirem a lua, um sinal da ira do Clã das Estrelas, o que provocara o fim da Assembleia.

Entretanto, a nuvem se foi e o luar voltou a brilhar, agora mais forte. A crise tinha passado. A maioria dos gatos estava sentada, embora com os olhos fixos uns nos outros. Nevasca se colocou entre Pé Morto e Garra de Tigre e começou a miar com insistência no ouvido do representante do Clã do Trovão.

No alto da Pedra do Conselho, Estrela Torta deu um passo à frente para ficar ao lado de Estrela Azul. Ele parecia calmo. Coração de Fogo entendeu que, de todos os clãs, o Clã do Rio era o que tinha menos motivos para odiar Cauda Partida. Ele não cruzara o rio para invadir seu território, nem tinha roubado seus filhotes.

– Estrela Azul – ele miou –, diga-nos por que fez isso.

– Cauda Partida está cego – a líder respondeu, falando alto para ser ouvida por todos os gatos na clareira. – Está velho e derrotado. Não representa perigo, não mais. Você o deixaria morrer de fome na floresta?

– Claro! – A voz de Manto da Noite se elevou, aguda e insistente. – Não há morte cruel o suficiente para ele! – Gotas de espuma saíam de seus lábios. Agressivo, ele jogou a cabeça na direção de Estrela Alta e rugiu: – Você vai perdoar o gato que o expulsou?

Por um instante Coração de Fogo se perguntou por que Manto da Noite estava tão agitado, tão disposto a incitar o ódio de Estrela Alta. Ele era o líder do clã agora. Que mal um prisioneiro cego poderia lhe causar?

Estrela Alta se encolheu ante o líder do Clã das Sombras, claramente abalado por sua fúria. – Você sabe quanto isso significa para o meu clã – ele miou. – Nunca vamos perdoar Estrela Partida.

– Pois eu lhe digo que você está errado – miou Estrela Azul. – O Código dos Guerreiros nos diz para termos compaixão. Estrela Alta, você não lembra o que meu clã fez por você quando você estava derrotado e fora expulso? Nós o encontramos e o levamos para casa; depois, lutamos a seu lado contra o Clã do Rio. Você esqueceu que nos deve isso?

Longe de atingirem Estrela Alta, as palavras de Estrela Azul aumentaram sua ira. Ele se aproximou, com a pelagem eriçada, e cuspiu: – O Clã do Trovão está pensando que é nosso dono? *Só* porque vocês nos trouxeram de volta acham que devemos nos curvar à sua vontade e aceitar suas decisões sem questionar? Acham que o Clã do Vento não tem honra?

Estrela Azul inclinou a cabeça ante tal fúria. – Estrela Alta, você está certo, um clã não pode pertencer a outro. Não foi o que eu quis dizer. Mas lembre-se de como você se sentiu quando estava fraco e tente sentir compaixão agora. Se abandonássemos Cauda Partida e o deixássemos morrer, nos igualaríamos a ele.

– Compaixão? – cuspiu Manto da Noite. – Não me venha com história para filhote dormir, Estrela Azul! E Estrela Partida, algum dia, mostrou alguma compaixão? – Ouviram-se gritos de apoio. Manto da Noite acrescentou: – Você precisa expulsá-lo agora, Estrela Azul; se não o fizer, vou querer saber por quê.

Os olhos da gata se estreitaram em brilhantes fendas azuis. – Não me diga como comandar meu clã!

– Então ouça – Manto da Noite grunhiu. – Se o Clã do Trovão insistir em dar abrigo a Estrela Partida, pode esperar problemas. O Clã das Sombras vai tomar providências.

– E também o Clã do Vento – rugiu Estrela Alta.

Por um instante Estrela Azul ficou em silêncio. Coração de Fogo sabia que ela estava ciente do perigo de ter dois clãs como inimigos ao mesmo tempo, sobretudo quando, em seu próprio clã, havia felinos insatisfeitos com sua decisão de cuidar de Cauda Partida. – O Clã do Trovão não recebe ordens dos demais – ela fechou a questão. – Fazemos o que achamos correto.

– Correto? – Manto da Noite debochou. – Dar abrigo a esse sanguinário...

– Chega! – Estrela Azul interrompeu. – Acabou a discussão. Temos outras coisas para tratar nesta Assembleia, ou você esqueceu?

Manto da Noite e Estrela Alta trocaram um olhar e, enquanto hesitavam, Estrela Torta se adiantou para falar da enchente e dos danos causados ao acampamento do Clã do Rio. Deixaram-no falar, embora, pensou Coração de Fogo, não houvesse muitos gatos prestando atenção. Do vale subia um murmúrio, todos especulando sobre Cauda Partida.

Tempestade de Areia se aproximou de Coração de Fogo e cochichou: – Assim que Manto da Noite começou a falar, eu soube que o problema era com Cauda Partida.

– Eu sei – ele respondeu. – Mas Estrela Azul não pode expulsá-lo agora. Ia soar como uma rendição. Nenhum gato a respeitaria depois disso, nem do Clã do Trovão nem dos outros clãs.

Tempestade de Areia ronronou baixinho, concordando. Coração de Fogo tentou se concentrar para acompanhar o resto da Assembleia, mas estava difícil. Ele não podia deixar de notar os olhares hostis vindos de todos os lados, dos felinos do Clã do Vento e do Clã das Sombras; tudo o que queria era que a Assembleia acabasse.

Pareceu passar-se um longo tempo até que a lua começasse seu mergulho no horizonte e os gatos formassem patrulhas para voltar para casa. Em um acordo silencioso, os guerreiros do Clã do Trovão foram ter com Estrela Azul tão logo ela deixou a Pedra do Conselho, formando um círculo protetor à sua volta. Coração de Fogo imaginou que, assim como ele, todos temiam que a trégua pudesse ser quebrada.

Quando os guerreiros rodearam Estrela Azul, Coração de Fogo viu Bigode Ralo indo se juntar a outros gatos do Clã do Vento. Seus olhares se encontraram e Bigode Ralo parou. – Sinto muito que isso esteja acontecendo, Coração de Fogo – ele miou, suave. – *Eu* não esqueci como você nos levou para casa.

– Obrigado, Bigode Ralo. Eu queria...

Ele se interrompeu quando Garra de Tigre abriu caminho no círculo de gatos, encarando-os e arreganhando os dentes para Bigode Ralo, que retrocedeu para onde estavam os felinos do Clã do Vento. Coração de Fogo se preparou para uma censura, mas o representante passou direto por ele. – Espero que esteja satisfeita – Garra de Tigre rugiu para Estrela Azul ao se colocar a seu lado. – Agora dois clãs estão clamando por seu sangue. Devíamos ter jogado fora aquele verme há muito tempo.

Coração de Fogo se surpreendeu com aquela hostilidade de Garra de Tigre em relação ao prisioneiro do Clã do Trovão. Não fazia muito tempo, ele vira o representante trocando lambidas com Cauda Partida, como se estivesse de acordo com a permanência dele. Mas talvez não fosse tão surpreendente ele estar contrariado – como todos os outros – com o conflito criado com o Clã do Vento e o Clã das Sombras.

– Garra de Tigre, orelha suja se lava em casa – Estrela Azul disse baixinho. – Quando voltarmos para o acampamento...

– E como pretendem voltar? – Foi Manto da Noite que interrompeu, aproximando-se dos guerreiros do Clã do Trovão. – Não pelo mesmo lugar de onde vieram, espero. Se puserem uma pata no território do Clã das Sombras, vamos fazê-los em pedaços. – E desapareceu nas trevas, sem esperar resposta.

Por um instante Estrela Azul pareceu confusa. Coração de Fogo sabia que não havia outro jeito de voltar para casa; a não ser a nado, atravessando o riacho. Ele estremeceu ao pensar na forte correnteza que quase lhe custara a vida. Teriam de ficar em Quatro Árvores até a água baixar? Então ele percebeu o odor do Clã do Rio e, ao se virar, viu Estrela Torta se aproximando, com alguns de seus guerreiros.

– Eu ouvi isso – disse a Estrela Azul o gato desbotado. – Manto da Noite está errado. Em uma hora assim, todos os gatos devem se ajudar. – Ele fitava Coração de Fogo, que imaginou que ele estivesse pensando em como ele e Listra

Cinzenta os tinham ajudado, partilhando as presas com o Clã do Rio. Mas os gatos do Clã do Trovão ali presentes não sabiam disso, a não ser Estrela Azul, e o guerreiro de pelagem avermelhada ouviu ao redor murmúrios de gatos desconfortáveis com a situação.

– Posso oferecer uma solução – Estrela Torta continuou. – Para chegarmos aqui, cruzamos o rio pela ponte dos Duas-Pernas. Se fizerem esse caminho, podem passar pelo nosso território e atravessar para seu território em um ponto mais abaixo – há uma árvore morta que se alcança pelo caminho de pedras.

Antes que Estrela Azul pudesse falar, Garra de Tigre ciciou: – E por que devemos confiar no Clã do Rio?

Estrela Torta o ignorou, fixando os olhos cor de âmbar em Estrela Azul, esperando uma resposta. Ela curvou a cabeça, respeitosa. – Obrigada, Estrela Torta. Aceitamos a oferta.

O líder do Clã do Rio fez um rápido movimento de cabeça e voltou-se para acompanhá-la na saída da clareira. Ainda havia murmúrios entre os gatos do Clã do Trovão quando Estrela Azul liderou seus guerreiros na caminhada entre os arbustos e encosta acima, deixando o vale. Os gatos do Clã das Sombras e do Clã do Vento sibilavam à sua passagem, embora os felinos do Clã do Rio os ladeassem, protegendo-os. Chocado, Coração de Fogo percebeu que, durante uma única Assembleia, as discórdias dentro da floresta tinham se alterado.

Foi um alívio chegar ao alto da encosta e deixar para trás a hostilidade da Assembleia. Coração de Fogo viu Listra Cinzenta tentando se aproximar de Arroio de Prata, mas uma das rainhas do Clã do Rio estava perto da gata, em quem dava, de vez em quando, uma lambida.

– Tem certeza de que não está cansada? – a rainha insistia. – É uma longa jornada para quem está esperando filhotes.

– Não, Flor da Relva, estou bem – Arroio de Prata respondeu, paciente, lançando um olhar frustrado para Listra Cinzenta por cima da cabeça da amiga. Garra de Tigre, agressivo, protegia os últimos gatos da patrulha do Clã do Trovão, balançando a enorme cabeça de um lado para outro, como se esperasse a qualquer momento um ataque do Clã do Rio.

Estrela Azul, por sua vez, parecia muito à vontade entre os gatos do outro clã. Quando estavam longe de Quatro Árvores, ela deixou Estrela Torta tomar a frente e foi para perto de Pé de Bruma. – Soube que você teve bebês – ela miou, a voz baixinha. – Eles estão bem?

Pé de Bruma ficou ligeiramente surpresa por ter sido abordada pela líder do Clã do Trovão. – Dois... dois deles foram carregados pelo rio – ela gaguejou. – Coração de Fogo e Listra Cinzenta os salvaram.

– Sinto muito. Você deve ter temido por eles – Estrela Azul falou baixinho, os olhos azuis suaves, solidários. – Fico feliz por meus guerreiros terem podido ajudar. Os filhotes se recuperaram?

– Sim, agora estão bem, Estrela Azul. – A rainha ainda parecia atônita pela aproximação da líder. – Eles estão bem, logo serão aprendizes.

— E tenho a certeza de que serão ótimos guerreiros — Estrela Azul miou, carinhosa.

Observando as gatas lado a lado, ficou evidente para Coração de Fogo como a pelagem azul-acinzentada das duas brilhava de forma quase idêntica ao luar. Tinham o mesmo corpo benfeito e compacto e, quando precisavam pular um tronco no meio do caminho, flexionavam as patas com a mesma ondulação moderada dos músculos. Pelo de Pedra, mais atrás, era uma cópia da irmã, com um brilho prateado no pelo e uma invejável destreza de movimentos.

Se gatos de clãs distintos podiam ser tão parecidos, pensou Coração de Fogo, por que também não podem pensar do mesmo jeito? Por que tanta discussão? Desconfortável, lembrou o antagonismo entre o Clã das Sombras e o Clã do Vento e a intransigência destes com Estrela Azul por ela defender Cauda Partida. Enquanto se dirigia à ponte, alerta para o odor dos Duas-Pernas, Coração de Fogo sentiu que os ventos frios da guerra começavam a varrer a floresta.

No segundo amanhecer após a Assembleia, Coração de Fogo acordou na toca dos guerreiros e viu que Listra Cinzenta já tinha saído. O musgo onde o amigo estivera deitado já estava frio.

Foi encontrar Arroio de Prata, ele pensou, com um suspiro de resignação. Não era surpresa, já que o amigo agora sabia que a namorada ia ter filhotes; mas isso significava que, mais uma vez, Coração de Fogo teria de disfarçar sua ausência.

Bocejando com vontade, o gato avermelhado se embrenhou entre os galhos externos do arbusto, sacudindo o musgo do pelo enquanto olhava à volta da clareira. O sol começava a percorrer seu caminho acima do muro de samambaias, fazendo surgirem sombras sobre o chão descoberto. O céu estava limpo, azul e sem nuvens. O cantar dos pássaros prometia presas fáceis.

– Ei, Pata de Samambaia! – Coração de Fogo gritou para o aprendiz, que estava com ar desligado na entrada de sua toca. – Vamos caçar?

O jovem pôs-se de pé com um pulo e atravessou a clareira, correndo até o guerreiro. – Agora? – ele perguntou, com os olhos brilhando de prazer.

– É, agora – ele respondeu, de repente, tão ansioso quanto o aprendiz. – Eu bem que poderia arrumar um belo camundongo fresco, e você?

Pata de Samambaia seguiu o guerreiro no caminho para o túnel de tojo. Ele nem quis saber onde estava Listra Cinzenta, percebeu Coração de Fogo. O amigo nunca levara muito a sério seus deveres como mentor, ele pensou, com uma pontada de preocupação. Desde o início, estivera mais interessado em Arroio de Prata. Enquanto isso, Coração de Fogo, de certa forma, tinha assumido o treinamento de Pata de Samambaia. Ele gostava dessa ocupação e também do sério e compenetrado jovem de pelo ruivo; mas preocupava-se porque a lealdade ao clã parecia não ter mais sentido para Listra Cinzenta.

Entretanto, pôs esses pensamentos de lado enquanto ele e Pata de Samambaia subiam até a ravina, evitando o terreno enlameado onde a água estava secando. Era difícil ficar triste ou ansioso em um dia claro e quente assim. Com as águas baixando mais e mais a cada dia, não havia mais perigo de o Clã do Trovão ser expulso do acampamento pela enchente.

No alto da ravina, Coração de Fogo parou. – Certo, Pata de Samambaia – ele miou –, fareje com vontade. Que cheiro você sente?

O jovem elevou a cabeça, fechou os olhos e abriu a boca para sorver a brisa. – Camundongo – miou, finalmente. – Coelho, melro e... outra ave que não identifico.

– É um pica-pau – Coração de Fogo disse. – Mais alguma coisa?

O jovem se concentrou; seus olhos se arregalaram, alarmados. – Raposa!

– Viva?

O aprendiz voltou a farejar e, então, relaxou, parecendo meio envergonhado de si mesmo. – Não, morta. Há dois ou três dias, eu acho.

– Ótimo, Pata de Samambaia. Agora, se você for por ali, até os dois carvalhos velhos, eu vou por aqui. – Ele observou, por alguns momentos, o aprendiz se dirigir lentamente para a sombra das árvores, parando de vez em quando para sentir o ar. Um farfalhar de asas sob um arbusto distraiu Coração de Fogo; ao virar a cabeça, viu um tordo batendo as asas para se equilibrar enquanto tirava uma minhoca do chão.

O guerreiro se agachou e rastejou, pata ante pata, até o tordo. O pássaro puxou a minhoca e começou a comê-la com gosto; o gato retesou os músculos para o bote.

– Coração de Fogo! Coração de Fogo!

O miado frenético de Pata de Samambaia quebrou o silêncio. As folhas mortas crepitavam sob suas patas quando ele se aproximou, caminhando entre as árvores. Coração de Fogo atirou-se sobre o tordo, mas tinha havido muito alarde. O pássaro voou até um galho baixo, piando apavorado, enquanto as patas de Coração de Fogo batiam no solo vazio.

– O que você acha que está fazendo? – o guerreiro se virou, zangado, para o aprendiz. – Eu teria conseguido apanhar o tordo. E agora, ouça isso! Todas as presas da floresta vão...

– Coração de Fogo! – Pata de Samambaia arfou, deslizando até parar na frente dele. – Eles estão chegando! Primeiro, senti o cheiro deles, depois, eu os vi!

– Que cheiro? Quem está vindo?

Os olhos do jovem estavam redondos de medo. – O Clã das Sombras e o Clã do Vento! Vão invadir nosso acampamento!

CAPÍTULO 20

– Onde? Quantos guerreiros? – Coração de Fogo perguntou.

– Lá. – Pata de Samambaia balançou a cauda na direção das profundezas da floresta. – Não sei quantos. Estão se arrastando pela vegetação.

– Está bem. – O guerreiro pensou rapidamente, tentando ignorar o súbito estrondo dos tique-taques de seu coração. – Volte ao acampamento. Avise Estrela Azul e Garra de Tigre. Precisamos de alguns guerreiros aqui, agora.

– Pode deixar. – O aprendiz virou-se e, correndo, desceu a ravina.

Assim que ele saiu, Coração de Fogo se dirigiu à floresta, espreitando com mais cuidado debaixo dos arcos de samambaia. Inicialmente, tudo lhe pareceu tranquilo, mas ele logo percebeu o odor fétido de uma grande quantidade de gatos invasores – o cheiro do Clã do Vento e do Clã das Sombras.

Em algum lugar à sua frente, um pássaro, gaguejando, emitiu um chamado de alarme. Coração de Fogo se escondeu sob uma árvore. Ainda não via nada. Seu pelo se eriçou de ansiedade.

Então, contraindo o corpo, saltou e, usando as garras, subiu pelo tronco da árvore até rastejar para um galho baixo, de onde olhou atento por entre as folhas.

O chão da floresta parecia vazio, nem sequer um besouro se movimentava. Então Coração de Fogo percebeu um tremor em uma samambaia. Alguma coisa branca se agitou e se foi. Momentos depois uma cabeça escura surgiu na vegetação sob a árvore. Ele reconheceu Manto da Noite.

Veio dele um miado baixo. – Sigam-me!

O líder do Clã das Sombras emergiu das samambaias e correu por um trecho de campo aberto. Um bando de gatos o seguia. Coração de Fogo ficou ainda mais tenso ao ver que eram muitos. Guerreiros do Clã do Vento e do Clã das Sombras invadindo o acampamento juntos. Estrela Alta e Pelo Cinzento, Pé Morto e Cauda Tarraxo, Pé Molhado e Bigode Ralo corriam lado a lado, como irmãos.

Não fazia muito tempo, esses felinos tinham lutado uns contra os outros no acampamento coberto de neve do Clã do Vento. Agora estavam unidos pelo ódio a Cauda Partida e ao Clã do Trovão, que dera abrigo a ele.

Coração de Fogo sabia que teria de entrar no combate. Embora considerasse os guerreiros do Clã do Vento amigos, teria de ficar ao lado de sua líder e de seu clã.

Quando se preparava para pular, ouviu um miado único e furioso vindo da direção do acampamento e reconheceu Garra de Tigre convocando os guerreiros para a batalha.

Apesar de toda a sua desconfiança em relação ao representante, Coração de Fogo se sentiu aliviado. Naquele momento, o Clã do Trovão precisava de toda a coragem feroz e das habilidades de combate de Garra de Tigre.

Coração de Fogo desceu precipitadamente pelo tronco, atingindo o chão com as quatro patas e chispou em direção ao campo de batalha, não mais tentando se esconder dos invasores. Quando se afastou das árvores, viu, no campo aberto, no alto da ravina, uma massa de gatos se contorcendo, cuspindo. Garra de Tigre e Manto da Noite lutavam, arranhando-se furiosamente. Risca de Carvão tinha derrubado um guerreiro do Clã do Vento. Pelo de Rato atirara-se sobre Pelo Cinzento, gritando, enfurecida. Flor da Manhã, rainha do Clã do Vento, cravara as garras em Rabo Longo, fazendo-o descer a encosta aos gritos.

Coração de Fogo pulou sobre Flor da Manhã, a raiva martelando nas veias. Ele bem se lembrava de como ajudara a rainha a carregar seu filhote na volta ao acampamento do Clã do Vento, depois de eles terem sido expulsos por Estrela Partida. Ela saltou quando Coração de Fogo se aproximou, mas o guerreiro conseguiu desviar quando ela estava prestes a atacá-lo violentamente com suas garras. Por alguns tique-taques de coração os dois gatos se encararam. Os olhos da rainha estavam cheios de tristeza, e Coração de Fogo viu que ela também se lembrava do que tinham sofrido juntos. Ele não poderia golpeá-la, e um momento depois ela recuou e desapareceu no tumulto de gatos.

Antes que Coração de Fogo pudesse respirar, um gato o atingiu por trás, derrubando-o no chão úmido. Em vão ele se arrastou e tentou se levantar. Virando o pescoço, encontrou os olhos ferozes de Cauda Tarraxo, guerreiro do Clã das Sombras; um tique-taque de coração depois, os dentes do guerreiro do Clã das Sombras se afundaram em seu ombro. Deixando escapar um grito de dor, Coração de Fogo deu uma pancada na barriga do adversário com as pernas traseiras, arrancando-lhe grandes tufos de pelo malhado de marrom. O sangue de Cauda Tarraxo respingou nele enquanto o guerreiro do Clã das Sombras recuava em agonia e ia embora.

Coração de Fogo se levantou agilmente e olhou à volta, ofegante. O combate mais feroz acontecia, agora, no fundo da ravina. Os rivais estavam forçando os limites, claramente determinados a invadir o acampamento. Em desvantagem numérica, os guerreiros do Clã do Trovão não conseguiam mantê-los afastados. E onde estava Estrela Azul?

Então Coração de Fogo a viu. Com Nevasca e Pelagem de Poeira, ela se agachara na entrada do túnel de tojo, pronta a barrar o caminho com o próprio corpo. Bigode Ralo e Pé Molhado já tinham rompido a defesa de Garra de Tigre e, sob o olhar horrorizado de Coração de Fogo, Pé Molhado atirou-se sobre Estrela Azul.

Coração de Fogo correu pelo topo da ravina. De todo o Clã do Trovão, só ele e Presa Amarela sabiam que Estrela Azul estava na última de suas nove vidas. Se ela morresse naquela batalha, o Clã do Trovão ficaria sem líder – ou pior, ficaria sob o controle de Garra de Tigre.

Quando estava sobre a entrada do túnel, Coração de Fogo mergulhou direto, encosta abaixo, quase sem tocar com as patas as rochas traiçoeiramente íngremes, para aterrissar, derrapando, no meio da luta. Seus dentes rasgaram o pescoço de Pé Molhado, arrastando-o para longe de Estrela Azul. A líder do Clã do Trovão usou as garras para desferir golpes no gato malhado de cinza até ele, aos trancos, recuar e fugir.

Uma onda de gatos em luta se atirou sobre Coração de Fogo e os outros felinos no túnel de tojo. Coração de Fogo mordia e arranhava por instinto, sem saber com quem estava lutando. Garras afiadas lanharam sua testa e o sangue começou a gotejar em seus olhos. Ele respirou ofegante, sentindo-se prestes a sufocar com o cheiro fétido dos inimigos.

Então Estrela Azul miou perto do seu ouvido. – Eles estão forçando a entrada pelas paredes! Recue! Defenda o acampamento!

Coração de Fogo se esforçou para ficar de pé enquanto os invasores levavam a batalha para o próprio túnel. O tojo rasgava seu pelo como garras hostis. Era impossível lutar ali; então, ele deu meia-volta e, com dificuldade, passou pelo tojo em direção ao acampamento.

Na clareira, Pele de Salgueiro, Vento Veloz e Tempestade de Areia tinham corrido para guardar o berçário, prontos a proteger as rainhas e seus filhotes. Rabo Longo, lambendo as feridas rapidamente, ficou do lado de fora da toca de Cauda Partida, com Pata de Samambaia ao seu lado. Entre os galhos da árvore caída, Coração de Fogo só conseguia perceber o pelo malhado escuro e os olhos cegos do antigo líder do Clã das Sombras. O guerreiro sentiu uma pontada de frustração por eles estarem sendo atacados por causa daquele gato cruel e assassino.

Manto da Noite e Bigode Ralo foram os primeiros a sair do túnel, cruzando o campo aberto em direção à toca de Cauda Partida. Estrela Alta abriu caminho pela sebe de espinhos e se juntou a eles. Outros invasores o seguiram.

– Detenham esses gatos! – bramiu Coração de Fogo, convocando os guerreiros do clã enquanto atravessava correndo a clareira. – Eles querem Cauda Partida! – Ele se atirou sobre Manto da Noite, rolando no chão empoeirado com o gato preto. Coração de Fogo imaginava quantos gatos do Clã do Trovão realmente desejavam defender o antigo líder do Clã das Sombras. Sem dúvida, muitos ficariam bem felizes em entregá-lo aos outros clãs. Mas o guerreiro também tinha certeza de que eles permaneceriam leais ao clã; o que quer que sentissem em seus corações, lutariam por ele.

Ele jogou Manto da Noite no chão, os dentes enterrados no ombro ossudo do líder. O gato preto se contorceu e se soltou. Coração de Fogo perdeu o equilíbrio e, de repente, percebeu que estava preso – apesar de velho, o oponente ainda era ferozmente forte.

Manto da Noite arreganhou os dentes, seus olhos brilhavam. De súbito, ele recuou, soltando o gato avermelhado. Sacudindo o sangue dos olhos, Coração de Fogo viu que Pata de Samambaia tinha pulado no líder do Clã das Sombras e estava agarrado às suas costas com as quatro patas. Manto da Noite tentava, em vão, se livrar; então, rolou o corpo, ficando por cima e esmagando Pata de Samambaia contra o chão. O aprendiz soltou um bramido furioso.

Com as garras à mostra, Coração de Fogo dava golpes em Manto da Noite, mas Estrela Alta se meteu entre eles, tentando alcançar a toca de Cauda Partida. Para sua decepção, Coração de Fogo sentiu-se forçado a recuar.

Então Garra de Tigre estava lá. O enorme representante tinha muitas feridas que sangravam e a pelagem dura de lama, mas em seus olhos cor de âmbar ainda queimava o fogo da batalha. Ele desferiu uma patada cerrada em Estrela Alta, fazendo-o ir embora aos trambolhões.

Mais gatos do Clã do Trovão apareceram: Nevasca, Pelo de Rato, Vento Veloz e a própria Estrela Azul. A maré da batalha virou. Os invasores começaram a bater em retirada, correndo para o túnel e para os vãos entre as samambaias ao redor da clareira. Coração de Fogo observava ofegante, enquanto Bigode Ralo desaparecia no final da fila de invasores em fuga. A batalha tinha terminado.

Cauda Partida, agachado em sua toca, de cabeça baixa, olhava para o chão, sem nada ver. Ele não emitira sequer um som durante a batalha. Coração de Fogo se indagava se o antigo líder ao menos sabia o que seu clã de adoção tinha arriscado por ele.

Perto dali, Pata de Samambaia se esforçava para se levantar. Do ombro pendia-lhe um pedaço de pelo esgarçado, e ele estava coberto de poeira e sangue; mas os olhos brilhavam.

– Muito bem – miou Coração de Fogo. – Você lutou como um guerreiro.

Os olhos do aprendiz brilharam mais ainda.

Enquanto isso, os gatos machucados do Clã do Trovão se reuniram em torno de Estrela Azul. Enlameados e sangrando, pareciam tão exaustos quanto Coração de Fogo se sentia. No início estavam em silêncio, as cabeças baixas. O guerreiro de pelagem cor de flama não via triunfo algum naquela vitória.

– A culpa é sua! – Foi Risca de Carvão quem falou, confrontando Estrela Azul, com raiva. – Você nos fez manter Cauda Partida aqui, e agora estamos aos pedaços por defendê-lo. Quanto tempo falta para que um de nós tenha de morrer por causa dele?

Estrela Azul parecia perturbada. – Nunca pensei que seria fácil, Risca de Carvão. Mas temos de fazer o que acreditamos ser certo.

Risca de Carvão cuspiu com desprezo. – Por Cauda Partida? Por algumas caudas de camundongo eu mesmo o mataria!

Vários guerreiros miaram concordando.

– Risca de Carvão – Garra de Tigre abriu caminho entre os felinos reunidos para colocar-se ao lado de Estrela Azul, que, de repente, parecia velha e frágil ao lado do enorme gato malhado e escuro –, você está falando com a sua líder. Mostre algum respeito.

Por um tique-taque de coração, Risca de Carvão olhou para os dois, em seguida fitou o chão. O representante balançou a enorme cabeça, varrendo todos os gatos com seu olhar cor de âmbar.

– Coração de Fogo, vá buscar Presa Amarela – miou Estrela Azul.

O gato foi na direção da toca da curandeira, que já vinha correndo pela clareira, seguida de perto por Pata de Cinza. Rapidamente elas começaram a examinar os guerreiros, vendo quem precisava de tratamento mais urgente. Enquanto Coração de Fogo esperava a sua vez, viu um gato que vinha da entrada do acampamento. Era Listra Cinzenta. Seu pelo estava lustroso e sem manchas; algumas peças de presa fresca lhe pendiam da boca.

Antes que Coração de Fogo pudesse se mover, Garra de Tigre se afastou de Pata de Cinza e foi ao encontro de Listra Cinzenta, no meio da clareira. – Onde você esteve? – perguntou.

O gato cinza parecia desnorteado. Largou as presas e miou: – Caçando. Que diabos aconteceu aqui?

– O que lhe parece? – rugiu o representante. – O Clã do Vento e o Clã das Sombras invadiram o acampamento, tentando chegar a Cauda Partida. Precisávamos de todos os guerreiros, mas parece que você não estava por perto. Onde você andava?

Com Arroio de Prata, disse para si mesmo Coração de Fogo. Ele agradeceu ao Clã das Estrelas pelo amigo ter ao menos trazido alguma caça, o que lhe dava uma razão genuína para estar fora.

– Bom, como é que eu podia saber? – Listra Cinzenta protestou com o representante, começando a se irritar. –

Ou será que tenho de pedir a sua permissão antes de pôr a pata fora do acampamento?

Coração de Fogo estremeceu – Listra Cinzenta não deveria provocar Garra de Tigre assim, mas talvez a culpa o fizesse imprudente.

Garra de Tigre grunhiu baixo. – Você circula demais para o meu gosto – você e Coração de Fogo.

– Espere aí! – Coração de Fogo sentiu-se provocado a responder. – Eu estava aqui quando os gatos atacaram. E não é culpa de Listra Cinzenta ele estar ausente.

Garra de Tigre pousou o olhar gelado, primeiro, em Listra Cinzenta, depois, em Coração de Fogo. – Tomem cuidado – ele cuspiu. – Estou de olho em vocês – nos dois. – Ele se virou e voltou para perto de Pata de Cinza.

– Como se eu me importasse – Listra Cinzenta sussurrou, mas sem deixar seu olhar encontrar o de Coração de Fogo.

Listra Cinzenta levou a caça para a pilha de presas frescas, e Coração de Fogo, mancando, voltou a procurar as curandeiras para que elas cuidassem de seus ferimentos.

– Hum! – Presa Amarela grunhiu, correndo sobre ele seu olhar de especialista. – Se eles tivessem arrancado mais do seu pelo, você iria parecer uma enguia. Mas nenhum dos ferimentos é profundo. Você vai sobreviver.

Pata de Cinza veio com um chumaço de teia de aranha, que apertou sobre o arranhão acima do olho de Coração de Fogo. Ela tocou delicadamente o nariz do guerreiro com o seu. – Você foi corajoso.

– Nem tanto. – Ele estava embaraçado. – Todos fizemos o que tínhamos de fazer.

– Mas não é fácil – Presa Amarela falou inesperadamente, com a voz rouca. – Lutei em muitas batalhas no meu tempo e sei como é. Estrela Azul – ela continuou, virando-se para a líder e encarando-a –, muito obrigada. Significa muito para mim você ter posto o seu clã em risco para proteger Cauda Partida.

A líder balançou a cabeça. – Não precisa agradecer, Presa Amarela. É uma questão de honra. Apesar do que Cauda Partida fez, ele agora merece a nossa compaixão.

A velha curandeira inclinou a cabeça. Bem baixinho, de modo que apenas Estrela Azul e Coração de Fogo conseguissem ouvir, ela miou: – Ele trouxe grande perigo ao meu clã de adoção e, por isso, eu peço desculpas.

Estrela Azul aproximou-se e deu-lhe uma lambida reconfortante no pelo cinza. Por um momento a expressão em seus olhos era a de uma mãe acalmando um filhote irritado. Veio à mente de Coração de Fogo a imagem da líder caminhando pela floresta, na noite da Assembleia, com a luz da lua brilhando sobre três pelagens prateadas – a de Estrela Azul, a de Pé de Bruma e a de Pelo de Pedra.

Coração de Fogo ficou sem ar. Ele tinha visto isso mesmo? Três gatos tão idênticos que só poderiam ser *parentes*? Pé de Bruma e Pelo de Pedra eram irmãos, ele sabia... e Poça Cinzenta tinha dito que eles tinham o cheiro do Clã do Trovão.

Seria possível que os filhotes de Estrela Azul não tivessem morrido muitas luas atrás? Será que Pé de Bruma e Pelo de Pedra eram os filhotes perdidos da líder do Clã do Trovão?

CAPÍTULO 21

Quando Pata de Cinza acabou de cuidar dos ferimentos de Coração de Fogo, ele foi procurar Listra Cinzenta. O amigo estava agachado na toca dos guerreiros, os olhos dourados nublados.

Ele levantou o focinho quando Coração de Fogo escorregou entre os galhos. – Sinto muito – falou em um rompante. – Sei que devia estar lá. Mas eu *tinha* de ver Arroio de Prata. Não estive com ela na noite da Assembleia.

Coração de Fogo suspirou. Por um instante, pensara em partilhar suas suspeitas a respeito de Pé de Bruma e Pelo de Pedra, mas entendeu que Listra Cinzenta já tinha suficientes preocupações. – Tudo bem. Qualquer um de nós poderia estar em patrulha ou em missão de caça. Mas, se eu fosse você, ficaria por perto nos próximos dias, e teria certeza de ser visto por Garra de Tigre.

Listra Cinzenta, meio desligado, arranhava um pedaço de musgo. Coração de Fogo imaginou que ele já tinha marcado um encontro com a namorada. – Tem outra coisa que quero falar – ele miou, decidido a não discutir aquele assunto naquele momento. – É sobre Pata de Samambaia. – Em poucas palavras, descreveu como tinha saído cedo com o aprendiz, que reconhecera o cheiro dos gatos invasores. – Ele foi ótimo na batalha, também. Acho que está na hora de se tornar um guerreiro.

Listra Cinzenta concordou com um rom-rom. – Estrela Azul sabe disso?

– Ainda não. Você é o mentor de Pata de Samambaia. Deve recomendá-lo.

– Mas eu não estava lá.

– Não importa. – Coração de Fogo deu uma cutucada no amigo. – Venha, vamos falar com Estrela Azul.

A líder do Clã do Trovão e a maioria dos guerreiros ainda estavam na clareira. Presa Amarela e Pata de Cinza distribuíam teias de aranha para hemorragias e sementes de papoula para dor. Cara Rajada tinha trazido seus filhotes para ver o que estava acontecendo e Filhote de Nuvem pulava por ali, perturbando um guerreiro após outro, querendo saber sobre a luta. Pata de Samambaia tomava um banho caprichado; Coração de Fogo se sentiu aliviado por ele ter sofrido apenas ferimentos leves.

Os dois guerreiros foram falar com Estrela Azul, e Coração de Fogo, mais uma vez, contou como o aprendiz farejara os adversários e sobre sua bravura na batalha. – Foi graças a Pata de Samambaia que fomos avisados – ele miou.

– Achamos que ele devia ser feito guerreiro – Listra Cinzenta acrescentou.

Estrela Azul, pensativa, fez que sim. – Concordo. Pata de Samambaia hoje mostrou seu valor. – Ela se levantou, foi até o centro do círculo de gatos e elevou a voz. – Que todos os gatos com idade suficiente para caçar a própria comida se reúnam aos pés da Pedra Grande.

Flor Dourada veio de imediato do berçário, seguida por Cauda Sarapintada. Orelhinha, mancando lentamente, saiu da toca dos anciãos. Quando estavam todos em torno de Estrela Azul, ela miou: – Pata de Samambaia, venha aqui.

O aprendiz levantou o focinho e se aproximou, nervoso. Coração de Fogo percebeu que ele não tinha a menor ideia do que estava para acontecer.

– Pata de Samambaia, foi você quem alertou o clã hoje e lutou bravamente na batalha – Estrela Azul miou. – Está na hora de se tornar um guerreiro.

O aprendiz ficou de boca aberta. Seus olhos brilhavam de empolgação enquanto a líder pronunciava as palavras do ritual.

– Eu, Estrela Azul, líder do Clã do Trovão, conclamo meus ancestrais guerreiros para que contemplem este aprendiz. Ele treinou arduamente para compreender seu nobre código e eu o entrego a vocês como guerreiro. – Ela fixou seu olhar azul no jovem. – Pata de Samambaia, promete respeitar o Código dos Guerreiros e proteger e defender este clã, mesmo que isso possa custar a sua vida?

O gato tremeu ligeiramente, mas sua voz estava firme quando miou. – Prometo.

– Então, pelos poderes do Clã das Estrelas, dou a você seu nome de guerreiro. A partir de agora você será conhecido como Pelo de Samambaia. O Clã das Estrelas homenageia sua bravura e sua força e nós lhe damos as boas-vindas como um guerreiro do Clã do Trovão.

Estrela Azul deu um passo à frente e repousou o focinho no alto da cabeça de Listra Cinzenta. Ele abaixou-se ainda mais para lamber respeitosamente o ombro da líder; depois, aprumou-se e colocou-se entre Coração de Fogo e Listra Cinzenta.

Os gatos elevaram suas vozes para cantar o nome do novo guerreiro. – Pelo de Samambaia! Pelo de Samambaia! – Eles o rodearam, cumprimentando-o e desejando-lhe tudo de bom. Pele de Geada apertou o focinho contra o corpo do filho, com os olhos azuis brilhando de prazer.

– Esta noite você deve ficar em vigília sozinho – miou Tempestade de Areia, dando um empurrãozinho amigável em Pelo de Samambaia. – Obrigada, Clã das Estrelas! O resto de nós poderá ter uma noite de folga!

O novo guerreiro estava emocionado demais para responder à altura, mas emitiu um rom-rom profundo e feliz. – Obr… obrigado, Listra Cinzenta – gaguejou. – E a você, Coração de Fogo.

Coração de Fogo se encheu de orgulho em ver o jovem enfim transformado em guerreiro, quase como se ele fosse seu aprendiz. Compensava um pouco o fato de saber que jamais teria esse prazer com Pata de Cinza. O Clã das Estrelas lhe reservara outro destino. Finda a cerimônia, o cansaço o dominou. Ele ia voltar para a toca dos guerreiros quando viu Pata de Cinza mancando, vivaz, até o irmão.

– Parabéns, Pelo de Samambaia! – ela miou, os olhos azuis brilhando enquanto cobria de lambidas as orelhas do jovem.

O rom-rom de Pelo de Samambaia foi hesitante, e seu olhar parecia triste. – Você devia estar aqui comigo – ele falou baixinho, fazendo com o nariz um carinho na perna machucada da gata.

– Não, estou bem assim – insistiu Pata de Cinza. – Você vai ter de ser um guerreiro por nós dois. E eu tenho de me estabelecer como a maior curandeira que esta floresta já viu!

Coração de Fogo olhou com admiração para a gata cinza-escuro. Ele sabia que ela estava muito contente como aprendiz de Presa Amarela. Ela seria uma boa especialista, mas também teria sido uma boa guerreira. Era de boa índole, não invejava o triunfo do irmão. Como sempre, vê-la mancando fazia Coração de Fogo se lembrar de Garra de Tigre. Ele estava certo de que o representante era culpado pelo acidente da gata e também pela recente tentativa de afogá-lo. Embora, hoje, Garra de Tigre tivesse lutado com a força do Clã das Estrelas. Sem ele, o clã poderia ter perdido a batalha. Coração de Fogo perguntava a si mesmo: *Se você provar que ele é um traidor, quem vai defender o Clã do Trovão?*

Depois do ataque, Coração de Fogo ficou aliviado por Listra Cinzenta manter a promessa de ficar nos arredores do acampamento, patrulhando, caçando, ou ajudando Presa Amarela e Pata de Cinza a repor os itens da farmácia.

Garra de Tigre nada comentou, mas Coração de Fogo esperava que ele tivesse notado.

Entretanto, na terceira manhã, Coração de Fogo acordou com um movimento no ninho ao lado; ao abrir os olhos, ainda teve tempo de ver o amigo sair da toca sorrateiramente. – Listra Cinzenta? – ele sussurrou, mas o gato desapareceu sem responder.

Com cuidado para não perturbar Tempestade de Areia, que dormia do outro lado da toca, Coração de Fogo se levantou e escorregou entre os galhos. Ainda com os olhos semicerrados, saiu para a clareira e viu Listra Cinzenta sumindo no túnel de tojo. Também viu Risca de Carvão, agachado ao lado da pilha de presa fresca, olhando para cima, com um rato silvestre pendurado entre os dentes. Seus olhos estavam grudados na entrada do túnel.

Coração de Fogo sentiu um peso na barriga, como se tivesse engolido uma pedra fria. Se Risca de Carvão vira Listra Cinzenta sair, Garra de Tigre logo seria informado e iria querer saber aonde, exatamente, o gato cinza tinha ido. Ele poderia até segui-lo e flagrá-lo com Arroio de Prata.

Quase sem se dar conta, Coração de Fogo começou a caminhar, com energia, mas sem pressa. Passando pela pilha de presa fresca, cumprimentou: – Bom dia, Risca de Carvão! Já vamos sair para caçar. O Clã das Estrelas ajuda a quem cedo madruga, você sabe! – Sem esperar resposta, ele entrou no túnel. Deixando a clareira, acelerou o passo, correndo até o alto da ravina. Já não podia ver Listra Cinzenta, mas seu odor era muito acentuado e, sem dúvida, levava às Rochas Ensolaradas.

Mas eles combinaram de só se encontrar em Quatro Árvores, ele pensou.

Coração de Fogo percorreu o local, ignorando os sons e odores das presas na vegetação rasteira. Esperava encontrar o amigo e fazê-lo mudar de rumo antes que ele encontrasse Arroio de Prata, no caso de Garra de Tigre já estar pela floresta; mas, quando viu as Rochas Ensolaradas, não havia sinal do gato cinza. Coração de Fogo parou perto das árvores e sorveu o ar. Listra Cinzenta estava perto, com certeza, e ele também sentia o odor de Arroio de Prata, mas outro cheiro se sobrepunha aos cheiros do casal, o que fez o pelo de Coração de Fogo se eriçar – era cheiro de sangue!

Nesse momento, ele ouviu um choro fraco, de medo, vindo das rochas à frente, com certeza um gato em grande agonia. – Listra Cinzenta! – ele gritou. Então, correu e escalou o lado inclinado da pedra mais próxima. O que viu do alto o fez escorregar ao estacar.

Abaixo, em uma vala profunda entre a pedra em que ele estava e a próxima, Arroio de Prata estava deitada de lado. Coração de Fogo arregalou os olhos, horrorizado, e viu um forte espasmo percorrer o corpo da gata, fazendo suas pernas se contrair. Ela emitiu outro berro terrível.

– Listra Cinzenta! – Coração de Fogo gritou, arfando.

O gato cinza, agachado ao lado da namorada, lambia freneticamente a lateral de seu corpo, que subia e descia. Ele ergueu os olhos ao ouvir a voz do guerreiro amigo. – Coração de Fogo! São os filhotes – os filhotes estão chegando e está tudo dando errado. Vá buscar Presa Amarela!

– Mas... – Coração de Fogo ensaiou um protesto, porém suas patas já o faziam descer da rocha e voltar pelo trecho de campo aberto, na direção das árvores.

O guerreiro correu como nunca, mas, mesmo assim, uma parte de sua mente, uma parte pequena e fria, lhe dizia que aquilo era o fim. Agora, todos os clãs iam saber do namoro entre Listra Cinzenta e Arroio de Prata. O que Estrela Azul e Estrela Torta fariam quando tudo terminasse?

Antes de se dar conta, ele já estava de volta ao acampamento. Desceu a ravina correndo, quase atropelando Pata de Cinza na entrada do túnel. Ela se afastou com um miado de protesto, derrubando as ervas que tinha coletado. – Coração de Fogo, o que...

– Onde está Presa Amarela? – ele perguntou, arfando.

– Presa Amarela? – A aprendiz de repente ficou mais séria, ao perceber o desespero do guerreiro – Ela foi até as Rochas das Cobras. É o melhor lugar para encontrar milefólio.

O gato se recompôs para continuar a correr, mas parou, frustrado. Levaria muito tempo até buscar a curandeira nas Rochas das Cobras. Arroio de Prata precisava de ajuda naquele momento!

– Qual é o problema? – miou Pata de Cinza.

– Há uma gata, Arroio de Prata, nas Rochas Ensolaradas. Ela está tendo bebês, mas alguma coisa está errada.

– Ah, que o Clã das Estrelas a ajude! – exclamou Pata de Cinza. – Eu vou. Espere aqui. Preciso apanhar medicamentos. – Ela desapareceu na boca do túnel de tojo. Coração de Fogo a esperou, arranhando o chão com impaciência, até perceber novamente um movimento no túnel. Mas não era Pata de Cinza, era Pelo de Samambaia.

– Pata de Cinza me pediu para buscar Presa Amarela – ele falou ao passar por Coração de Fogo, subindo a ravina.

Enfim, Pata de Cinza reapareceu. Entre os dentes, ela trazia um molho de ervas embrulhado em uma folha. Ao se aproximar, balançou a cauda para Coração de Fogo, em um sinal para que ele tomasse a dianteira.

Cada passo da jornada foi um tormento para Coração de Fogo. Pata de Cinza fazia o possível, mas a perna machucada não a deixava correr. E o tempo parecia se esgotar. Com uma pontada de terror, Coração de Fogo lembrou o sonho em que uma rainha prateada e sem focinho desaparecia, deixando seus bebês chorando, desamparados, no escuro. Seria Arroio de Prata?

Assim que se vislumbraram as Rochas Ensolaradas, Coração de Fogo pulou à frente de Pata de Cinza. Quando chegou ao pé da rocha, viu um gato no alto, fitando a vala onde estava o casal. Ele sentiu o coração apertado por garras geladas. Sem dúvida, era Garra de Tigre, com seu corpo enorme e o pelo escuro. Risca de Carvão devia tê-lo avisado, e o representante seguira o cheiro de Listra Cinzenta. Coração de Fogo passara por ele na sua rápida volta ao acampamento, mas não se dera conta.

– Coração de Fogo – grunhiu Garra de Tigre, virando a cabeça enquanto o guerreiro galgava a pedra –, o que você sabe a respeito disso?

O guerreiro avermelhado olhou para baixo e viu Arroio de Prata ainda deitada de lado, mas os grandes espasmos tinham se transformado em movimentos fracos. Ela não gritava mais de dor; devia estar esgotada. Listra Cinzenta estava agachado perto dela. Ele deu um gemido baixo, que vinha do fundo do peito, com os olhos amarelos fixos no focinho da namorada. Coração de Fogo pensou que eles não deviam ter percebido a presença de Garra de Tigre.

Antes que Coração de Fogo pudesse responder, Pata de Cinza deslizou pela rocha e, esgueirando-se pela vala, ficou ao lado de Arroio de Prata. Ela colocou no chão o maço de ervas e se inclinou para farejar a rainha cinza-prateado.

– Coração de Fogo! – ela chamou um momento depois. – Desça aqui! Preciso de você!

Ignorando um sibilar furioso de Garra de Tigre, Coração de Fogo pulou para a vala, machucando-se ao arranhar as garras na rocha íngreme. Pata de Cinza foi encontrá-lo. Ela trazia um dos filhotes, que tinha os olhos fechados e as orelhas achatadas contra a cabeça, o pelo cinza-escuro emplastrado no corpo.

– Está morto? – Coração de Fogo indagou baixinho.

– Não! – Pata de Cinza colocou o filhote no chão e foi até o guerreiro. – Passe a língua sobre o corpo dele, Coração de Fogo! Aqueça-o, faça o sangue dele circular.

Depois dessas instruções, ela entrou no espaço apertado, voltando para perto da jovem mãe. Seu corpo impedia que Coração de Fogo visse o que estava acontecendo, mas ele ouviu a aprendiz de curandeira miar com a voz reconfortante e uma pergunta ansiosa de Listra Cinzenta.

Coração de Fogo se inclinou sobre o filhote, passando a língua sobre o pequeno corpo. Por um bom tempo, não houve resposta, e o guerreiro começou a achar que Pata de Cinza tinha se enganado, que o bebê estava mesmo morto. Então, um leve tremor percorreu o corpinho do bebê, que abriu a boca em um miado sem som. – Está vivo! – ele exclamou.

– Bem que eu disse – Pata de Cinza observou. – Continue passando a língua sobre ele. O outro vai chegar a qualquer momento. Muito bem, Arroio de Prata... você está indo bem.

Garra de Tigre descera da rocha e estava na boca da vala, furioso. – É uma gata do Clã do Rio. Quem vai me explicar o que está acontecendo?

Antes que alguém respondesse, Pata de Cinza soltou um grito de triunfo. – Você conseguiu, Arroio de Prata! – Momentos depois ela se virou com o segundo bebê miudinho entre os dentes e o colocou na frente de Garra de Tigre. – Vamos. Passe a língua nele.

Garra de Tigre a olhou com raiva. – Não sou curandeiro.

Os olhos azuis de Pata de Cinza brilhavam quando ela rodeou o representante. – Você tem uma língua, não tem? Pois use-a, seu monte de pelo inútil. Ou quer que o bebê morra?

Coração de Fogo se encolheu, achando que Garra de Tigre ia pular sobre a gata e golpeá-la com suas garras poderosas. Em vez disso, o gato malhado inclinou a enorme cabeça e começou a lamber o segundo filhote.

Pata de Cinza imediatamente voltou para ajudar Arroio de Prata. Coração de Fogo ouviu seu miado: – Você precisa engolir essa erva. Tome aqui, Listra Cinzenta, faça-a engolir o máximo possível. Precisamos estancar a hemorragia.

Coração de Fogo parou por um instante de passar vigorosamente a língua no filhote, que agora respirava de forma regular e parecia estar fora de perigo. Ele gostaria de saber o que estava acontecendo na vala, ali adiante. Ouviu Pata de Cinza grunhir: – Aguente, Arroio de Prata! – e um miado apavorado, quase um grito, que veio de Listra Cinzenta: – Arroio de Prata!

Ao perceber o sofrimento do amigo, Coração de Fogo não pôde mais ficar longe. Deixou o filhote e se esforçou para prosseguir até se agachar ao lado de Pata de Cinza. Chegou a tempo de ver Arroio de Prata levantar a cabeça e, sem forças, passar a língua no focinho do namorado. – Adeus, Listra Cinzenta – ela balbuciou. – Amo você. Cuide de nossos filhotes.

O corpo prateado da gata sacudiu-se violentamente. A cabeça caiu para trás, as patas tiveram um espasmo e ela ficou imóvel.

– Arroio de Prata! – Pata de Cinza falou baixinho.

– Não, Arroio de Prata, não. – Era suave o miado de Listra Cinzenta. – Não se vá. Não me deixe. – Ele se inclinou sobre o corpo sem vida, acariciando-o com o nariz. Ela continuou sem se mexer.

– Arroio de Prata! – Listra Cinzenta recuou e deixou a cabeça pender para trás. Seus lamentos de tristeza ecoavam no silêncio. – Arroio de Prata!

Pata de Cinza agachou-se sobre o corpo por mais alguns momentos, tocando o pelo de Arroio de Prata, até que admitiu a derrota. Ela se levantou e seus olhos azuis, desolados e frios, olhavam para o nada.

Coração de Fogo foi até a aprendiz. – Pata de Cinza, os filhotes estão salvos – ele murmurou.

O olhar da gata fez o coração do guerreiro congelar. – Mas a mãe deles está morta. Eu a perdi.

As rochas ainda ecoavam o terrível lamento de Listra Cinzenta. Garra de Tigre apareceu, passando acelerado pelos outros gatos, usando a enorme pata para dar um tapa atrás da orelha do guerreiro cinza. – Pare com essa choradeira.

Listra Cinzenta ficou em silêncio, mais de surpresa e exaustão, pensou Coração de Fogo, do que por obediência à ordem do representante.

Garra de Tigre olhou ao redor, encarando a todos. – Será que *agora* alguém vai me dizer o que está acontecendo? Listra Cinzenta, você conhece essa gata do Clã do Rio?

O guerreiro cinza levantou o olhar, agora opaco e frio, como se seus olhos fossem seixos. – Eu a amo – ele sussurrou.

– O que... Esses filhotes são *seus*? – Garra de Tigre parecia surpreso.

– Meus e de Arroio de Prata. – Uma leve centelha de desafio se inflamou em Listra Cinzenta. – Sei o que você vai dizer, Garra de Tigre. Não perca tempo em explicar. Nem ligo. – Ele voltou para o lado de Arroio de Prata, tocando-lhe o pelo com o nariz, murmurando palavras carinhosas.

Enquanto isso, Pata de Cinza já estava bem o bastante para examinar os dois bebês. – Acho que eles vão sobreviver – ela miou; no entanto, para Coração de Fogo, ela parecia menos segura. – Precisamos levá-los para o acampamento, para encontrar uma rainha que os amamente.

Garra de Tigre girou o corpo para encará-la. – Você está *louca*? Por que o Clã do Trovão deve cuidar deles? São mestiços. Nenhum clã vai querer saber deles.

Pata de Cinza o ignorou. – Coração de Fogo, leve este – ela mandou. – Eu levo o outro.

O gato avermelhado movimentou os bigodes, concordando, mas, antes de pegar o filhote, foi até Listra Cinzenta e apertou seu corpo contra o do amigo. – Você quer vir?

O guerreiro cinza fez que não. – Preciso ficar e enterrá-la – falou baixinho. – Aqui, entre o Clã do Rio e o Clã do Trovão. Depois disso, nem seu próprio clã vai querer cuidar de seu velório.

Coração de Fogo, solidário, sentiu o peito doer, mas nada mais podia fazer. – Volto logo – prometeu. Com mais delicadeza ainda, sem se importar que Garra de Tigre ouvisse, acrescentou: – Vou velar por ela com você, Listra Cinzenta. Ela foi corajosa, e sei que também estava apaixonada.

Não se ouviu resposta. Coração de Fogo apanhou o filhote com os dentes e saiu, deixando Listra Cinzenta ao lado da gata que ele tinha amado mais que do que seu próprio clã, mais do que a honra, mais do que a própria vida.

CAPÍTULO 22

Garra de Tigre se adiantou e, quando Coração de Fogo e Pata de Cinza chegaram ao acampamento com os filhotes de Arroio de Prata, o clã inteiro já sabia o que tinha acontecido. Guerreiros e aprendizes, reunidos fora das tocas, observavam em silêncio. Coração de Fogo quase podia sentir o odor da surpresa e da incredulidade de todos.

Estrela Azul, na entrada do berçário, parecia esperá-los. Coração de Fogo achava que ela poderia mandá-los embora, recusando-se a cuidar de filhotes de outro clã, mas ela apenas miou tranquilamente: – Entrem.

No centro da moita de amoreiras, tudo estava escuro e silencioso. Cara Rajada, formando um monte de pelo cinza e amarelo-escuro, dormia enrolada à volta dos filhotes, com Filhote de Nuvem brilhando entre eles como uma mancha de neve. Perto, em um ninho de musgo forrado com penas macias, Flor Dourada amamentava seus novos bebês. Um era cor de laranja desbotado, como a mãe; o outro, malhado escuro.

— Flor Dourada — sussurrou Estrela Azul —, tenho um pedido a lhe fazer. Você poderia amamentar mais dois? Acabam de perder a mãe.

A rainha levantou a cabeça. Seu olhar surpreso se abrandou quando ela viu os indefesos pedacinhos de pelo que Coração de Fogo e Pata de Cinza traziam na boca. Eles tinham começado a se contorcer debilmente, soltando miadinhos agudos de medo e fome.

— Acho que... — ela começou a falar.

— Espere — Cauda Sarapintada a interrompeu; ela entrara no berçário logo depois de Coração de Fogo. — Antes de concordar, Flor Dourada, peça a Estrela Azul que lhe conte quem são os pais deles.

Coração de Fogo sentiu uma pontada de ansiedade. Embora Cauda Sarapintada fosse uma boa mãe, seu temperamento era feroz, e ela certamente não veria com bons olhos tomar conta de filhotes que não pertenciam nem a um clã nem a outro.

— Eu não esconderia dela uma coisa assim — Estrela Azul miou calmamente. — Flor Dourada, são os filhotes de Listra Cinzenta. A mãe era Arroio de Prata, do Clã do Rio.

Os olhos da rainha se arregalaram de espanto, e Cara Rajada, despertando, empinou as orelhas.

— Listra Cinzenta deve ter escapado durante luas para vê-la — sibilou Cauda Sarapintada. — Que gato leal faria isso? Ambos traíram seus clãs. O sangue desses bebês é ruim.

— Bobagem — Estrela Azul cuspiu em resposta, o pelo do cangote se eriçando de repente. Coração de Fogo estremeceu – raras vezes vira a líder tão zangada. – Não importa o que pensamos de Listra Cinzenta e de Arroio de Prata, os filhotes são inocentes. Você vai amamentá-los, Flor Dourada? Eles vão morrer se não tiverem uma mãe.

A gata hesitou, depois soltou um longo suspiro. – Como dizer não? Eu tenho bastante leite.

Cauda Sarapintada bufou, desaprovando, e virou as costas de forma incisiva, enquanto Coração de Fogo e Pata de Cinza, delicadamente, colocavam os filhotes no ninho. A rainha alaranjada se inclinou, guiando-os para a sua barriga, e o choro sentido dos filhotes parou quando eles se aninharam no calor do corpo da gata e encontraram um lugar para mamar.

– Muito obrigada, Flor Dourada – ronronou Estrela Azul.

Coração de Fogo reparou que a líder olhava os bebês com uma expressão de saudade. *Estaria pensando nos seus filhotes perdidos?*, ele se perguntou, assaltado novamente pelas dúvidas sobre o destino deles. Não poderiam ser, afinal, Pé de Bruma e Pelo de Pedra, que estavam vivos e bem no Clã do Rio? Será que ela fazia alguma ideia disso?

Seus pensamentos foram interrompidos quando Pata de Cinza, virando-se abruptamente, saiu da toca. Coração de Fogo foi atrás dela e a encontrou agachada, a cabeça apoiada nas patas da frente. – Qual é o problema?

– Arroio de Prata morreu. – O gato mal ouviu a resposta abafada. – Eu a deixei morrer.

– Isso não é verdade!

Pata de Cinza olhou para cima, desanimada. Seus olhos eram poças azuis de tristeza. – Sou uma curandeira. Devia salvar vidas.

– Você salvou os bebês – o guerreiro lembrou, chegando mais perto e apertando seu focinho contra o da gata.

– Mas não consegui salvá-la.

Uma onda de compaixão invadiu Coração de Fogo. Ele entendia a jovem e queria lhe dizer para não se culpar, mas não encontrava palavras. Sentindo-se inútil e triste, começou a lamber a gata com delicadeza.

– O que está acontecendo? – Era Presa Amarela, um semblante perplexo em seu largo focinho cinza. – Que história é essa sobre Listra Cinzenta e uma rainha do Clã do Rio?

A jovem curandeira sequer percebeu sua mentora ali. Coube a Coração de Fogo explicar.

– Pata de Cinza foi brilhante – ele contou à anciã. – Sem ela, aqueles bebês teriam morrido.

Presa Amarela assentiu. – Eu vi Garra de Tigre – ela disse, irritada. – Pata de Samambaia estava me levando às Rochas Ensolaradas quando demos com ele. Ele está furioso por causa dos filhotes. Mas não com você, Pata de Cinza. Sabe que você cumpriu o seu dever, como qualquer outro curandeiro.

Pata de Cinza levantou a cabeça e olhou para a anciã. – Nunca serei uma curandeira – ela cuspiu, amarga. – Sou uma inútil. Deixei Arroio de Prata morrer.

– O quê? – rugiu Presa Amarela, zangada, arqueando o corpo magro e cinza. Essa ideia é bem digna de um miolo de camundongo.

– Presa Amarela... – Coração de Fogo começou a protestar por causa da rispidez do tom dela, mas a curandeira o ignorou.

– Você fez o melhor possível, Pata de Cinza – ela grunhiu. – Nenhum gato faria mais.

– Mas não foi bom o suficiente – a jovem assinalou, aborrecida. – Se você estivesse lá, poderia tê-la salvado.

– O quê? Foi o Clã das Estrelas que lhe disse isso? Pata de Cinza, alguns gatos morrem, e ninguém pode fazer nada. – Ela soltou um miado enferrujado, meio rindo, meio ralhando. – Nem mesmo eu.

– Mas eu a *perdi*, Presa Amarela.

– Eu sei. E essa é uma lição difícil. – Agora havia pouca complacência no miado da anciã. – Mas eu já perdi pacientes antes, mais do que consigo contar. Todos os curandeiros do mundo perderam. Você vive com isso. E segue adiante. – Com seu focinho cheio de cicatrizes, ela empurrou com delicadeza a jovem gata, até que ela, vacilante, se levantasse. – Vamos. Há trabalho a fazer. Orelhinha está reclamando de novo de dor nas juntas.

Ao guiar Pata de Cinza à sua toca, ela parou um pouco e falou com Coração de Fogo por cima do ombro. – Não se preocupe. Ela vai ficar bem.

O guerreiro observou as duas gatas atravessando a clareira e desaparecendo na toca da curandeira.

– Você pode confiar em Presa Amarela. – Ao ouvir esse miado tranquilo, Coração de Fogo se virou e viu Estrela Azul. – Ela vai cuidar de Pata de Cinza.

A líder estava sentada fora do berçário, a cauda enrolada cuidadosamente sobre as patas. Apesar de toda a agitação da morte de Arroio de Prata e da descoberta do relacionamento proibido de Listra Cinzenta, ela parecia calma como sempre.

– Estrela Azul – Coração de Fogo miou, hesitante –, o que vai acontecer com Listra Cinzenta agora? Ele vai ser castigado?

A líder, pensativa, admitiu: – Não posso responder ainda. Preciso discutir com Garra de Tigre e os outros guerreiros.

– Listra Cinzenta não conseguiu resistir – deixou escapar Coração de Fogo, leal ao amigo.

– Não conseguiu resistir a trair seu clã e o Código dos Guerreiros para estar com Arroio de Prata? – Os olhos de Estrela Azul brilhavam, mas o tom não era tão bravo quanto o guerreiro esperava. – Prometo que nada farei até que ele esteja menos abalado. Temos de considerar toda a questão com muito cuidado.

– No entanto, você não está realmente surpresa, está? – ele ousou indagar. – Você sabia o que estava acontecendo? – De certa forma, ele não esperava resposta. A líder o deixou estático por vários tique-taques de coração com seu penetrante olhar azul. Havia sabedoria em seus olhos, ele percebeu, e até mesmo dor.

– Sim, eu suspeitava – ela miou por fim. – É função de um líder saber das coisas. E não fico cega nas Assembleias.

– Então… então, por que não impediu?

– Eu esperava que Listra Cinzenta se lembrasse da lealdade ao clã por conta própria. Sabia que, mesmo que não o fizesse, aquilo terminaria, mais cedo ou mais tarde. Só não queria um fim tão trágico para os dois. Embora não saiba como Listra Cinzenta teria lidado com o fato de ver seus filhotes crescendo em outro clã.

– Você entende isso, não é? – As palavras saíram antes que Coração de Fogo pensasse no que estava dizendo. – Aconteceu com você.

Estrela Azul se empertigou e, diante da repentina chama de raiva nos olhos da líder, Coração de Fogo vacilou. Depois, ela relaxou, e a raiva foi substituída por um olhar distante de lembrança e perda.

– Você adivinhou – ela murmurou. – Achei que isso ia acontecer. É verdade, Coração de Fogo. Eu sou a mãe de Pé de Bruma e Pelo de Pedra.

CAPÍTULO 23

– Venha! – Estrela Azul ordenou. Ela começou a caminhar devagar, cruzando o acampamento até sua toca, não dando escolha a Coração de Fogo senão segui-la. Quando chegaram lá, disse a ele que se sentasse e se instalou na cama.

– O que exatamente você sabe? – ela perguntou ao guerreiro, seu olhar azul procurando o dele.

– Só sei que Coração de Carvalho, certa vez, levou dois filhotes do Clã do Trovão ao Clã do Rio. Ele disse a Poça Cinzenta, a rainha que os amamentou, que desconhecia a origem deles.

Estrela Azul fez um sinal com a cabeça, ela agora tinha o olhar mais suave. – Sabia que Coração de Carvalho não me trairia. Ele era o pai – acrescentou. – Você deduziu isso também?

Coração de Fogo fez que não. Mas passava a fazer sentido o desespero de Coração de Carvalho para que Poça Cinzenta cuidasse dos filhotes indefesos. – O que exatamente aconteceu com seus bebês? – ele indagou, a curiosidade fazendo-o baixar a guarda. – Coração de Carvalho não os *roubou*, roubou?

As orelhas da líder do clã se agitaram, impacientes. – Claro que não. – Ela o fitou com o olhar subitamente encoberto por uma dor que Coração de Fogo sequer imaginava.

– Não, não roubou. Eu abri mão deles.

O guerreiro a olhou firme, incrédulo. Só lhe restava esperar a explicação.

– Meu nome de guerreira era Pelo Azul. Como você, tudo o que eu mais queria era servir ao meu clã. Coração de Carvalho e eu nos conhecemos em uma Assembleia, mal começara a estação sem folhas. Éramos ainda jovens e tolos. O namoro não durou muito. Quando descobri que teria bebês, minha intenção era entregá-los ao Clã do Trovão. Nenhum gato me perguntou quem era o pai – se uma rainha não quer dizer, tem esse direito.

– E aí...? – Coração de Fogo quis saber.

O olhar da gata estava fixo em um ponto distante, como se estivesse no passado. – Então o representante do nosso clã, Mancha Amarela, decidiu se aposentar. Tive a sorte de ser escolhida sua sucessora. Nossa curandeira já me revelara que o Clã das Estrelas tinha um grande destino para mim. Mas eu também sabia que o clã jamais aceitaria como representante uma rainha com filhotes para amamentar.

– Então você abriu mão deles? – Coração de Fogo não disfarçou o tom de incredulidade. – Não podia ter esperado até deixarem o berçário? Com certeza ainda poderia ser a representante quando os filhotes estivessem um pouco maiores e independentes.

– Não foi uma decisão fácil. – Estrela Azul disse, com a voz marcada pela dor. – Aquela foi uma amarga estação sem folhas. O clã praticamente passava fome, e eu mal tinha leite para alimentar meus bebês. Sabia que, no Clã do Rio, seriam bem cuidados. Naquela época, o rio estava cheio de peixes, e os gatos do Clã do Rio jamais passavam fome.

– Mas ficar sem eles... – O guerreiro ficou surpreso com a agudeza da dor que sentiu, em solidariedade.

– Você não precisa me dizer como foi difícil a minha escolha. A decisão me custou muitas noites de sono. O que seria melhor para os filhotes... melhor para mim... melhor para o clã.

– Não havia outros guerreiros aptos para o cargo de representante? – Coração de Fogo ainda relutava em aceitar que Estrela Azul tivesse sido tão ambiciosa a ponto de desistir dos próprios filhos.

A líder movimentou o queixo, desafiadora. – Ah, claro. Havia Garra de Cardo. Era um ótimo guerreiro, forte e valente. Mas a solução que ele propunha para todos os problemas era lutar. Será que eu deveria ficar de fora, apenas observando, enquanto ele se tornava representante e, depois, líder, forçando o clã a entrar em guerras desnecessárias? – Ela abanou a cabeça, triste. – Ele morreu como viveu, Coração de Fogo, poucas estações antes de você chegar, atacando uma patrulha do Clã do Rio na fronteira. Foi selvagem e arrogante até o final. Eu não podia ficar parada e deixá-lo destruir meu clã.

– Você mesma entregou os bebês para Coração de Carvalho?

– Entreguei. Falei com ele em uma Assembleia, e ele aceitou cuidar deles. Assim, uma noite, escapei do acampamento e os levei até as Rochas Ensolaradas. Coração de Carvalho estava esperando, e cruzou o rio com dois dos bebês.

– Dois dos bebês? – Coração de Fogo ficou perturbado. – Quer dizer que eram mais?

– Eram três. – Estrela Azul curvou a cabeça; mal se ouvia seu miado. – O terceiro era fraco demais para suportar a jornada. Morreu nos meus braços, perto do rio.

– O que você disse ao resto do clã? – Coração de Fogo voltou a pensar na Assembleia, quando Retalho dissera apenas que Estrela Azul tinha "perdido" os filhotes.

– Eu... eu fiz parecer que eles tinham sido levados do berçário por uma raposa ou um texugo. Fiz um buraco na parede antes de sair e, quando voltei, disse que fora caçar e os deixara dormindo, a salvo. – Todo seu corpo tremia, e Coração de Fogo percebeu que a confissão estava causando mais dor a Estrela Azul do que a perda de uma vida.

– Todos os gatos procuraram por eles. E eu também, embora soubesse que não havia esperança de encontrá-los. O clã ficou arrasado por mim. – Ela deixou a cabeça pender sobre as patas. Esquecendo por um instante que ela era sua líder, Coração de Fogo se aproximou e passou a língua carinhosamente na orelha de Estrela Azul.

Mais uma vez ele se lembrou de seu sonho, e da rainha sem focinho, que desaparecia e deixava os seus filhotes chorando. Ele imaginara que fosse Arroio de Prata, mas agora percebia que era também Estrela Azul. O sonho fora profecia e memória do clã. – Por que você está me dizendo isso? – ele perguntou.

Quando Estrela Azul levantou o olhar, Coração de Fogo mal pôde suportar a tristeza que ele transmitia.

– Por muitas estações não pensei nos filhotes. – Tornei-me representante, depois líder, e meu clã precisava de mim. Mas, ultimamente, com a enchente e o risco para o Clã do Rio, e também por suas descobertas, Coração de Fogo, eu me vi novamente em uma situação que já conhecia muito bem... E agora que mais dois filhotes são metade Clã do Rio, metade Clã do Trovão, quem sabe, desta vez, eu possa tomar melhores decisões.

– Mas por que contar para mim? – Coração de Fogo repetiu.

– Talvez porque, depois de tanto tempo, eu queira que um gato saiba a verdade – miou Estrela Azul, franzindo ligeiramente a testa. – Achei que você, entre todos, poderia compreender. Às vezes, não há uma escolha certa.

Coração de Fogo, porém, não tinha certeza de ter entendido. Sua cabeça girava. Parte dele imaginava a jovem guerreira, Pele Azul, valente e ambiciosa, determinada a dar o melhor de si para o clã, mesmo que isso significasse sacrifícios inimagináveis. A outra parte via a mãe que chorava pelos filhotes abandonados tanto tempo atrás. E o que provavelmente era mais real para ele do que tudo isso, a líder cheia de qualidades que tinha se decidido pelo que achava ser o melhor e que sofrera sozinha a dor dessa resolução.

– Vou guardar o seu segredo – ele prometeu, percebendo a confiança que ela depositara nele ao lhe revelar sua história.

– Obrigada. Temos tempos difíceis pela frente. O clã não precisa de mais problemas. – Ela se levantou e se espreguiçou, como se tivesse estado toda enrolada e dormindo por muito tempo. – Agora preciso falar com Garra de Tigre. E você, Coração de Fogo, é melhor procurar seu amigo.

Quando Coração de Fogo voltou às Rochas Ensolaradas, o sol começava a se pôr, transformando o rio em uma faixa de fogo refletido. Listra Cinzenta estava agachado ao lado de um punhado de terra recém-revirada no alto da margem do rio, o olhar fixo na água que brilhava.

– Eu a enterrei na beira da água – ele sussurrou para Coração de Fogo quando este foi se sentar a seu lado. – Ela amava o rio. – Ele levantou a cabeça para ver as primeiras estrelas do Tule de Prata. – Ela agora está caçando com o Clã das Estrelas – ele miou, com a voz gentil. – Um dia vou reencontrá-la, e ficaremos juntos.

Coração de Fogo não conseguia falar. Estreitou seu corpo junto ao do amigo e os dois gatos ficaram agachados, em silêncio, enquanto a luz vermelho-sangue enfraquecia.

– Para onde você levou os filhotes? – Listra Cinzenta miou. – Deviam ser enterrados com ela.

– Enterrados? Então você não sabe? Eles estão vivos.

Listra Cinzenta fitou-o, a boca aberta, os olhos dourados começando a brilhar. – Estão vivos – os filhotes de Arroio de Prata – os meus filhotes? Onde eles estão?

— No berçário do Clã do Trovão. — Coração de Fogo deu-lhe uma rápida lambida. — Flor Dourada os está amamentando.

— Mas ela não vai ficar com eles, vai? Ela sabe que são filhos de Arroio de Prata?

— Todo o clã sabe — Coração de Fogo disse, relutante. — Garra de Tigre tratou de contar. Mas Flor Dourada não culpa os filhotes, nem Estrela Azul os considera responsáveis. Eles terão os cuidados de que precisam, Listra Cinzenta, não se preocupe.

Listra Cinzenta levantou-se com dificuldade, o corpo enrijecido depois da longa vigília. Fitou o amigo com o semblante coberto de dúvidas, como se não pudesse acreditar que o Clã do Trovão fosse realmente aceitar os bebês, e disse: — Quero vê-los.

— Venha comigo, então — miou Coração de Fogo, aliviado por ver o gato cinza novamente pronto para encarar o clã. — Estrela Azul me encarregou de levar você para casa.

Ele seguiu na frente, através da floresta que começava a escurecer. Listra Cinzenta o seguiu, mas sempre olhando para trás, como se não pudesse suportar a ideia de se afastar de Arroio de Prata. Ia em silêncio, e Coração de Fogo o deixou com suas lembranças.

Quando eles chegaram ao acampamento, os grupos de guerreiros e aprendizes curiosos, reunidos para comentar o assunto, já tinham se dispersado, e tudo parecia normal para uma noite quente da estação do renovo. Pelo de Samambaia e Pelagem de Poeira estavam agachados perto de um canteiro de urtiga, partilhando uma peça de presa fresca. Do lado de fora da toca dos aprendizes, Pata de Espinho e Pata Brilhante brincavam de lutar, observados por Pata Ligeira. Garra de Tigre e Estrela Azul não estavam à vista.

Coração de Fogo deu um suspiro de alívio. Queria que Listra Cinzenta ficasse em paz, pelo menos até visitar os bebês, sem ser perturbado por acusações ou hostilidade.

No caminho para o berçário, passaram por Tempestade de Areia. Ela parou de repente, alternando o olhar entre Coração de Fogo e Listra Cinzenta.

– Olá! – Coração de Fogo miou, tentando parecer amigável como de costume. – Estamos indo visitar os bebês. Vamos nos encontrar na toca depois?

– *Você*, sim. – Tempestade de Areia grunhiu, com um olhar raivoso para Listra Cinzenta. – Mas *ele*, trate de mantê-lo longe de mim. – Ela se afastou, com a cabeça e a cauda erguidas.

O guerreiro avermelhado sentiu um aperto no coração. Lembrou-se de como Tempestade de Areia o hostilizara na sua chegada ao clã. Demorara muito para ela se tornar menos formal. Quanto tempo levaria para ela voltar a tratar Listra Cinzenta amistosamente?

O gato cinza colou as orelhas à cabeça. – Ela não me quer aqui. Nenhum gato quer.

– *Eu* quero – Coração de Fogo miou, esperando ter transmitido força ao amigo. – Vamos, vamos ver seus filhotes.

CAPÍTULO 24

Coração de Fogo pulou de uma pedra a outra, cruzando o rio, que corria veloz. As águas tinham recuado, as pedras estavam de novo visíveis. Era o dia seguinte à morte de Arroio de Prata; o céu estava cinzento e caía uma garoa fina, como se o Clã das Estrelas também estivesse de luto.

Ele ia levar a notícia da morte de Arroio de Prata ao Clã do Rio, embora não tivesse pedido permissão a Estrela Azul. Escapulira sem dizer nada a ninguém porque achava que o clã da rainha tinha o direito de saber o que acontecera. E suspeitava que o resto de seu próprio clã não pensava como ele.

Ao chegar à margem oposta, Coração de Fogo manteve a cabeça levantada, buscando no ar cheiros recentes. Captou um odor quase imediatamente e, um tique-taque de coração depois, um pequeno gato malhado surgiu das samambaias no alto do caminho.

Ele hesitou, parecendo assustado, antes de deslizar pela margem para confrontar o guerreiro: – Você é Coração de

Fogo, não é? – ele miou. – Eu o reconheci da última Assembleia. O que você está fazendo do nosso lado do rio?

O jovem tentava parecer confiante, mas o guerreiro de pelo rubro percebia o nervosismo em sua voz. Era um aprendiz, Coração de Fogo imaginou, ansioso por estar fora do acampamento sem seu mentor.

– Não estou aqui para brigar nem para espionar. Preciso falar com Pé de Bruma. Você pode ir chamá-la para mim?

O gato hesitou novamente, como se quisesse protestar. Depois, acostumado a obedecer às ordens dos guerreiros, beirou o rio em direção ao acampamento do seu clã. Coração de Fogo o observou se afastar e, então, subiu a margem para se esconder nas samambaias, à espera de Pé de Bruma.

Ela demorou um bocado, mas, enfim, Coração de Fogo avistou uma forma familiar, azul-acinzentada, que vinha apressada encontrá-lo. Era familiar por causa de Estrela Azul, ele se deu conta, com um sobressalto. A filha da líder era praticamente sua cópia. Foi um alívio ver que ela estava sozinha. Quando ela parou para farejar o ar, ele a chamou baixinho: – Pé de Bruma! Aqui em cima!

As orelhas da gata se contraíram. Alguns instantes depois, ela abriu caminho pelas samambaias, aproximou-se e perguntou, com ar preocupado: – O que é? É sobre Arroio de Prata? Não a vejo desde ontem.

Coração de Fogo sentiu como se um osso estivesse preso à sua garganta. Engoliu em seco. – Pé de Bruma – ele miou –, são más notícias. Sinto muito... Arroio de Prata morreu.

Sem acreditar, a gata fixou nele os olhos azuis arregalados. – Morreu? Não pode ser! – Sem esperar resposta, ela acrescentou, ríspida: – Algum dos guerreiros do Clã do Trovão a pegou?

– Não, não. Ela estava nas Rochas Ensolaradas com Listra Cinzenta, e os bebês começaram a nascer. Algo deu errado... havia muito sangue. Fizemos todo o possível, mas... Ah, Pé de Bruma, sinto muito.

Enquanto ele explicava, a dor inundou os olhos da gata. Ela soltou um longo e profundo lamento, escondendo a cabeça entre os ombros e arranhando o chão com as garras. Coração de Fogo se aproximou para tentar confortá-la e sentiu que ela estava rija de tensão. Não havia palavras capazes de consolá-la.

Por fim, o terrível lamento arrefeceu, e Pé de Bruma relaxou um pouco. – Eu sabia que nada de bom poderia vir dali – ela sussurrou. Não havia raiva ou acusação na voz, apenas tristeza e desgosto. – Eu disse para ela não ir encontrar Listra Cinzenta, mas foi inútil. E agora... Não posso acreditar que nunca mais a verei.

– Listra Cinzenta a enterrou nas Rochas Ensolaradas. Se quiser, nos encontramos um dia desses e eu lhe mostro o lugar.

Pé de Bruma assentiu. – Gostaria muito, Coração de Fogo.

– Os filhotes estão vivos – o guerreiro acrescentou, na tentativa de aliviar um pouco a dor da rainha.

– Os bebês de Arroio de Prata? – Pé de Bruma sentou-se, alerta novamente.

– Dois bebês. Eles vão ficar bem.

Pé de Bruma semicerrou os olhos de repente, em uma profunda reflexão. – O Clã do Trovão vai querer ficar com eles, já que eles são metade Clã do Rio?

– Uma das nossas rainhas os está amamentando. O clã está furioso com Listra Cinzenta, mas nenhum gato se vingaria nos bebês.

– Compreendo. – Pé de Bruma ficou em silêncio por um tempo, ainda pensativa, e então se pôs de pé. – Preciso voltar e informar ao clã. Eles nem sabem de Listra Cinzenta. Não consigo imaginar o que vou dizer ao pai de Arroio de Prata.

Coração de Fogo entendia o que ela queria dizer. Muitos pais guerreiros se afastavam de seus filhotes, mas Estrela Torta mantivera um vínculo estreito com Arroio de Prata. A tristeza por sua morte se misturaria à raiva por ela ter traído o clã, ao escolher Listra Cinzenta como companheiro.

Pé de Bruma deu uma lambida rápida na testa de Coração de Fogo. – Muito obrigada – miou. – Muito obrigada por ter vindo me dizer.

Então ela se foi, deslizando rapidamente pelas samambaias. Coração de Fogo esperou até perdê-la de vista para descer a costa pedregosa e atravessar de volta pelo caminho de pedras, rumo a seu território.

A fome fez Coração de Fogo despertar. Espiando através da luz fraca da toca dos guerreiros, ele viu que Listra Cinzenta já deixara o ninho. Irritado, pensou: *Ah, não! Ele saiu para encontrar Arroio de Prata de novo!* Então se lembrou.

Duas madrugadas tinham se passado desde a morte da gata prateada. O choque causado por seu romance com Listra Cinzenta começava a desaparecer, embora nenhum dos guerreiros, exceto Coração de Fogo e Pelo de Samambaia, estivesse falando com Listra Cinzenta ou saindo em patrulhas com ele. Estrela Azul ainda não tinha anunciado a punição.

Coração de Fogo se espreguiçou e bocejou. Durante toda a noite seu sono tinha sido perturbado por Listra Cinzenta, que se contorcia e gemia, mas seu cansaço se sobrepusera. Não imaginava como o clã se recuperaria do golpe que sentira com a descoberta da traição de Listra Cinzenta. Havia uma atmosfera de incerteza e desconfiança embotando as conversas, reduzindo os conhecidos rituais de troca de lambidas.

Com um movimento determinado, Coração de Fogo saiu através dos galhos e foi até a pilha de presas frescas. O sol nascente banhava o acampamento com uma luz dourada. Quando se abaixou para pegar um gordo rato silvestre, ouviu: – Coração de Fogo! Coração de Fogo!

Filhote de Nuvem vinha do berçário, correndo pela clareira em sua direção. Cara Rajada e o resto de seus filhotes o seguiam, caminhando mais devagar, e, para surpresa de Coração de Fogo, Estrela Azul estava com eles.

– Coração de Fogo! – Filhote de Nuvem arfava, deslizando até parar na frente dele. – Vou ser aprendiz! Vou ser aprendiz *agora*!

Coração de Fogo largou o rato silvestre. Sentiu-se inevitavelmente contagiado pela empolgação do sobrinho, mas sentia também uma pontada de culpa por ter esquecido completamente que Filhote de Nuvem se aproximava de sua sexta lua.

– É claro que você vai ser o mentor dele, não é? – miou Estrela Azul, assim que se aproximou. – É hora de você ter outro aprendiz. Embora não fosse o mentor de Pelo de Samambaia, fez um bom trabalho com ele.

– Muito obrigado – miou o guerreiro, curvando a cabeça para agradecer o elogio. Era inevitável pensar com tristeza em Pata de Cinza. Sentia-se em parte responsável pelo acidente da gata, e então resolveu fazer melhor com Filhote de Nuvem.

– Vou trabalhar mais do que qualquer outro gato! – o jovem prometeu, arregalando os olhos. – Serei o melhor aprendiz que já existiu!

– Isso é o que veremos – Estrela Azul miou, enquanto Cara Rajada ronronava, divertida.

– Ele tem me perturbado dia e noite – ela miou com carinho. – Tenho certeza de que fará o melhor possível. É forte e inteligente.

Os olhos de Filhote de Nuvem brilharam com o elogio. *Ele parece ter conseguido superar a descoberta de ser gatinho de gente*, pensou Coração de Fogo. *Mas é arrogante e mal conhece o Código dos Guerreiros, e muito menos o respeita. Será que fiz a coisa certa ao trazê-lo para cá?*, questionou-se, mais uma vez. Ser seu mentor não seria fácil, ele sabia.

– Vou convocar a reunião – Estrela Azul miou, dirigindo-se à Pedra Grande. Com um olhar para Coração de Fogo,

Filhote de Nuvem foi atrás, saltitante, seguido pelos demais filhotes, que iam aos trambolhões.

– Coração de Fogo – miou Cara Rajada. – Tenho um pedido a lhe fazer.

O guerreiro reprimiu um suspiro. – O que é? – Obviamente ele não conseguiria comer seu rato silvestre antes da cerimônia de Filhote de Nuvem.

– É sobre Listra Cinzenta. Sei o que ele passou, mas ele nunca sai do berçário, fica tomando conta dos bebês. É como se achasse que Flor Dourada não pode cuidar deles direito. Ele está nos atrapalhando.

– Vocês disseram isso a ele?

– Demos umas indiretas. Cauda Sarapintada até perguntou se ele mesmo ia ter bebês. Ele nem se dá conta.

Coração de Fogo deu uma última olhada triste para o rato silvestre. – Vou falar com ele, Cara Rajada. Ele está lá agora?

– Sim, esteve lá a manhã toda.

– Vou buscá-lo para a reunião. – Coração de Fogo cruzou a clareira e, quando chegou ao berçário, viu Estrela Azul no topo da Pedra Grande, convocando o clã.

Ao entrar, surpreendeu-se em cruzar com Garra de Tigre. Ele se afastou para o representante passar, imaginando o que ele estaria fazendo ali, até que se lembrou de que um dos filhotes de Flor Dourada era malhado escuro. Garra de Tigre devia ser o pai.

O berçário estava quente e repleto de reconfortantes cheiros de leite. Flor Dourada estava deitada em seu ninho;

agachado ao seu lado, Listra Cinzenta farejava o monte de filhotes.

– Eles estão mamando o suficiente? – ele miou ansioso. – São tão pequenos.

– É porque são novinhos – Flor Dourada respondeu pacientemente. – Eles vão crescer.

Coração de Fogo foi ver os quatro bebês, que estavam muito ocupados, mamando, no calor do corpo da mãe. O malhado escuro com certeza parecia com Garra de Tigre. Os dois de Listra Cinzenta eram menores, mas, agora, com o pelo seco e fofo, tinham a mesma aparência saudável dos demais. Um era cinza-escuro como o pai; o outro tinha a pelagem prateada da mãe.

– São lindos – Coração de Fogo sussurrou.

– Muito mais do que ele merece – bufou Cauda Sarapintada, ao passar para atender à convocação de Estrela Azul.

– Não dê ouvidos a Cauda Sarapintada – miou Flor Dourada quando a rainha mais velha saiu. Ela se debruçou sobre os bebês e tocou o de pelo prateado com o nariz. – Ela será tão linda quanto a mãe, Listra Cinzenta.

– E se eles morrerem? – o gato cinza deixou escapar.

– Eles não vão morrer – insistiu Coração de Fogo. – Flor Dourada está cuidando deles.

Flor Dourada olhava para os quatro bebês com igual amor e admiração, mas Coração de Fogo achou-a cansada e tensa. Cuidar de quatro filhotes talvez fosse demais. Ele afastou aquele pensamento. O vínculo entre a mãe e seus bebês era forte, ele refletiu, mas a lealdade ao clã era forte também, e a rainha daria o melhor de si àqueles bebês porque eles eram metade Clã do Trovão e o coração dela era bondoso.

– Vamos. – Coração de Fogo cutucou Listra Cinzenta. – Estrela Azul convocou uma reunião. Filhote de Nuvem vai ser feito aprendiz.

Listra Cinzenta hesitou por um instante e Coração de Fogo pensou que ele fosse se negar a ir. Mas ele se levantou e deixou o amigo guiá-lo até a entrada, o tempo todo olhando para trás.

Lá fora, na clareira, o resto do clã já estava reunido. Coração de Fogo ouviu Pele de Salgueiro anunciar, feliz, para Pelo de Rato e Vento Veloz: – Vou ter de me mudar para o berçário em breve. Estou esperando bebê.

Vento Veloz murmurou suas felicitações, enquanto Pelo de Rato dava uma lambida alegre na orelha da amiga. Coração de Fogo bem que tentou imaginar quem seria o pai e, quando olhou em volta, notou que Nevasca observava a cena a distância, orgulhoso. A notícia dos filhotes de Pele de Salgueiro acalmou o guerreiro. Não importavam as catástrofes, a vida do clã continuava.

Com Listra Cinzenta ao lado, o guerreiro se colocou à frente do grupo, bem na base da Pedra Grande. Filhote de Nuvem estava lá, empertigado e importante, ao lado de Cara Rajada. Garra de Tigre estava sentado ali perto, com uma pesada nuvem de censura no focinho. Coração de Fogo tentou imaginar o que teria acontecido para devolver ao representante o seu mau humor habitual.

— Gatos do Clã do Trovão — Estrela Azul começou a falar, do alto da Pedra Grande —, convoquei-os aqui por duas razões, uma boa e outra ruim. Começando com a ruim, todos vocês sabem o que aconteceu há alguns dias, quando Arroio de Prata, do Clã do Rio, morreu e demos abrigo aos bebês que ela teve com Listra Cinzenta.

Um murmúrio hostil varreu a multidão de gatos. Listra Cinzenta se agachou, recuando, e Coração de Fogo apertou seu corpo contra o do amigo para confortá-lo.

— Muitos gatos me perguntaram qual seria o castigo de Listra Cinzenta — Estrela Azul continuou. — Pensei cuidadosamente a esse respeito e decidi que a morte de Arroio de Prata já é castigo suficiente. Que punição se poderia impor a um gato que já sofreu tanto?

Seu questionamento desencadeou indignados miados de protesto. Rabo Longo gritou: — Não o queremos no clã! Ele é um traidor!

— Se você um dia se tornar líder, Rabo Longo, poderá decidir — miou Estrela Azul, friamente. — Até lá, respeite as minhas decisões. Digo que não haverá punição. No entanto, Listra Cinzenta, por três luas você não irá às Assembleias. Isso não é para puni-lo, mas para ter certeza de que não há risco de os gatos do Clã do Rio, com raiva, serem tentados a quebrar a trégua, por causa do que você fez.

Listra Cinzenta abaixou a cabeça. — Eu entendo, Estrela Azul. Obrigado.

— Não me agradeça. Mas trabalhe duro e defenda lealmente o seu clã de agora em diante. Um dia você será um bom mentor para aqueles filhotes.

Coração de Fogo viu que Listra Cinzenta se animou um pouco, como se passasse a ter um motivo de esperança. Garra de Tigre, no entanto, fez uma careta ainda mais feroz, e o gato avermelhado imaginou que ele queria uma punição severa para o guerreiro.

– Agora posso passar para uma tarefa mais alegre – miou Estrela Azul. – Filhote de Nuvem chegou à sua sexta lua e está pronto para se tornar um aprendiz. – Ela pulou da pedra e, com um movimento da cauda, fez um sinal para que o jovem se aproximasse. Ele o fez com um salto, tremendo de emoção, a cauda para cima, os bigodes agitados. Os olhos azuis brilhavam como estrelas gêmeas.

– Coração de Fogo – Estrela Azul miou –, você está pronto para receber outro aprendiz, e Pata de Nuvem é filho de sua irmã. Você será seu mentor.

Coração de Fogo se levantou, mas antes que pudesse andar em direção à Pedra Grande o sobrinho correu ao seu encontro e levantou a cabeça para trocarem toques de nariz.

– *Ainda não!* – Coração de Fogo sussurrou por entre os dentes.

– Coração de Fogo, você sabe o que é ser um de nós, ainda que tenha nascido fora do clã – continuou a líder, ignorando a impulsividade do jovem. – Confio em você para passar tudo o que aprendeu a Pata de Nuvem e ajudá-lo a se tornar um guerreiro de quem o Clã do Trovão possa se orgulhar.

– Sim, Estrela Azul. – Coração de Fogo baixou a cabeça respeitosamente e, por fim, trocou toques de nariz com o jovem.

– Pata de Nuvem! – o novo aprendiz miou, triunfante. – Eu sou Pata de Nuvem!

– Pata de Nuvem! – Coração de Fogo sentiu uma onda de orgulho no sobrinho quando os membros do clã se comprimiam ao redor dele para felicitá-lo. Os anciãos, Coração de Fogo percebeu, faziam muitas festas para o novo aprendiz.

Mas o guerreiro também notou que alguns gatos não se aproximaram. Garra de Tigre não se moveu da base da pedra e Rabo Longo foi se sentar ao seu lado, com ar sinistro. Enquanto Coração de Fogo se mantinha afastado para que os outros pudessem alcançar o novo aprendiz, Risca de Carvão passou por ele a caminho da toca dos guerreiros.

O guerreiro de pelagem avermelhada ouviu seu miado cheio de desgosto e deliberadamente alto. – Traidores e gatinhos de gente! Será que não sobrou nenhum gato decente neste clã?

CAPÍTULO 25

Coração de Fogo parou perto do limite das árvores. – Espere – avisou a Pata de Nuvem. – Estamos perto do Lugar dos Duas-Pernas; é preciso ter cuidado. Você sente cheiro de quê?

Pata de Nuvem, obediente, levantou o nariz e farejou. Ele e Coração de Fogo acabavam de completar a primeira longa expedição de seu aprendizado, seguindo pistas nas fronteiras do clã e renovando as marcas de cheiro. Agora estavam perto do antigo lar de Coração de Fogo, de quando ele era gatinho de gente, do lado de fora do jardim onde vivia Princesa, a mãe de Pata de Nuvem.

– Posso farejar montes de gatos – Pata de Nuvem miou. – Mas não reconheço nenhum.

– Muito bem. Na maioria são filhotes de gatinho de gente, talvez um ou dois solitários. Não são gatos de clã. – Ele detectou também o cheiro de Garra de Tigre, mas não chamou a atenção de Pata de Nuvem para o fato. Lembrou-se do dia em que, havia muito tempo, quando a neve cobria o chão, ele seguira o representante até ali e descobrira seu odor misturado ao de muitos gatos estranhos.

Agora o cheiro de Garra de Tigre provava que ele estivera ali. Coração de Fogo ainda não sabia se ele se encontrara com os outros gatos ou se os odores, por acaso, tinham apenas se cruzado. Mas por que Garra de Tigre chegara tão perto do Lugar dos Duas-Pernas, quando os desprezava, e a tudo o que a eles se referia?

– Coração de Fogo, podemos ir ver minha mãe? – Pata de Nuvem perguntou.

– Você sente cheiro de cachorro? Ou de Duas-Pernas, um odor recente?

Pata de Nuvem farejou de novo e fez que não.

– Vamos, então – miou Coração de Fogo. Olhando à sua volta com cuidado, ele saiu do esconderijo. Pata de Nuvem o seguiu, exageradamente alerta, como se quisesse mostrar como aprendia depressa.

Desde a cerimônia da véspera, Pata de Nuvem estivera estranhamente quieto. Claro que estava se esforçando para se tornar um bom aprendiz, prestando atenção a tudo o que o tio dizia, sempre sério, com os olhos bem abertos. Mas o guerreiro se perguntava quanto tempo essa humildade atípica iria durar. Disse a Pata de Nuvem para esperar, pulou na cerca e olhou para o jardim. Ali perto cresciam flores de cores esmaecidas e, no centro do capim, algumas peles dos Duas-Pernas estavam penduradas em uma árvore cheia de galhos, mas sem folhas. – Princesa? – ele chamou baixinho. – Princesa, você está aí?

Algumas folhas se movimentaram em uma moita perto da casa, e a figura malhada de marrom e branco de Princesa pisou o capim com delicadeza. Ao ver o gato, ela soltou um miado de prazer. – Coração de Fogo!

Num impulso, Princesa pulou a cerca e apertou sua bochecha contra a do guerreiro. Há quanto tempo! – ela ronronou. – Que bom ver você!

– Trouxe alguém comigo. Olhe para baixo.

Por sobre a cerca, Princesa viu Pata de Nuvem. – Coração de Fogo! Esse não pode ser Filhote de Nuvem! Ele cresceu tanto!

Sem esperar por convite, Pata de Nuvem pulou para a cerca, as patas arranhando a madeira lisa. Coração de Fogo se debruçou e, com os dentes, pegou o sobrinho pelo cangote, puxando-o pela distância de uns dois camundongos para que ele ficasse ao lado da mãe.

Pata de Nuvem arregalou os olhos azuis para Princesa e perguntou: – Você é mesmo minha mãe?

– Sou, sim – ela ronronou, examinando o filho de cima a baixo, com admiração. – Ah, é tão bom ver você de novo, Filhote de Nuvem.

– Na verdade, não sou Filhote de Nuvem – anunciou, todo prosa, o gato de pelo fofo e branco. – Agora sou Pata de Nuvem. Sou um aprendiz.

– Que maravilha! – Princesa começou a cobrir o filho de lambidas, com rom-rons tão fortes que ela mal tinha fôlego para falar. – Ah, você está tão magrinho... você tem comido o bastante? Tem amigos lá onde está? Espero que obedeça a Coração de Fogo.

Pata de Nuvem nem tentou responder à torrente de indagações. Desvencilhou-se dos carinhos da mãe e se afastou. – Logo serei um guerreiro – ele se gabou. – Coração de Fogo está me ensinando a lutar.

Princesa fechou os olhos por um instante e falou baixinho: – Vai ser preciso ter coragem. – Coração de Fogo chegou a pensar que a gata estava lamentando a decisão de entregar o filho ao clã, mas ela abriu os olhos de novo e declarou: – Estou tão orgulhosa de vocês!

Entusiasmado, Pata de Nuvem ficou ainda mais vaidoso ao receber os elogios. Ele virou a cabeça para se pentear com rápidos golpes da língua pequena e cor-de-rosa, e Coração de Fogo, aproveitando que ele estava distraído, sussurrou: – Princesa, você alguma vez viu gatos estranhos por aqui?

– Estranhos? – ela pareceu confusa, e Coração de Fogo imaginou se haveria algum problema com a pergunta. A irmã certamente não sabia distinguir gatos renegados ou solitários dos gatos do Clã do Trovão.

Princesa estremeceu. – Sim, eu os escutei uivar à noite. O meu Duas-Pernas se levanta e grita com eles.

– Você viu um gato grande, malhado e escuro? – o guerreiro quis saber, o coração começando a bater com força. – Com um focinho cheio de cicatrizes?

Princesa fez que não com a cabeça, os olhos arregalados. – Eu só os ouvi, não vi nenhum.

– Se vir o gato escuro, não se aproxime – Coração de Fogo avisou. Ele não sabia o que Garra de Tigre estava querendo tão longe do acampamento, se é que *era* mesmo Garra de Tigre, mas, por via das dúvidas, estava avisando, pois não queria Princesa perto do representante.

Entretanto, Princesa ficou tão apavorada que ele mudou de assunto, encorajando Pata de Nuvem a descrever a cerimônia de aprendiz e a expedição perto das fronteiras. Logo ela estava novamente feliz, soltando gritinhos de admiração para tudo o que o filho dizia.

O sol já passara do apogeu quando Coração de Fogo miou: – Pata de Nuvem, está na hora de voltar para casa.

Pata de Nuvem abriu a boca, ensaiando um protesto, mas se lembrou a tempo. – Sim, Coração de Fogo – miou, obediente. E disse à mãe: – Por que você não vem conosco? Posso pegar camundongos para você, e você pode dormir na minha toca.

Princesa ronronou de prazer. – É uma tentação – respondeu com sinceridade. – Mas, honestamente, sou mais feliz como gatinho de gente. Não quero aprender a lutar ou ter de dormir do lado de fora, no frio. É só você voltar a me visitar em breve.

– Eu venho, prometo – Pata de Nuvem miou.

– Vou trazê-lo. – miou Coração de Fogo. – E Princesa... – ele acrescentou, quando se preparava para saltar para o chão – se você vir alguma coisa... estranha por aqui, por favor, me diga.

No caminho de volta, Coração de Fogo parou para que pudessem caçar. Quando chegaram à ravina, o sol ia se pondo, banhando a floresta de luz vermelha e lançando longas sombras no chão.

Pata de Nuvem, gabola, trazia na boca uma cobra, que ia levar aos anciãos. Pelo menos, com a boca cheia, ele parava com aquela conversa sem fim. Coração de Fogo se sentia esgotado depois de um dia inteiro com o sobrinho, mas tinha de admitir que ficara mais impressionado do que esperava. A coragem de Pata de Nuvem e suas observações inteligentes eram a promessa de um excelente guerreiro. Ao descerem a ravina na direção do túnel, Coração de Fogo parou. Um odor estranho, trazido pela brisa que percorria a floresta, despertou suas narinas.

Pata de Nuvem parou e colocou a cobra no chão. – Coração de Fogo, o que é isso? – Ele inspirou para testar o ar. – Você me ensinou esta manhã. É o Clã do Rio!

– Muito bem – Coração de Fogo miou, tenso. Ele mesmo reconhecera o cheiro um tique-taque de coração antes de Pata de Nuvem falar. Olhando na direção do alto da ravina, distinguiu três gatos procurando um caminho, andando devagar entre as pedras. – É o Clã do Rio. E parece que estão vindo para cá. Volte ao acampamento e diga a Estrela Azul. Explique bem que não é um ataque.

– Mas eu quero... – O jovem aprendiz interrompeu a frase quando viu Coração de Fogo franzir a testa. – Desculpe. Já vou. – Ele rumou para a entrada do túnel, sem se esquecer de levar a cobra.

Coração de Fogo ficou onde estava. Ajeitou o corpo e esperou que os felinos se aproximassem. Reconheceu Pele de Leopardo, Pé de Bruma e Pelo de Pedra. Quando eles estavam a apenas algumas caudas de distância, ele perguntou: – Gatos do Clã do Rio, o que querem? Por que estão em nossas terras? – Embora tivesse de enfrentá-los por eles terem entrado sem convite no território do Clã do Trovão, tentou não ser hostil demais. Não queria mais problemas com o Clã do Rio.

Pele de Leopardo parou, com Pé de Bruma e Pelo de Pedra atrás. – Viemos em paz – ela miou. – Há assuntos a resolver entre nossos clãs. Estrela Torta nos enviou para falar com sua líder.

CAPÍTULO 26

Coração de Fogo tentou esconder seus receios enquanto guiava os três guerreiros do Clã do Rio pelo túnel, rumo ao acampamento. Os gatos dos clãs raramente visitavam os outros territórios, e ele se perguntava o que seria tão urgente que não podia esperar até a próxima Assembleia.

Alertado por Pata de Nuvem, Estrela Azul já estava sentada na base da Pedra Grande, e a apreensão de Coração de Fogo aumentou quando ele viu Garra de Tigre ao lado dela.

– Obrigada, Pata de Nuvem. – Estrela Azul dispensou o aprendiz quando Coração de Fogo se aproximou com os recém-chegados. – Leve sua presa fresca para os anciãos.

Pata de Nuvem ficou desapontado por ser dispensado, mas foi sem protestar.

Pelo de Leopardo foi até a líder e curvou a cabeça, respeitosamente. – Estrela Azul, viemos em paz ao seu acampamento. Há um assunto que precisamos discutir.

Garra de Tigre soltou um rugido baixo e incrédulo, como se preferisse estar arrancando o pelo dos intrusos, mas Estrela Azul o ignorou. – Posso imaginar o que os traz aqui – ela miou. – Mas o que há para discutir? O que está feito está feito. Qualquer punição para Listra Cinzenta será decidida por seu próprio clã.

Enquanto a líder falava com Pelo de Leopardo, Coração de Fogo percebeu que ela alternava o olhar entre Pé de Bruma e Pelo de Pedra. Era a primeira vez que a via com os guerreiros do Clã do Rio desde que ela admitira que eles eram suas crias. Era real – e não imaginação dele – a melancolia nos olhos da gata quando ela fitava seus filhotes.

– O que você diz é verdade – Pelo de Leopardo concordou. – Os dois jovens foram tolos, mas Arroio de Prata está morta, e não cabe ao Clã do Rio decidir uma punição para Listra Cinzenta. Viemos por causa dos filhotes.

– Como assim?

– Eles são filhotes do Clã do Rio – miou Pelo de Leopardo. – Viemos para levá-los para casa.

– Filhotes do Clã do Rio? – Os olhos de Estrela Azul se estreitaram. – Por que você está dizendo isso?

– E como é que você soube a respeito deles? – Garra de Tigre quis saber, seu olhar faiscando de raiva, enquanto ele se punha de pé. – Você esteve espionando? Ou algum gato lhe contou?

O representante se virou para Coração de Fogo, mas o guerreiro se manteve firme, e Pé de Bruma ficou quieta, não o traindo nem mesmo por um olhar. Garra de Tigre não poderia ter certeza de que ele falara com Pé de Bruma, e Coração de Fogo não lamentava tê-lo feito. O Clã do Rio tinha o direito de saber.

— Sente-se, Garra de Tigre. — Estrela Azul murmurou. Ela lançou um olhar para Coração de Fogo, que percebeu que a líder sabia o que ele fizera, como se o tivesse visto atravessar o rio, mas não tinha a intenção de denunciá-lo. — Quem sabe, talvez, uma patrulha do Clã do Rio tenha testemunhado o que aconteceu? Essas coisas não podem ser escondidas por muito tempo. Mas, Pelo de Leopardo — ela continuou, voltando-se para a visitante —, os filhotes são metade Clã do Trovão, e uma de nossas rainhas está cuidando bem deles. Por que eu os entregaria a vocês?

— Os bebês pertencem ao clã da mãe — Pelo de Leopardo explicou. — O Clã do Rio os teria criado se Arroio de Prata estivesse viva, mesmo sem saber quem era o pai, o que os torna nossos por direito.

— Estrela Azul, você não pode mandar esses filhotes para longe! — Coração de Fogo não conseguiu ficar quieto e interrompeu. — Eles são tudo o que Listra Cinzenta tem na vida.

Um grunhido ressoou novamente na garganta de Garra de Tigre, mas foi Estrela Azul que respondeu. — Coração de Fogo, fique quieto. Isso não lhe diz respeito.

— Diz, sim — o gato avermelhado se atreveu a miar. — Listra Cinzenta é meu amigo.

— Silêncio! — ciciou Garra de Tigre. — Será que a sua líder vai ter de repetir? Listra Cinzenta traiu seu clã. Ele não tem direito a filhotes ou a qualquer outra coisa.

A raiva inundou Coração de Fogo. O representante não tinha respeito algum pela terrível dor de Listra Cinzenta?

O guerreiro avermelhado fez uma pirueta e só não pulou em cima do enorme gato porque os felinos do outro clã estavam olhando. Garra de Tigre rugiu, mostrando os dentes.

Estrela Azul agitou a cauda, furiosa com os dois. – Basta! Pelo de Leopardo, admito que o Clã do Rio tenha algum direito sobre os filhotes, mas o Clã do Trovão também tem. Além disso, os bebês são pequenos e fracos. Não podem viajar ainda, especialmente através do rio. É perigoso demais.

O pelo do cangote de Pelo de Leopardo começou a se eriçar e seus olhos ficaram estreitos como fendas. – Você está apenas dando desculpas.

– Não – Estrela Azul insistiu. – Não é desculpa. Você arriscaria a vida dos filhotes? Vou pensar sobre o que você disse e discutir com os meus guerreiros, e lhe darei uma resposta na próxima Assembleia.

– Agora caiam fora do nosso acampamento – grunhiu Garra de Tigre.

Pelo de Leopardo hesitou, como se tivesse algo mais a dizer, mas estava claro que Estrela Azul a dispensara. Depois de alguns tensos instantes, ela abaixou a cabeça novamente e se virou para partir, seguida por Pé de Bruma e Pelo de Pedra. Garra de Tigre os acompanhou pela clareira até o túnel.

Sozinho com Estrela Azul, Coração de Fogo sentiu sua raiva diminuir, mas não podia deixar de refazer seus apelos. – Não podemos permitir que levem os filhotes. Você sabe como Listra Cinzenta se sentiria.

O olhar gelado de Estrela Azul fez Coração de Fogo pensar se não teria ido longe demais, mas ela foi suave ao responder: – Sim, eu sei. Eu daria muito para manter esses filhotes. Mas até onde o Clã do Rio iria para levá-los? Será que eles lutariam? Quantos guerreiros do Clã do Trovão arriscariam a vida por bebês que são metade Clã do Rio?

O pelo de Coração de Fogo se eriçou com o medo que ele sentiu da imagem pintada por ela. Clãs em guerra por causa de filhotinhos miando – ou o Clã do Trovão dividido, guerreiros lutando entre si. Seria esse o destino que o Clã das Estrelas decretara para seu clã, conforme o aviso de Folha Manchada, de que a água poderia apagar o fogo? Talvez não fosse a enchente a causa da destruição do Clã do Trovão, mas os felinos que vinham do território próximo ao rio.

– Coragem, Coração de Fogo – pediu Estrela Azul. – Ainda não estamos em uma batalha. Consegui algum tempo para nós, até a próxima Assembleia, e quem sabe o que vai acontecer antes disso?

O guerreiro não estava tão confiante. O problema dos filhotes continuaria. Mas só lhe cabia curvar a cabeça respeitosamente e se retirar para a toca dos guerreiros.

E agora, pensou desesperado, *o que vou dizer a Listra Cinzenta?*

Quando o Tule de Prata tinha se estendido por todo o céu, todo o Clã do Trovão já parecia saber a razão da vinda dos gatos do Clã do Rio. Coração de Fogo imaginava que Garra de Tigre tinha contado aos seus guerreiros favoritos, que teriam espalhado a notícia ao resto do clã.

Como Estrela Azul previra, as opiniões estavam divididas. Para muitos gatos, quanto antes o clã se livrasse daqueles bebês, melhor. Mas outros estavam preparados para lutar; afinal, desistir dos filhotes significaria a vitória do Clã do Rio.

Durante todo esse tempo, Listra Cinzenta permaneceu em silêncio, refletindo, na toca dos guerreiros. Saíra apenas uma vez, para visitar o berçário. Quando Coração de Fogo lhe trouxe uma presa fresca, ele virou o focinho. Até onde ele sabia, seu amigo não comia desde a morte de Arroio de Prata, e parecia magro e doente.

– Como posso ajudá-lo? – Coração de Fogo perguntou a Presa Amarela, bem cedo, na manhã seguinte. – Ele não dorme, não come...

A velha curandeira meneou a cabeça. – Não há erva que cure um coração partido. Só o tempo é capaz de fazê-lo.

– Eu me sinto tão impotente – Coração de Fogo confessou.

– A sua amizade ajuda – respondeu Presa Amarela com a voz rouca. – Ele pode não perceber isso agora, mas um dia ele...

A curandeira parou de falar quando Pata de Cinza apareceu e colocou um monte de ervas aos seus pés. – São essas? – ela perguntou.

Presa Amarela cheirou as ervas rapidamente. – Sim, isso mesmo. Você não pode comer antes da cerimônia, mas eu posso. Estou muito velha e alquebrada para ir às Pedras Altas e voltar sem alguma coisa para me sustentar. – Ela se agachou e começou a engolir as ervas.

– Pedras Altas? – Coração de Fogo repetiu. – Cerimônia? Pata de Cinza, o que está acontecendo?

– É meia-lua esta noite – a gata miou, feliz. – Presa Amarela e eu estamos indo para a Boca da Terra para que eu possa ser oficialmente investida como aprendiz. – Ela se remexeu, alegre. Coração de Fogo sentiu uma onda de alívio ao perceber que a gata parecia ter superado o desespero pela morte de Arroio de Prata. Ela voltava a olhar para o futuro, para a sua nova vida como curandeira. Seus olhos tinham recobrado todo o brilho antigo, mas agora havia sabedoria e ponderação naquelas profundezas azuis.

Ela está amadurecendo, pensou Coração de Fogo, com uma estranha sensação de pesar. Sua aprendiz entusiasta, distraída algumas vezes, estava consciente, tornando-se um ser de grande força interior. Ele sabia que devia se alegrar pelo caminho que o Clã das Estrelas tinha escolhido para ela, mas ainda desejava que pudessem percorrer juntos a trilha de caça. – Vou com vocês esta noite, se quiserem. Até Quatro Árvores, pelo menos.

– Você viria, Coração de Fogo? Muito obrigada! – Pata de Cinza miou.

– Mas não além de Quatro Árvores – Presa Amarela advertiu, ficando de pé e passando a língua em torno da boca. – Hoje a cerimônia na Boca de Terra é só para curandeiros. – Ela se sacudiu e tomou a frente no caminho de samambaias que ia dar na clareira.

Quando Coração de Fogo estava seguindo Pata de Cinza, viu Pata de Nuvem se lavando perto de um resto de árvore, fora da toca dos aprendizes.

O gato branco deu um pulo logo que viu o tio e correu para ele. – Aonde vocês estão indo? Posso ir também?

Coração de Fogo olhou para Presa Amarela e, como a anciã não fez objeção, ele respondeu: – Tudo bem. Vai ser um bom exercício para você, e podemos caçar na volta. – Trotando pela ravina, atrás das gatas, ele explicava a Pata de Nuvem aonde iam, e como Garra Amarela e Pata de Cinza iriam sozinhas até as Pedras Altas. No fundo do túnel conhecido como Boca da Terra estava a Pedra da Lua, que cintilava um branco deslumbrante sob a luz do luar. A cerimônia de Pata de Cinza se realizaria sob aquela luz sobrenatural.

– O que acontece, então? – Pata de Nuvem perguntou, curioso.

– As cerimônias são secretas – grunhiu Presa Amarela. – Portanto, não questione Pata de Cinza quando ela voltar. Não é permitido contar.

– Mas todos os gatos sabem que ela vai receber poderes especiais do Clã das Estrelas – Coração de Fogo acrescentou.

– Poderes especiais! – Os olhos de Pata de Nuvem se arregalaram, e ele fitou Pata de Cinza como se ela fosse começar a fazer profecias a torto e a direito.

– Não se preocupe, ainda serei a mesma velha Pata de Cinza – ela assegurou com um rom-rom brincalhão. – Isso não vai mudar nunca.

O sol esquentou no caminho de ida para Quatro Árvores. Coração de Fogo estava agradecido pela sombra das árvores e pelo frescor do capim longo e dos tufos de samambaia que roçavam seu pelo avermelhado. Todos os seus sentidos estavam alertas e ele mantinha Pata de Nuvem ocupado, farejando o ar e relatando os cheiros que sentia. O guerreiro não esquecera o ataque do Clã das Sombras e do Clã do Vento. Apesar da derrota, eles provavelmente voltariam a tentar matar Cauda Partida. Além disso, Coração de Fogo, de certa forma, esperava problemas com o Clã do Rio por causa dos filhotes de Listra Cinzenta. Ele suspirou. Em uma bela manhã como aquela, com folhas verdes nas árvores e as presas praticamente pulando dos arbustos para serem apanhadas, ficava difícil pensar em ataques e morte.

Apesar das preocupações do guerreiro, o grupo chegou a Quatro Árvores sem problemas. À medida que deslizavam por entre os arbustos, rumo ao vale, Coração de Fogo recuou para acertar seu passo com o de Pata de Cinza. – Você tem certeza do que está fazendo? – ele perguntou calmamente. – É o que você quer, mesmo?

– Claro que sim! Você não está vendo? – Os olhos da gata procuraram os dele, repentinamente sérios. – Tenho de aprender o máximo possível para que nenhum gato morra porque não pude salvá-lo, como aconteceu com Arroio de Prata.

Coração de Fogo se encolheu. Ansiava convencer a amiga de que ela não tinha culpa na morte de Arroio de Prata, mas sabia que ia desperdiçar fôlego. – E isso vai fazê-la feliz? Você sabe que as curandeiras não podem ter filhos – ele lembrou, pensando em como Presa Amarela tivera de desistir de Cauda Partida e precisara manter seu vínculo com ele em segredo.

Pata de Cinza ronronou para confortá-lo. – Todos do clã serão meus filhos – ela prometeu. – Até os guerreiros. Presa Amarela diz que eles às vezes têm o juízo de um recém-nascido! – Com um passo à frente, ficou ao lado de Coração de Fogo e esfregou carinhosamente seu focinho no dele. – Mas você sempre será o meu melhor amigo. Jamais esquecerei que você foi o meu primeiro mentor.

O guerreiro deu-lhe uma lambida na orelha. – Adeus, Pata de Cinza – ele miou suavemente.

– Não estou indo para sempre – ela protestou. – Vou estar de volta até o pôr do sol de amanhã.

Mas Coração de Fogo sabia que, sob alguns aspectos, Pata de Cinza estava indo embora para sempre. Ao voltar, teria novos poderes e responsabilidades, concedidos não por um líder de clã, mas pelo Clã das Estrelas. Lado a lado, atravessaram o vale sob os quatro enormes carvalhos e subiram a encosta até onde Presa Amarela e Pata de Nuvem já estavam esperando. A charneca se estendia em frente a eles, um vento frio dobrava as resistentes moitas de urze.

– O Clã do Vento não vai atacar se vocês passarem pelo território deles? – Pata de Nuvem perguntou, ansioso.

– Todos os clãs podem passar com segurança a caminho das Pedras Altas – Presa Amarela disse. – E nenhum guerreiro ousaria atacar curandeiros. O Clã das Estrelas proíbe! – Virando-se para Pata de Cinza, perguntou: – Está pronta?

– Sim, já vou. – Pata de Cinza deu uma última lambida em Coração de Fogo e seguiu a anciã em direção ao capim macio da charneca. A brisa arrepiava seu pelo enquanto ela seguia rapidamente, claudicante, sem olhar para trás.

Com o peito apertado, Coração de Fogo assistiu-a partir. Sabia que a amiga estava começando uma vida nova e mais feliz, mas, mesmo assim, não pôde deixar de sentir uma pontada de pesar pela vida que ela poderia ter tido.

Coração de Fogo observou o sol subir pelas árvores. – Garra de Tigre quer que eu mande Pata de Nuvem sozinho em uma missão de caça hoje – miou para Listra Cinzenta.

O grande guerreiro cinza o fitou, surpreso. – É cedo, não é? Ele acabou de se tornar aprendiz.

Coração de Fogo deu de ombros. – Garra de Tigre acha que ele está pronto. De qualquer forma, ele me disse para segui-lo e ver como ele se sai. Você gostaria de ajudar?

Pata de Cinza tinha retornado da Boca da Terra na véspera. Coração de Fogo a encontrara quando ela descia a ravina, no crepúsculo. Embora o tivesse cumprimentado carinhosamente, os dois sabiam que ela não poderia relatar o que acontecera. Seu focinho ainda mostrava um olhar de êxtase, e a própria lua parecia emanar dos seus olhos. Coração de Fogo esforçou-se para não sentir que a perdera para um caminho desconhecido.

Agora ele estava ao lado do canteiro de urtigas, saboreando um suculento camundongo. Listra Cinzenta, agachado ali perto, escolhera uma agácia da pilha de presa fresca, mas mal a tocara.

– Não, obrigado, Coração de Fogo. Prometi a Flor Dourada que iria ver os bebês. Eles já abriram os olhos – acrescentou com uma pitada de orgulho.

Coração de Fogo imaginava que Flor Dourada preferia que Listra Cinzenta ficasse longe, mas sabia que o amigo nunca seria convencido a deixar seus filhotes. – Está bem – ele miou. – Vejo você mais tarde. – Engolindo o último bocado de camundongo, ele foi encontrar Pata de Nuvem.

Garra de Tigre estivera ocupado naquela manhã enviando uma patrulha com Nevasca para renovar as marcas de cheiros ao longo da fronteira do Clã do Rio, e outra, com Tempestade de Areia, para caçar perto das Rochas das Cobras. Por isso, se esquecera de dizer a Coração de Fogo aonde Pata de Nuvem deveria ir para a missão de caça, e Coração de Fogo não sentiu necessidade de lembrá-lo.

– Vá para o Lugar dos Duas-Pernas – o guerreiro miou para Pata de Nuvem. – Assim não ficará na rota das outras patrulhas. Mesmo você não me vendo, estarei observando. Vou encontrá-lo na cerca de Princesa.

– Posso falar com ela, se ela estiver por lá?

– Pode, contanto que você já tenha caçado muitas presas. Mas não vá procurar por ela nos jardins dos Duas-Pernas. Nem em seus ninhos.

– Pode deixar. – Os olhos do jovem brilhavam, e sua pelagem cor de neve estava arrepiada de entusiasmo. Coração de Fogo lembrou-se de seu nervosismo antes de sua primeira avaliação. Pata de Nuvem, ao contrário, estava cheio de confiança.

– Então, pronto, pode ir – miou o tio. – Tente chegar lá no sol a pino. – O jovem aprendiz correu em direção ao túnel. – Vá com calma! – gritou Coração de Fogo. – Você tem um longo caminho a percorrer!

Mas Pata de Nuvem não diminuiu a velocidade enquanto desaparecia no túnel de tojo. Dando de ombros, mais divertido do que irritado, Coração de Fogo procurou Listra Cinzenta, mas ele não estava à vista. Sua agácia, comida pela metade, fora deixada ao lado do canteiro de urtigas. *Ele já deve estar no berçário*, pensou Coração de Fogo, virando-se para seguir Pata de Nuvem.

O cheiro do aprendiz era forte, mostrando como circulara pela floresta em busca de presa. Um monte de penas soltas falava de um tordo capturado, e manchas de sangue no capim mostravam que um camundongo tinha caído em suas garras. Não muito longe do limite dos Pinheiros Altos, Coração de Fogo encontrou o lugar onde Pata de Nuvem enterrara as presas frescas para buscá-las mais tarde.

Admirado com o fato de o aprendiz estar caçando tão bem no início de sua formação, Coração de Fogo aumentou a velocidade, na esperança de alcançá-lo e vê-lo perseguindo a presa. Mas, antes de chegar ao Lugar dos Duas-Pernas, avistou o sobrinho correndo ao longo de sua própria trilha de cheiro, o pelo eriçado e uma luz selvagem nos olhos.

– Pata de Nuvem! – Coração de Fogo foi ao seu encontro, o corpo formigando com um medo repentino.

O jovem deslizou ao parar de repente, as garras espalhando agulhas de pinheiro, mal conseguindo evitar uma colisão com o mentor. – Algo está errado! – ele disse, ofegante.

– O quê? – Coração de Fogo sentiu garras de gelo na barriga. – Com Princesa?

– Não, nada disso. Mas eu vi Garra de Tigre, e ele estava com uns gatos estranhos.

– No Lugar dos Duas-Pernas? – Coração de Fogo miou, contundente. – Onde sentimos o cheiro deles naquele dia que visitamos Princesa?

– Isso mesmo. – Os bigodes de Pata de Nuvem se agitaram. – Eles estavam amontoados, bem no limite das árvores. Tentei chegar mais perto para ouvir o que diziam, mas fiquei com medo de que percebessem meu pelo branco. Então, vim encontrar você.

– Você fez a coisa certa – disse Coração de Fogo, a mente acelerada. – Como eram esses gatos? Tinham cheiro de algum clã?

– Não. – Pata de Nuvem torceu o nariz. – Cheiravam a carniça.

– E você não os reconheceu?

Pata de Nuvem fez que não. – Eram magros e pareciam famintos. O pelo todo sarnento. Eram horríveis, Coração de Fogo!

– Estavam conversando com Garra de Tigre. – Coração de Fogo franziu a testa. Esse era o detalhe que o preocupava. Ele tinha uma ideia de quem eram os gatos estranhos – os antigos guerreiros do Clã das Sombras que tinham deixado o clã com Cauda Partida quando este fora expulso. Eles já tinham causado problemas antes, e até onde Coração de Fogo sabia não havia outros renegados na floresta agora – mas por que Garra de Tigre estava com eles era um mistério.

– Tudo bem – ele miou para Pata de Nuvem. – Siga-me. E fique quieto, como se estivesse perseguindo um camundongo. – Ele rumou cautelosamente para o Lugar dos Duas-Pernas, pisando, pata ante pata, sobre as agulhas quebradiças de pinheiro. Muito antes de atingir o limite da floresta, sentiu o fedor forte dos gatos. O único cheiro que reconheceu foi o de Garra de Tigre, e, como se tivesse sido chamado, o representante apareceu naquele instante, saltando em meio às árvores em direção ao acampamento.

Sob os pinheiros, não havia vegetação rasteira para lhes dar cobertura. Tudo o que Coração de Fogo e Pata de Nuvem podiam fazer era ficar bem rentes ao chão em um dos sulcos esculpidos pelo monstro Corta-Árvores e rezar ao Clã das Estrelas para não serem vistos.

Um grupo de guerreiros esquálidos seguia Garra de Tigre. Suas mandíbulas estavam abertas, ávidas, e seus olhos brilhavam. Todos os gatos estavam tão interessados na trilha que nem perceberam Coração de Fogo e Pata de Nuvem agachados em sua parca proteção, a poucos pulos de coelho de distância.

Coração de Fogo levantou a cabeça e os observou correr até que desaparecessem. Por um instante, ficou congelado de horror e incredulidade. Ele se deu conta de que havia mais deles do que os que tinham deixado o Clã das Sombras com Cauda Partida, algumas luas atrás. Garra de Tigre devia ter recrutado mais solitários de outros lugares. E agora os levava direto para o acampamento do Clã do Trovão!

CAPÍTULO 27

– CORRA! – CORAÇÃO DE FOGO ORDENOU AO APRENDIZ. – CORRA de verdade, como você nunca correu antes!

Ele disparou pela floresta, sem esperar para ver se Pata de Nuvem podia acompanhá-lo. Havia apenas uma leve esperança de ultrapassar Garra de Tigre e os renegados e avisar o clã.

Ele despachou todas as patrulhas pela manhã, Coração de Fogo pensou, lutando contra o pânico. *E me disse para seguir Pata de Nuvem. Deixou o acampamento praticamente sem defesa. Garra de Tigre planejou tudo!*

Coração de Fogo corria por entre as árvores, contraindo e esticando os fortes músculos à medida que avançava. Mas, quando chegou à ravina, viu que não fora rápido o bastante. A traseira e a cauda do último dos renegados desapareciam no túnel de tojo.

Lançando-se ravina abaixo, pela íngreme lateral, com Pata de Nuvem, meio atrapalhado, atrás dele, Coração de Fogo soltou um berro: – Clã do Trovão! Inimigos! Ataquem!

– Ele se enfiou pelo túnel e, no mesmo instante, ouviu outro grito vindo do acampamento.

– Comigo, Clã do Trovão!

Era o conhecido grito de batalha, mas a voz era de Garra de Tigre. Um pensamento passou pela mente – em estado de choque – de Coração de Fogo. E se ele estivesse errado? E se os renegados estivessem caçando e não seguindo Garra de Tigre?

Ele irrompeu na clareira exatamente quando Garra de Tigre, com uma pirueta, caiu no meio do bando dos renegados, que se espalharam, aos guinchos, fugindo do ataque. O representante parecia estar tentando expulsar os adversários, mas Coração de Fogo, perto o bastante, via que suas garras estavam recolhidas. Seu coração pesou. A corajosa defesa de Garra de Tigre era uma fraude. Ele tinha trazido os inimigos, mas, com sua capacidade de fingir, ia conseguir esconder sua traição.

Não havia mais tempo para pensar. Não importava como os renegados tinham chegado, o que importava é que eles estavam atacando o acampamento. Coração de Fogo virou-se rapidamente para Pata de Nuvem.

– Vá procurar as patrulhas e diga que voltem – mandou. – Nevasca está em algum lugar perto da fronteira do Clã do Rio, e Tempestade de Areia foi para as Rochas das Cobras.

– Pode deixar. – O jovem entrou de novo no túnel, correndo.

Coração de Fogo pulou sobre o renegado mais próximo, um gato malhado e escuro, e deslizou as garras na lateral do corpo dele. O renegado rugiu e virou-se para atacar com as patas abertas. Ele tentou imobilizar Coração de Fogo no chão, mas, com as patas traseiras, o guerreiro avermelhado chutou a barriga do oponente, que fugiu aos berros.

Coração de Fogo ficou de pé e se agachou com a cauda em um movimento de chicote, o pelo eriçado, olhando ao redor à procura de outro adversário. Perto da entrada do berçário, Listra Cinzenta lutava com um renegado de pelo desbotado, os dois rolando de lá para cá, ambos tentando defender-se com garras e dentes. Cara Rajada e Cauda Sarapintada estavam engalfinhadas com um guerreiro que era o dobro do tamanho delas. Perto da toca dos guerreiros, Pelo de Rato enterrou as garras dianteiras no ombro de um gato de pelo riscado, usando as traseiras para rasgar o flanco do opositor.

Pasmo, Coração de Fogo congelou. Do outro lado da clareira, o prisioneiro, Cauda Partida, atacou o guarda, Pelagem de Poeira, afundando-lhe os dentes na garganta. O guerreiro lutou ferozmente para se libertar. Embora cego, Cauda Partida ainda era ótimo combatente e não desistia. Coração de Fogo entendeu, apavorado, que o gato cego estava do lado de seus velhos companheiros, os felinos que saíram com ele do Clã das Sombras – e não a favor do Clã do Trovão, que tanto se arriscara para defendê-lo quando ele estava machucado e sozinho.

Num relance, Coração de Fogo lembrou-se de uma cena: Garra de Tigre e Cauda Partida deitados lado a lado, trocando lambidas. Não era uma prova de compaixão da parte do representante. Garra de Tigre tinha planejado o ataque com o antigo tirano do Clã das Sombras!

Não havia tempo para pensar sobre isso agora. Coração de Fogo atravessou correndo a clareira para ajudar Pelagem de Poeira, mas antes da metade do percurso foi derrubado por um gato renegado. Seu flanco latejou, rasgado por garras de cima a baixo. Olhos verdes e brilhantes estavam a um camundongo de distância de seu rosto. Coração de Fogo mostrou os dentes afiados e tentou atingir o ombro do adversário, mas acabou tomando um forte golpe. Sentiu as garras cortando-lhe a orelha. Sua barriga estava exposta e ele não conseguia se virar para se proteger. De repente, o renegado soltou um uivo e o soltou. Coração de Fogo viu de relance o jovem aprendiz Pata de Espinho com os dentes fincados na cauda do renegado; o inimigo arrastou o jovem pelo chão, até que Pata de Espinho o soltou e o gato de olhos verdes fugiu.

Sem ar, Coração de Fogo pôs-se de pé com dificuldade.
– Obrigado – ele arfou. – Foi perfeito.

Pata de Espinho fez um aceno de cabeça antes de correr para a frente do berçário, onde Listra Cinzenta ainda lutava. Coração de Fogo olhou à sua volta mais uma vez. Pelagem de Poeira tinha desaparecido e Cauda Partida andava meio sem rumo lá longe, na clareira, soltando gritos estranhos, que doíam no peito de Coração de Fogo. Mesmo cego, o antigo líder do Clã das Sombras possuía um terrível poder, que parecia impulsionado por forças do além.

A clareira fervia com os gatos em luta, mas, quando Coração de Fogo parou para se recompor, sentiu uma pontada ainda mais intensa de medo percorrer-lhe a espinha. Onde estava Estrela Azul?

Em um tique-taque de coração, percebeu que também não sabia por onde andava Garra de Tigre. Todos os seus instintos lhe diziam que o perigo se avizinhava. Ele contornou Pele de Salgueiro, que estava pendurado nas costas de um renegado muito maior, os dentes cravados na orelha do rival, e foi para a toca de Estrela Azul. Para seu alívio, ao se aproximar da entrada, ouviu o miado da líder lá dentro: – Depois cuidamos disso, Garra de Tigre. O clã precisa de nós agora.

Por alguns instantes não houve resposta. Então o guerreiro ouviu novamente a voz da gata, surpresa. – Garra de Tigre? O que você está fazendo?

A resposta veio com um rugido. – Dê lembranças minhas ao Clã das Estrelas, Estrela Azul.

– Garra de Tigre, o que é isso? – O miado agora era mais agudo, incisivo e raivoso, mas sem medo. – Sou a líder do seu clã, ou você se esqueceu?

– Não por muito tempo – Garra de Tigre grunhiu. – Vou matar você, e matar de novo. Quantas vezes forem necessárias para mandá-la para sempre para o Clã das Estrelas. Está na hora de *eu* ser o líder do clã!

O protesto de Estrela Azul foi subitamente cortado pelo som de patas batendo contra o chão duro da toca, acompanhado de um terrível rugido.

CAPÍTULO 28

Coração de Fogo de um pulo irrompeu pela cortina de líquen. Garra de Tigre e Estrela Azul estavam embolados no chão. Com as garras, ela golpeava repetidamente o representante nos ombros, mas, sendo mais pesado, ele a mantinha imobilizada na areia macia. As presas de Garra de Tigre estavam enterradas no pescoço da gata, e suas garras poderosas lhe rasgavam as costas.

– Traidor! – vociferou Coração de Fogo. Ele se atirou sobre Garra de Tigre, arranhando-lhe os olhos. O representante recuou, forçado a soltar a garganta de Estrela Azul. Coração de Fogo usou as garras para rasgar a orelha do representante, fazendo esguichar sangue pelo ar.

Aos tropeços, Estrela Azul foi para a lateral da toca, parecendo meio atordoada. Coração de Fogo não sabia quão ferida ela estava. A dor o atravessou quando Garra de Tigre atingiu a lateral de seu corpo com um golpe poderoso de suas patas traseiras. Coração de Fogo derrapou na areia e perdeu o equilíbrio, batendo no chão, com o adversário em cima dele.

Os olhos cor de âmbar do representante penetraram nos do guerreiro. – Seu cocô de camundongo! – sibilou. – Eu vou *esfolar* você, Coração de Fogo. Esperei muito tempo por isso.

O guerreiro juntou toda habilidade e força de que dispunha. Sabia que podia morrer ali, mas, apesar disso, sentia-se estranhamente livre. As mentiras e a necessidade de enganar tinham acabado. Os segredos – os de Estrela Azul e os de Garra de Tigre – estavam todos descobertos. Havia apenas o perigo da batalha.

Garra de Fogo mirou a garganta do representante, que desviou a cabeça, e as garras do guerreiro apenas lhe rasparam o pelo espesso. Mas, com o golpe, Garra de Tigre soltou o guerreiro, que rolou para longe, escapando por pouco de uma mordida mortal.

– Gatinho de gente! – Garra de Tigre insultou, flexionando os quadris para atacar de novo. – Venha ver como um *verdadeiro* guerreiro luta. – Atirou-se sobre Coração de Fogo, que, no último momento, saiu de lado. Garra de Tigre tentou se virar na toca estreita, mas suas patas escorregaram em uma poça de sangue e ele caiu de mau jeito.

Coração de Fogo viu imediatamente sua oportunidade. Com as garras, abriu uma fenda na barriga de Garra de Tigre. O sangue jorrou, encharcando o pelo do representante, que soltou um uivo estridente. Coração de Fogo saltou sobre ele, enfiou as garras em sua barriga de novo e cravou-lhe os dentes no pescoço. O oponente lutou em vão para se libertar, ficando cada vez mais fraco à medida que o sangue fluía.

Coração de Fogo soltou seu pescoço, cravando uma pata na perna estendida de Garra de Tigre, e a outra, no peito. – Estrela Azul! – chamou. – Ajude-me a segurá-lo!

A líder estava atrás dele, agachada em seu ninho de musgo. Apesar do sangue que escorria da testa dela, o que alarmou Coração de Fogo foi seu olhar, que era de um azul vago e nebuloso. Horrorizada, ela parecia estar testemunhando a destruição de tudo por que tinha trabalhado.

Quando Coração de Fogo falou, ela saltou como um gato que acorda de repente. Com a lentidão de um sonho, cruzou a toca e se jogou sobre a traseira de Garra de Tigre, imobilizando-o. Mesmo com ferimentos que teriam abatido um gato menor, o representante ainda lutava para se soltar. Seus olhos cor de âmbar queimavam de ódio, e ele cuspia pragas contra Coração de Fogo e Estrela Azul.

Uma sombra caiu sobre a entrada da toca, e Coração de Fogo ouviu uma respiração rouca e áspera. Virou-se achando que veria um dos invasores, mas era Listra Cinzenta. Sentiu o coração em desalento ao ver o amigo. A lateral de seu corpo e uma de suas patas dianteiras estavam sangrando muito, e o sangue borbulhava em sua boca quando ele gaguejou: – Estrela Azul, nós... – Ele interrompeu-se, estarrecido. – Coração de Fogo, o que está acontecendo?

– Garra de Tigre atacou Estrela Azul – ele respondeu, de pronto. – Estávamos certos o tempo todo. Ele é um traidor. Trouxe gatos renegados para nos atacar.

Listra Cinzenta continuava atônito, e depois se sacudiu como se estivesse saindo de águas profundas. – Estamos perdendo – miou. – Eles são muitos. Estrela Azul, precisamos de sua ajuda.

A líder o fitou sem responder. Coração de Fogo viu que seus olhos ainda estavam sem brilho e vagos, como se a descoberta da verdade sobre Garra de Tigre tivesse irremediavelmente abatido seu espírito.

– Eu vou – Coração de Fogo se ofereceu. – Listra Cinzenta, você pode ajudar Estrela Azul a segurar Garra de Tigre? Vamos nos ocupar dele quando a batalha tiver terminado.

– Você pode tentar, gatinho de gente – o representante zombou, com a boca cheia de areia.

Listra Cinzenta, mancando, atravessou a toca e tomou o lugar do amigo, plantando suas garras no peito de Garra de Tigre. Por um tique-taque de coração o guerreiro avermelhado hesitou, sem muita certeza de que Listra Cinzenta, ferido, e Estrela Azul, em estado de choque, seriam páreo para o representante. Mas ele continuava a perder sangue, e se debatia com muito menos energia. Coração de Fogo saiu correndo da toca.

À primeira vista a clareira parecia cheia de renegados, como se todos os guerreiros do Clã do Trovão tivessem sido expulsos. Em seguida, o guerreiro teve um vislumbre de formas familiares aqui e ali – Rabo Longo se contorcia debaixo de um enorme gato malhado; Retalho se debatia para sair do alcance de um renegado cinza esquálido, girando o corpo para arranhar o nariz dele com as garras à mostra antes de se atirar na barriga do renegado inimigo.

Coração de Fogo tentou reunir forças. A luta com Garra de Tigre o esgotara, e as feridas deixadas pelas garras do representante queimavam como fogo. Ele não sabia quanto tempo iria aguentar. Instintivamente, rolou o corpo quando uma gata alaranjada tentou cravar as garras em suas costas. Com o canto dos olhos, viu um corpo ágil, azul-acinzentado, correndo pela clareira, gritando em desafio.

Estrela Azul!, pensou, espantado, e imaginou o que teria acontecido com Garra de Tigre. Então percebeu que a guerreira não era Estrela Azul, e sim Pé de Bruma!

Com um esforço enorme, Coração de Fogo se livrou da gata alaranjada e se levantou. Os guerreiros do Clã do Rio chegavam pelo túnel. Pelo de Leopardo, Pelo de Pedra, Garra Negra... Atrás deles vinham Nevasca e o resto de sua patrulha. Fortes e cheios de energia, eles caíram sobre os invasores com as garras estendidas e as caudas chicoteando em fúria.

Aterrorizados pela repentina chegada de reforços, os renegados dispersaram. A gata alaranjada fugiu, soltando um grito de surpresa. Outros a seguiram. Coração de Fogo cambaleou alguns passos, perseguindo-os, sibilando e cuspindo para apressá-los, mas não havia mais necessidade. Surpreendidos, quando pensavam que a vitória estava garantida, e sem líder, agora que Garra de Tigre tinha sido capturado, os renegados não tinham mais força para lutar.

Em alguns tique-taques de coração, eles tinham ido embora. O único inimigo que restava era Cauda Partida, sangrando bastante na cabeça e nos ombros. O gato cego arranhava o chão, miando debilmente como um filhote doente.

Os gatos do Clã do Rio estavam reunidos de novo e soltavam murmúrios de preocupação enquanto Coração de Fogo mancava até eles. – Muito obrigado – ele miou. – Nunca em minha vida fiquei tão feliz em ver um gato.

– Reconheci alguns dos antigos guerreiros do Clã das Sombras – disse Pelo de Leopardo, com ar grave. – Os que saíram do clã com Estrela Partida.

– Sim. – Coração de Fogo não queria ainda falar sobre o envolvimento de Garra de Tigre. – Como vocês souberam que precisávamos de ajuda? – perguntou, intrigado.

– Não sabíamos – retrucou Pé de Bruma. – Viemos falar com Estrela Azul sobre...

– Agora não – Pelo de Leopardo interrompeu, embora Coração de Fogo pudesse imaginar que ela ia dizer "sobre os filhotes". – O Clã do Trovão precisa de tempo para se recuperar. – Ela abaixou a cabeça graciosamente na direção de Coração de Fogo. – Estamos felizes por ter ajudado. Diga à sua líder que voltaremos em breve.

– Sim, vou dizer – prometeu o guerreiro. – E obrigado novamente. – Ele observou os gatos do Clã do Rio saindo e, então, olhou ao redor, sentindo os ombros pesados de cansaço. A clareira estava coberta de sangue e pelos. Presa Amarela e Pata de Cinza estavam começando a examinar os gatos feridos. Embora Coração de Fogo não as tivesse percebido na batalha, as duas traziam marcas das garras dos adversários.

Ele respirou profundamente. Era hora de lidar com Garra de Tigre, mas não sabia se conseguiria reunir forças. Suas feridas pulsavam de dor, e todos os seus músculos protestavam a cada passo. Enquanto se dirigia, mancando, à toca de Estrela Azul, ele ouviu um chamado. – Coração de Fogo! O que aconteceu?

Era Tempestade de Areia, que acabara de voltar da patrulha de caça, seguida por Pata de Nuvem, ofegante. A gata alaranjada olhou à volta da clareira como se não pudesse acreditar no que via.

Cansado, Coração de Fogo balançou a cabeça. – Os fora da lei de Cauda Partida – resmungou.

– *De novo?* – a gata cuspiu, desgostosa. – Talvez Estrela Azul pense duas vezes antes de dar abrigo a Cauda Partida agora.

– É mais complicado do que isso. – Coração de Fogo se sentia incapaz de explicar naquele momento. – Tempestade de Areia, você pode me fazer um favor, mas sem fazer perguntas?

A guerreira o olhou, desconfiada. – Depende.

– Vá à toca de Estrela Azul e resolva a situação que encontrar lá. É melhor levar outro guerreiro também – Pelo de Samambaia, você pode ir? Estrela Azul vai lhes dizer o que fazer.

Pelo menos, assim espero, pensou Coração de Fogo quando a gata, ainda franzindo a testa, fez um sinal para Pelo de Samambaia e os dois seguiram para a Pedra Grande. De tudo o que tinha acontecido, o que mais perturbava

Coração de Fogo era o fato de que Estrela Azul parecia ter perdido a vontade de liderar o clã.

De pé no centro da clareira, meio entorpecido, Coração de Fogo observava Presa Amarela examinar Cauda Partida e depois começar a ora empurrá-lo, ora arrastá-lo para sua toca. O antigo líder do Clã das Sombras estava quase inconsciente, e um fio de sangue escorria do canto de sua boca. *Ela obviamente ainda se preocupa com ele*, pensou Coração de Fogo, confuso. *Mesmo depois de tudo isso, não consegue esquecer que ele, um dia, foi seu filhote.*

Afastando-se de Presa Amarela, o guerreiro viu Tempestade de Areia surgir da toca sob a Pedra Grande. Atrás dela vinha Garra de Tigre, que andava com esforço, de forma estranha e cambaleante. Seu pelo estava empapado de poeira e sangue e ele tinha um olho meio fechado. Tropeçando, caiu em frente à pedra.

Pelo de Samambaia o seguia de perto, atento a qualquer sinal de intenção de ataque ou fuga. Atrás dele vinha Estrela Azul. A cabeça da gata estava inclinada, a cauda arrastava na poeira. Um dos maiores medos de Coração de Fogo voltou. A líder forte que ele respeitava parecia ter desaparecido, dando lugar àquela gata frágil e ferida.

Por último, saiu da toca Listra Cinzenta; ele vinha mancando e se deixou cair à sombra da Pedra Grande. Pata de Cinza correu para ele e começou a examinar-lhe as feridas, com o semblante contraído.

Estrela Azul levantou a cabeça e olhou ao redor. – Venham todos aqui – ela disse, acenando com um movimento da cauda. Enquanto o resto do clã se reunia, Coração de Fogo foi até Pata de Cinza. – Será que você pode dar alguma coisa a Garra de Tigre? – perguntou. – Para aliviar a dor? – Mais do que tudo no mundo, queria derrotar Garra de Tigre, mas agora percebera que não podia suportar a visão do representante, outrora tão poderoso, sangrando até a morte, jogado na poeira.

Pata de Cinza interrompeu o exame de Listra Cinzenta e olhou para o guerreiro. Para alívio de Coração de Fogo, ela não contestou o pedido de tratar do gato traidor. – Claro – ela miou. – Vou buscar algo para Listra Cinzenta também. – Ela rumou para a toca de Presa Amarela.

Os felinos do clã já tinham tomado seus lugares quando ela voltou. Coração de Fogo podia vê-los inquietos, olhando uns para os outros, querendo entender o significado de tudo aquilo. Pata de Cinza voltou com um chumaço de ervas na boca. Deixou um pouco das ervas perto de Garra de Tigre e deu o resto para Listra Cinzenta. O representante farejou as folhas com desconfiança e, em seguida, começou a mastigá-las.

Estrela Azul o observou por um instante e, logo depois, começou a falar. – Apresento-lhes Garra de Tigre, agora um prisioneiro. Ele...

Um coro de murmúrios preocupados a interrompeu. Os gatos do clã entreolhavam-se em estado de choque e consternação. Coração de Fogo via que eles não entendiam o que estava acontecendo.

– Prisioneiro? – Risca de Carvão repetiu. – Garra de Tigre é seu representante. O que ele fez?

– Vou lhes contar – a voz de Estrela Azul soava mais firme, mas Coração de Fogo via bem quanto lhe custava. – Ainda agora, na minha toca, Garra de Tigre me atacou. E teria me matado se Coração de Fogo não tivesse chegado a tempo.

Ouviram-se sons de protesto e descrença, agora ainda mais altos. Do fundo do grupo um ancião soltou um estranho gemido. Risca de Carvão ficou de pé. Coração de Fogo sabia que ele era um dos maiores defensores de Garra de Tigre, mas até ele estava duvidando. – Deve haver algum engano – ele vociferou.

Estrela Azul ergueu o queixo. – Você acha que eu não sei quando um gato tenta me matar? – ela perguntou secamente.

– Mas Garra de Tigre...

Coração de Fogo deu um salto. – Garra de Tigre é um traidor do clã! – ele cuspiu. – Foi ele que trouxe os renegados para cá hoje.

Risca de Carvão voltou-se para ele. – Ele nunca teria feito isso. Prove, gatinho de gente!

O guerreiro de pelo avermelhado olhou para Estrela Azul. Com um aceno de cabeça, ela o chamou à frente. – Coração de Fogo, conte ao clã o que você sabe. Tudo.

O gato se aproximou devagar. Agora que chegara o momento de tudo revelar, ele se sentia estranhamente relutante. Sentia-se como se estivesse jogando por terra a Pedra Grande, e nada mais seria igual. – Gatos do Clã do Trovão – ele começou. Sua voz parecia o guincho de um filhote, e ele parou para controlá-la. – Gatos do Clã do Trovão, vocês se lembram da morte de Rabo Vermelho? Garra de Tigre disse que Coração de Carvalho o matara, mas ele estava mentindo. Foi Garra de Tigre que matou Rabo Vermelho!

– Como você sabe? – foi Rabo Longo quem falou, com o desdém habitual no rosto. – Você não estava na batalha.

– Sei porque conversei com alguém que esteve lá – Coração de Fogo respondeu com firmeza. – Pata Negra me disse.

– Ah, muito útil! – grunhiu Risca de Carvão. – Pata Negra está morto. Você pode afirmar que ele disse qualquer coisa, e ninguém pode provar que você está errado.

Coração de Fogo hesitou. Ele mantivera em segredo a fuga de Pata Negra para protegê-lo de Garra de Tigre, mas agora que o representante era prisioneiro, não havia mais perigo. E ele precisava revelar tudo. – Pata Negra não está morto – ele explicou calmamente. – Eu o levei embora depois que Garra de Tigre tentou matá-lo por saber demais.

Mais tumulto, cada gato uivava suas dúvidas e protestos. Enquanto Coração de Fogo esperava que sossegassem, olhou para Garra de Tigre. As ervas de Pata de Cinza tinham feito seu trabalho, e o enorme gato malhado começava a recuperar parte de sua força. Sentou-se nas patas de trás e ficou olhando o grupo com olhos que pareciam de pedra, como se desafiasse qualquer gato a se aproximar. As notícias sobre Pata Negra deviam tê-lo abalado, mas ele não demonstrava, nem mesmo por uma pequena contração dos bigodes.

O tumulto não dava sinal de acabar; então, Nevasca ergueu a voz. – Calem-se! Deixem Coração de Fogo falar. – O gato curvou a cabeça em agradecimento ao guerreiro mais velho. – Pata Negra me disse que Coração de Carvalho morreu quando umas pedras caíram sobre ele. Rabo Vermelho escapou das pedras e correu para Garra de Tigre, que se lançou sobre ele e o matou.

– É verdade. – Listra Cinzenta, deitado na sombra, levantou a cabeça; Pata de Cinza cuidava de seus ferimentos. – Eu estava lá quando Pata Negra disse tudo isso a Coração de Fogo.

– E eu falei com os gatos do Clã do Rio – Coração de Fogo acrescentou. – Eles contaram a mesma história, que uma rocha que caiu matou Coração de Carvalho.

O guerreiro esperava mais barulho, mas isso não aconteceu. Um estranho silêncio tinha caído sobre o clã. Os felinos entreolhavam-se como se quisessem encontrar, um no rosto do outro, uma razão para as terríveis revelações.

– Garra de Tigre esperava se tornar representante, então – Coração de Fogo continuou. – Mas Estrela Azul escolheu Coração de Leão. Em seguida, Coração de Leão morreu lutando contra o Clã das Sombras, e Garra de Tigre, enfim, realizou sua ambição. Mas ser representante não era suficiente para ele. Eu... eu acho que foi ele quem colocou uma armadilha para Estrela Azul ao lado do Caminho do Trovão, só que foi Pata de Cinza quem caiu nela. – Olhou para a jovem gata enquanto falava e viu seus olhos arregalados e a boca aberta, em um arquejo de surpresa.

Estrela Azul também parecia atônita. – Coração de Fogo falou-me de suas suspeitas – ela sussurrou. Sua voz tremeu.

– Eu não... eu não conseguia... acreditar nele. Confiava em Garra de Tigre. – Ela inclinou a cabeça. – Eu estava errada.

– Mas como ele esperava ser feito líder matando você? – Pelo de Rato quis saber. – O clã nunca o apoiaria.

– Acho que foi por isso que planejou o ataque da maneira como fez – Coração de Fogo se arriscou a dizer. – Queria que pensássemos que Estrela Azul fora morta por um dos fora da lei. – A voz do guerreiro cresceu. – E quem esperaria que Garra de Tigre, o representante leal, quisesse pôr as garras em nossa líder? – Ele fez silêncio. Todo o seu corpo tremia, ele se sentia mole como um recém-nascido.

– Estrela Azul – Nevasca falou. – O que acontecerá a Garra de Tigre agora?

Houve um crescendo de uivos furiosos no clã.

– Mate-o!

– Vamos cegá-lo!

– Vamos expulsá-lo da floresta!

Estrela Azul ficou imóvel, os olhos fechados. Coração de Fogo sentia que ondas de dor a tomavam, tanto pelo choque amargo da traição como por descobrir quão sombrio era o coração do representante em quem ela confiara por tanto tempo. – Garra de Tigre – ela miou, por fim –, você tem alguma coisa a dizer em sua defesa?

Garra de Tigre virou a cabeça e fixou na líder seu olhar amarelo. – Desculpar-me com *você*, uma covarde, uma guerreira de meia-tigela? Que tipo de líder é você? Mantendo a paz com os outros clãs. *Ajudando*-os! Você mal puniu Coração de Fogo e Listra Cinzenta quando eles alimentaram o Clã do Rio, e mandou que levassem o Clã do Vento para casa! Eu nunca teria mostrado essa suavidade de gatinho de gente. Teria trazido de volta os dias do Clã do Tigre. *Eu teria tornado grande o Clã do Trovão!*

– E quantos gatos teriam morrido por isso? – Estrela Azul sussurrou quase que para si mesma. Coração de Fogo se perguntava se ela estaria pensando em Garra de Cardo, o guerreiro arrogante e sanguinário que ela não queria que fosse o representante do clã. – Se não tem mais nada a dizer, então eu o sentencio ao exílio – a líder anunciou com uma voz insegura. Cada palavra parecia ser-lhe arrancada. – Você vai deixar o território do Clã do Trovão agora, e se algum gato o encontrar aqui amanhã, depois de o dia clarear, tem minha permissão para matá-lo.

– Matar-me? – Garra de Tigre falou, rosnando em desafio. – Quero ver quem vai ousar.

– Coração de Fogo derrotou você! – gritou Listra Cinzenta.

– Coração de Fogo. – Garra de Tigre voltou os olhos pálidos e cor de âmbar para o rival, e o jovem guerreiro sentiu o pelo se eriçar com aquele ódio irrestrito. – Cruze o meu caminho novamente, sua bola de pelo fedorenta, e veremos quem é o mais forte.

Coração de Fogo ficou de pé, a raiva dava-lhe energia. – Quando quiser, Garra de Tigre – ele cuspiu.

– Parem! – grunhiu Estrela Azul. – Chega de lutas. Garra de Tigre, vá embora!

Lentamente o gato se levantou. Sua enorme cabeça girou para trás e para a frente, olhando a multidão de gatos. – Não pensem que estou acabado – ele ciciou. – Ainda serei líder. E quem vier comigo será bem tratado. Risca de Carvão?

Coração de Fogo esticou o pescoço para ver o principal seguidor de Garra de Tigre. Esperava que Risca de Carvão fosse aceitar, mas o elegante gato malhado não se mexeu, os ombros curvados, mostrando sua infelicidade.

– Confiei em você, Garra de Tigre – ele protestou. – Pensei que fosse o melhor guerreiro da floresta. Mas você armou um complô com aquele... aquele *tirano*... – Coração de Fogo sabia que ele falava de Cauda Partida – e não me disse nada. Agora espera que eu vá com você? – Deliberadamente, ele virou o rosto.

Garra de Tigre deu de ombros. – Eu precisava da ajuda de Cauda Partida para entrar em contato com os renegados. Se prefere levar para o lado pessoal, problema seu – ele grunhiu. – Rabo Longo?

Rabo Longo, nervoso, começou a falar. – Ir com você, Garra de Tigre? Para o exílio? Sua voz tremia. – Eu... não, eu não posso. Sou leal ao Clã do Trovão!

E também um covarde, Coração de Fogo acrescentou para si mesmo, captando o odor de medo quando Rabo Longo se encolheu no grupo de felinos.

Pela primeira vez um olhar de incerteza brilhou no rosto de Garra de Tigre, quando os poucos gatos em quem confiava se recusaram a segui-lo. – E você, Pelagem de Poeira? Você vai ter mais lucro comigo do que jamais terá no Clã do Trovão.

O jovem gato malhado e marrom se levantou e abriu caminho até parar diante de Garra de Tigre. – Eu respeitava você – miou com a voz nítida. – Queria ser como você. Mas Rabo Vermelho foi meu mentor. Devo a ele mais do que a qualquer gato. E você o matou. – Pesar e fúria faziam suas pernas tremerem, mas ele continuou. – Você o matou e traiu o clã. Prefiro morrer a seguir você. – Ele se afastou.

Um murmúrio de aprovação subiu da audiência, e Coração de Fogo ouviu Nevasca sussurrar: – Falou e disse, jovem.

– Garra de Tigre – Estrela Azul começou. – Chega disso. Vá agora.

Garra de Tigre ficou de pé, em sua altura plena, os olhos brilhando com uma fúria fria. – Eu vou. Mas voltarei; estejam certos. E me vingarei de todos vocês! – E, com passos irregulares, se afastou da Pedra Grande. Parou perto de Coração de Fogo e arreganhou a boca, mostrando os dentes, em um rugido. – E quanto a você... – ciciou. – Mantenha os olhos abertos. Mantenha os ouvidos atentos. E continue olhando para trás. Porque, um dia, vou encontrá-lo, e você vai virar carniça.

– Você já é carniça – Coração de Fogo retorquiu, lutando para esconder o medo que percorreu sua espinha.

Garra de Tigre cuspiu, virou-se e foi embora. Os gatos do clã se afastaram para deixá-lo passar, todos os olhos o seguiam. Coração de Fogo viu que o ex-representante caminhava sem firmeza – as feridas deviam estar incomodando, apesar das ervas de Pata de Cinza –, mas ele não parou nem olhou para trás. O túnel de tojo o engoliu, e ele se foi.

CAPÍTULO 29

Enquanto Coração de Fogo observava o inimigo derrotado desaparecer, não passava por sua cabeça o menor sentimento de triunfo. Surpreendeu-se ao experimentar mesmo certa lástima. Garra de Tigre poderia ter sido um guerreiro cujos feitos seriam relatados geração após geração – se ele tivesse escolhido a lealdade, não a ambição. O gato avermelhado teve vontade de gritar por tamanho desperdício.

À volta dele as conversas recomeçaram, pois os felinos comentavam, agitados, os surpreendentes acontecimentos.

– Quem será o representante agora? – Vento Veloz quis saber.

Coração de Fogo olhou para Estrela Azul para ver se ela pretendia fazer um anúncio, mas a líder escorregou pela lateral da Pedra Grande na direção de sua toca. Tinha a cabeça baixa e arrastava as patas, como se estivesse doente. Ainda não haveria nenhum tipo de anúncio.

– Acho que o representante devia ser Coração de Fogo! – declarou Pata de Nuvem, pulando, empolgado. – Ele fez um ótimo trabalho!

– Coração de Fogo? – Os olhos de Risca de Carvão se estreitaram. – Um gatinho de gente?

– E qual o problema de ser gatinho de gente? – Pata de Nuvem se postou de pé na frente do guerreiro, muito maior que ele.

Coração de Fogo estava a ponto de interferir quando Nevasca se colocou entre Risca de Carvão e o jovem aprendiz. – Já chega – grunhiu. – Estrela Azul vai nos revelar o nome antes da lua alta. Assim reza a tradição.

Coração de Fogo relaxou os ombros retesados enquanto Pata de Nuvem corria para se juntar aos demais aprendizes. O guerreiro percebeu que o jovem não se dera conta da seriedade do que tinha ocorrido. Os guerreiros mais velhos, que conheciam bem Garra de Tigre, olhavam uns para os outros como se seu mundo tivesse acabado.

– E agora, Coração de Fogo? – Listra Cinzenta levantou o olhar quando o amigo se aproximou dele e de Pata de Cinza. – Você quer ser o representante? – Havia dor em seus olhos e o sangue ainda escorria de sua boca, mas ele agora parecia mais animado do que na época da morte de Arroio de Prata, como se a batalha e a revelação da vilania de Garra de Tigre tivessem, por um instante, livrado seu pensamento das garras da tristeza.

Coração de Fogo não conteve um calafrio de empolgação. Representante do Clã do Trovão! Sabia que a tarefa seria árdua, manter unidos esses gatos abalados, para que voltassem a formar um clã. – Não – ele disse a Listra Cinzenta. – E Estrela Azul jamais me escolheria. – Ele se levantou, balançando a cabeça para tentar afastar esses pensamentos. – Como está se sentindo? Os ferimentos são muito graves?

– Ele vai ficar bem – miou Pata de Cinza. – Mas sua língua foi arranhada e ainda está sangrando. Não sei o que fazer para língua arranhada. Coração de Fogo, você pode ir buscar Presa Amarela para mim?

– Claro.

Da última vez que Coração de Fogo vira a curandeira, ela estava arrastando Cauda Partida para sua toca; e não voltara para a condenação de Garra de Tigre. Ele cruzou a clareira e entrou no túnel de samambaia. Ao afastar a folhagem verde e aveludada, ouviu a voz da velha gata. Algo ali – talvez o tom macio, tão raro – o fez permanecer um pouco mais ao abrigo do arco de samambaias.

– Não se mexa, Cauda Partida. Você perdeu uma vida – Presa Amarela murmurava. – Você vai ficar bem.

– Como assim? – grunhiu Cauda Partida, a voz fraca pela perda de sangue. – Se ainda tenho outra vida, por que minhas feridas ainda doem?

– O Clã das Estrelas curou a ferida que o matou – Presa Amarela explicou, com a voz macia e baixa, que dava calafrios em Coração de Fogo. – As outras precisam das habilidades de uma curandeira.

– Então o que você está esperando, sua peste velha e magricela? Mexa-se. Dê-me alguma coisa para essa dor.

– Certo, já vai. – A voz de Presa Amarela de repente tornou-se fria como gelo, e uma onda de medo percorreu Coração de Fogo. – Tome. Coma essas frutinhas vermelhas e a dor vai passar para sempre.

Coração de Fogo espiava das samambaias e viu Presa Amarela amassando alguma coisa com as patas. Com cuidado e intenção, ela rolou três brilhantes frutinhas vermelhas na direção de Cauda Partida, guiando-lhe a pata até que ele as alcançasse. De repente, Coração de Fogo foi transportado para um dia de muita neve, na estação sem folhas. Filhote de Nuvem fitava um pequeno arbusto de folhas escuras, que dava umas frutinhas vermelhas, e Pata de Cinza dizia: "– As frutinhas vermelhas são tão venenosas que as chamamos de frutinhas mortais. Basta uma para matar."

Ele buscou ar para gritar, avisando, mas Cauda Partida já estava mascando as frutinhas.

Presa Amarela o observava com um rosto de pedra. – Você e meu clã me expulsaram e eu vim para cá – ela sibilou em seu ouvido. – Eu era prisioneira, exatamente como você. Mas o Clã do Trovão me tratou bem e, finalmente, tiveram confiança bastante em mim para me fazer curandeira. Você podia ter merecido a mesma confiança. Mas agora – será que algum gato ainda vai confiar em você?

Cauda Partida soltou um grito de desprezo. – Você acha que eu me importo?

Presa Amarela se agachou ainda mais perto, os olhos brilhando. – Sei que você não respeita nada, Cauda Partida. Nem seu clã nem sua honra ou sua família.

– Não tenho família – ele cuspiu.

– Você está errado. Sua família está mais perto do que você pensa. Eu sou sua mãe, Cauda Partida.

Um ruído curioso e estridente escapou da garganta do guerreiro cego, como uma terrível tentativa de rir. – As aranhas teceram teias na sua cabeça, sua velha. As curandeiras nunca têm filhos.

– Foi por isso que tive de abrir mão de você – Presa Amarela lhe disse, estações de amargor pingando de cada palavra. – Mas nunca deixei de me preocupar... nunca. Ao vê-lo como um jovem guerreiro, fiquei muito orgulhosa.
– Sua voz tornou-se um ronco abafado: – E, então, você matou Estrela Afiada. Seu próprio pai. Matou filhotes do nosso clã e deixou que eu levasse a culpa. Você teria destruído nosso clã inteiramente. Assim, está na hora de acabar com toda essa traição.

– Acabar? O que você quer dizer com isso, sua velha... – Cauda Partida tentou se levantar, mas suas pernas falharam e ele caiu, fazendo um barulhão. Sua voz se elevou e o tom em que falou gelou Coração de Fogo até os ossos. – O que você fez? Eu não... não consigo sentir minhas patas. Não consigo respirar...

– Dei a você frutinhas mortais. – Os olhos de Presa Amarela eram meras fendas enquanto ela o observava. Sei que esta é sua última vida, Cauda Partida. As curandeiras sempre sabem. Nenhum gato aqui será magoado novamente por sua causa.

A boca de Cauda Partida se abriu em um grito de choque e medo. Coração de Fogo pensou que poderia ouvir alguma demonstração de remorso, mas o guerreiro cego era incapaz de traduzir esse sentimento em palavras. Tinha braços e pernas exaustos, e suas patas arranhavam a poeira; seu peito se elevou em busca de ar.

Incapaz de continuar olhando, Coração de Fogo recuou e se agachou no outro extremo do túnel de samambaia, tremendo, até não ouvir mais os sons da última luta de Cauda Partida. Então, lembrou o pedido de Pata de Cinza e se obrigou a voltar, assegurando-se de que Presa Amarela, desta vez, o ouviria abrir caminho entre as samambaias.

Cauda Partida jazia imóvel no centro da pequena clareira. A curandeira, agachada, tinha o nariz encostado na lateral de seu corpo. Quando Coração de Fogo entrou, ela levantou a cabeça, os olhos cheios de dor; parecia mais velha e mais frágil do que nunca. Mas Coração de Fogo sabia que ela era forte e que a tristeza que sentia por causa de Cauda Partida não iria destruí-la. – Fiz tudo o que eu pude, mas ele morreu – ela explicou.

Coração de Fogo não podia dizer que sabia que era mentira. Jamais contaria a ninguém o que tinha acabado de ver e ouvir. Tentando manter a voz firme, ele miou: – Pata de Cinza pediu para eu vir saber como tratar de uma língua arranhada.

Presa Amarela lutou para ficar de pé, como se também sentisse o formigamento causado pelas frutinhas mortais. – Diga que eu estou indo – falou com a voz rouca. – Só preciso apanhar a erva certa.

Ainda sem equilíbrio, ela foi até a toca. Não se virou sequer uma vez para olhar o corpo inerte de Cauda Partida.

Coração de Fogo pensou que não conseguiria dormir, mas estava tão exausto que, logo que se ajeitou em seu ninho, caiu em um estado profundo de inconsciência. Sonhou que estava em um lugar muito alto, o vento fazia seu pelo ondular, e as estrelas do Tule de Prata brilhavam como fogo acetinado sobre sua cabeça.

Um odor quente e conhecido entrou em suas narinas e ele se virou. Era Folha Manchada. Ela se aproximou, encostando carinhosamente seu nariz no dele. – O Clã das Estrelas está chamando você, Coração de Fogo – ela falou baixinho. – Não tenha medo. – Ela então desapareceu, deixando com ele apenas o vento e as estrelas.

O Clã das Estrelas me chamando? Coração de Fogo pensou, intrigado. *Será que estou morrendo?*

O medo o sacudiu, fazendo-o acordar, e ele arfou aliviado ao se ver a salvo na luz obscura da toca. Suas feridas ainda doíam, e quando ele se levantou braços e pernas protestaram, rijos, mas sua força estava voltando. Além disso, era difícil controlar o tremor. Será que Folha Manchada tinha acabado de profetizar sua morte?

Então ele entendeu que o arrepio não era apenas de medo. A toca, normalmente quente por causa dos corpos dos gatos adormecidos, estava fria, sem ninguém. Lá fora, ele ouvia o murmúrio de muitos felinos. Quando saiu para encontrá-los, viu que quase todo o clã já estava reunido na clareira, com a cor pálida do amanhecer erguendo-se acima das árvores.

Tempestade de Areia abriu caminho entre um grupo de gatos. – Coração de Fogo! – ela miou, incisiva. – A lua alta já veio e já se foi e Estrela Azul ainda não indicou o novo representante!

– O quê? – Coração de Fogo olhou alarmado para a gata de pelo laranja. O Código dos Guerreiros fora quebrado! – O Clã das Estrelas vai se zangar – ele sussurrou.

– Precisamos ter um representante – Tempestade de Areia continuou, fazendo com a cauda um movimento de chicote. – Mas Estrela Azul sequer saiu da toca. Nevasca tentou falar com ela, porém ela o mandou embora.

– Ela ainda está chocada por causa de Garra de Tigre – Coração de Fogo lembrou.

– Mas ela é a líder do clã – retorquiu Tempestade de Areia. – Não pode simplesmente ficar enrolada na toca e se esquecer de nós.

Coração de Fogo sabia que ela estava certa, mas não pôde evitar uma fisgada de compaixão por Estrela Azul. Ele sabia quanto a líder dependera de Garra de Tigre, defendendo-o lealmente contra as acusações. Ela o escolhera como representante, confiando nele para ajudá-la a comandar o clã. Devia estar arrasada por concluir que estivera errada todo o tempo, que nunca mais poderia contar com a força e a destreza de bom lutador de Garra de Tigre.

– Ela não vai esquecer... – ele começou, sem prosseguir.

Estrela Azul saiu da toca e foi, aos tropeços, até a Pedra Grande. Parecia velha e cansada quando se sentou em frente à rocha, sem tentar galgá-la. – Gatos do Clã do Trovão – ela falou com a voz rouca, mal sendo ouvida em meio aos murmúrios ansiosos. – Prestem atenção, pois vou nomear o novo representante.

Todos os gatos já se voltavam para ela, e a clareira ficou em um silêncio sepulcral.

– Digo essas palavras ante o Clã das Estrelas; que os espíritos de nossos antepassados possam ouvir e aprovar minha escolha. – Estrela Azul parou novamente, abaixou a cabeça, fixando o olhar nas patas por tanto tempo que Coração de Fogo até achou que ela se esquecera do que ia dizer. Talvez não tivesse sequer decidido quem seria o novo representante.

Um ou dois gatos tinham começado a cochichar, mas pararam quando Estrela Azul levantou a cabeça novamente.

– O novo representante será Coração de Fogo – ela anunciou, em alto e bom som. Em seguida, pôs-se de pé e circulou a rocha, em um andar duro, enrijecido.

Todo o clã congelou. Parecia que um espinho perfurara o peito de Coração de Fogo. *Ele* seria o representante? Quis chamar a líder de volta e dizer que devia ser um engano. Ele mal dava conta de ser um guerreiro!

Ouviu-se a voz aguda de Pata de Nuvem se elevar, exultante. – Eu sabia! Coração de Fogo é o novo representante!

Ali perto, Risca de Carvão resmungou: – Ah, é? Pois *eu* não vou receber ordens de um gatinho de gente!

Alguns gatos foram até Coração de Fogo e o cumprimentaram. Entre os primeiros estavam Listra Cinzenta e Tempestade de Areia; Pata de Cinza, ronronando com entusiasmo, atirou-se na direção do novo representante para lhe dar uma lambida completa.

Mas outros gatos, Coração de Fogo reparou, saíram de fininho e não lhe dirigiram a palavra. Ficou claro que estavam tão atônitos pela escolha quanto ele mesmo. Teria sido esse o sentido das palavras de Folha Manchada no sonho, ela avisava que o Clã das Estrelas o chamava? Chamava para novas responsabilidades para com o clã? – Não tenha medo – ela dissera.

Ah, Folha Manchada, pensou Coração de Fogo desesperado, inundado de medo e dúvida. *Como não ter medo?*

CAPÍTULO 30

– Então, representante do clã – Nevasca miou baixinho ao seu ouvido. – O que você gostaria que eu fizesse agora?

Coração de Fogo percebeu que a oferta era sincera e lançou ao grande guerreiro branco um olhar agradecido. Ele sabia que o próprio Nevasca talvez esperasse ser o representante, e seu apoio seria valioso nos próximos dias. – Bem... agora... – ele começou, tentando freneticamente decidir as prioridades mais urgentes. Com um sobressalto, percebeu que estava tentando imaginar o que Garra de Tigre faria em seu lugar. – Comida. Nós todos precisamos comer. Pata de Nuvem, comece levando presas frescas aos anciãos. Chame os outros aprendizes para ajudar as rainhas no berçário. – Pata de Nuvem disparou com um movimento rápido da cauda. – Pelo de Rato, Risca de Carvão, encontrem dois ou três guerreiros cada um e saiam em patrulha de caça. Dividam o território entre vocês. Vamos precisar de mais presas frescas imediatamente. E mantenham a vigilância quanto aos renegados ou a Garra de Tigre.

Pelo de Rato se afastou com um tranquilo aceno de cabeça, levando junto Pelo de Samambaia e Pele de Salgueiro. Mas Risca de Carvão ficou tanto tempo olhando para Coração de Fogo que o representante começou a imaginar o que faria se o guerreiro negro realmente se recusasse a obedecê-lo. Ele sustentou com firmeza o olhar azul pálido e, por fim, Risca de Carvão desviou os olhos, miando para Rabo Longo e Pelagem de Poeira o seguirem.

– Todos simpatizantes de Garra de Tigre – Nevasca comentou ao vê-los partir. – Você vai ter de ficar de olho neles.

– Eu sei – Coração de Fogo admitiu. – Mas, de fato, mostraram-se mais leais ao clã do que a Garra de Tigre. Espero que me aceitem se eu não pisar na cauda deles.

Nevasca deu um grunhido evasivo.

– Tem alguma coisa para eu fazer? – perguntou Listra Cinzenta.

– Sim – respondeu Coração de Fogo com uma lambida amigável na orelha do amigo. – Volte ao seu ninho e descanse. Você foi gravemente ferido ontem. Vou lhe levar uma peça de presa fresca.

– Ah, está bem. Obrigado, Coração de Fogo. – Listra Cinzenta devolveu a lambida e desapareceu na toca.

Coração de Fogo foi até a pilha de presas frescas, onde encontrou Pata de Cinza apanhando uma agácia no minguado monte. – Levarei isso para Estrela Azul – ela propôs. – Preciso examinar seu ferimento. E depois vou pegar uma presa fresca para Presa Amarela.

– Boa ideia – Coração de Fogo miou, mais confiante, já que suas ordens diligentes pareciam estar restaurando a ordem. – Diga a ela que, se precisar de ajuda para colher ervas, pode contar com Pata de Nuvem, depois que ele tiver atendido os anciãos.

– Está bem. – Pata de Cinza deu uma risadinha. – Você certamente sabe como fazer os seus aprendizes trabalhar, Coração de Fogo. – Ela mordeu a agácia, mas jogou-a no chão com ânsia de vômito. A carne da ave morta descolava dos ossos, revelando uma massa de larvas brancas, que se contorciam. Um fedor horrível atingiu Coração de Fogo, e ele estremeceu.

Pata de Cinza recuou, passando a língua em torno da boca repetidamente enquanto olhava a carcaça podre. Seu pelo cinza-escuro estava arrepiado, os olhos azuis, arregalados. – Carniça – ela sussurrou. – Carniça no meio das presas frescas. O que isso significa?

Coração de Fogo não sabia como a agácia podre tinha ido parar lá. Nenhum gato teria trazido aquilo; nem o mais jovem aprendiz.

– O que significa isso? – Pata de Cinza repetiu.

De repente, Coração de Fogo percebeu que ela não estava pensando em razões práticas para o fato. – Você acha que é um presságio? – ele resmungou. – Uma mensagem do Clã das Estrelas?

– Talvez. – Pata de Cinza estremeceu e olhou para ele com os enormes olhos azuis. – O Clã das Estrelas ainda não falou comigo, Coração de Fogo, pelo menos desde a cerimônia na Pedra da Lua. Eu não sei se é um prenúncio, mas se for...

— Deve ser para Estrela Azul — completou Coração de Fogo. Seu pelo se eriçou quando ele entendeu que aquele era o primeiro sinal dos novos poderes de Pata de Cinza como aprendiz de curandeira. — Você estava levando a agácia para ela. — Ele sentiu um arrepio de horror ao pensar no que o agouro podia significar. Seria um aviso do Clã das Estrelas de que a liderança de Estrela Azul estava apodrecendo *de dentro para fora*, embora a ameaça externa de Garra de Tigre tivesse terminado? — Não — ele miou com firmeza. — Isso não pode estar certo. Os problemas de Estrela Azul *acabaram*. Algum gato foi negligente, só isso, e trouxe carniça para cá por engano.

Mas ele não acreditava nas próprias palavras e estava certo de que Pata de Cinza tampouco acreditava. — Vou perguntar a Presa Amarela — ela miou, balançando a cabeça, perplexa. — Ela saberá. — Pata de Cinza, lépida, pegou um rato silvestre na pilha e atravessou a clareira com seu andar claudicante.

Coração de Fogo a chamou: — Não conte a mais ninguém, só a Presa Amarela. O clã não deve saber disso. Vou enterrar a carniça.

Ela sacudiu a cauda em concordância e desapareceu entre as samambaias.

Coração de Fogo olhou ao redor para se certificar de que ninguém ouvira a conversa ou vira o animal em decomposição. A bile subiu-lhe à garganta quando ele segurou o pássaro pela ponta de uma asa para arrastá-lo até o limite da clareira. E só sossegou quando escavou o suficiente para enterrar aquela coisa podre.

Mesmo assim, ele não conseguia tirar da cabeça o que acontecera. Se a carniça cheia de larvas era realmente um presságio, quais seriam os novos desastres que o Clã das Estrelas reservara para o Clã do Trovão e sua líder?

Quando o sol estava quase a pino, o clã já voltara a se acalmar. As patrulhas de caça tinham retornado, todos os gatos estavam bem alimentados e Coração de Fogo começava a pensar que já era tempo de ir à toca de Estrela Azul para ver se ela falaria com ele a respeito da condução do clã.

Um movimento no túnel de tojo o distraiu. Quatro gatos do Clã do Rio apareceram, os mesmos que, no dia anterior, tinham se juntado à batalha: Pelo de Leopardo, Pé de Bruma, Pelo de Pedra e Garra Negra.

Pelo de Leopardo trazia uma ferida recém-curada no ombro, e a orelha de Garra Negra estava rasgada na ponta, prova do quanto eles tinham combatido ao lado do Clã do Trovão para expulsar os gatos renegados. Coração de Fogo queria acreditar que eles tinham vindo apenas para saber se os guerreiros do Clã do Trovão estavam bem. Mas, no fundo, sabia que aquela missão tinha a ver com os filhotes de Listra Cinzenta. Lutando para esconder a tristeza em seu coração, cruzou a clareira e curvou a cabeça para Pelo de Leopardo – não o sinal respeitoso de um guerreiro para um representante, mas um cumprimento cortês entre iguais.

– Saudações – miou Pelo de Leopardo, seus olhos demonstravam surpresa com a nova atitude de Coração de Fogo. – Temos de falar com a sua líder.

O novo representante hesitou, imaginando quanto deveria explicar. Levaria o resto do dia para relatar a história toda da traição de Garra de Tigre e descrever como ele próprio fora nomeado representante. Na pausa de um tique-taque de coração, decidiu nada contar aos visitantes. Embora parecessem amistosos agora, até mesmo o Clã do Rio poderia ficar tentado a atacar um clã que parecesse fraco. Em breve, na próxima Assembleia, eles ficariam sabendo. Ele inclinou mais uma vez a cabeça e foi procurar Estrela Azul.

Para seu alívio, a líder estava em sua toca, terminando de comer uma peça de presa fresca. Parecia mais com ela mesma do que na época do ataque de Garra de Tigre. Quando Coração de Fogo se anunciou, Estrela Azul levantou os olhos, engolindo o resto do camundongo. Passou a língua ao redor da boca e miou: – Coração de Fogo? Entre. Temos muita coisa a discutir.

– Sim, Estrela Azul, mas não agora. Os guerreiros do Clã do Rio estão aqui.

– Ah. – Ela se ergueu e se espreguiçou. – Estava esperando por eles, embora tivesse esperança de que não viessem assim tão cedo. – Saiu da toca e foi encontrá-los. Listra Cinzenta já tinha surgido e parecia estar trocando notícias com Pé de Bruma. Coração de Fogo esperava que seu amigo não estivesse falando demais agora que ele decidira manter uma distância respeitosa da patrulha do Clã do Rio.

Outros gatos também os rodeavam, e seus rostos revelavam curiosidade a respeito do motivo da visita.

Quando Estrela Azul acabou de cumprimentar os recém-chegados, Pelo de Leopardo começou. – Conversamos longamente sobre os filhotes de Arroio de Prata e decidimos que eles pertencem ao Clã do Rio. Dois dos nossos bebês morreram ontem. Eles nasceram cedo demais. Flor da Relva, a mãe, concordou em amamentar esses recém-nascidos. Achamos que pode ser um sinal do Clã das Estrelas. Os filhotes serão bem cuidados.

– Eles estão sendo bem cuidados aqui! – exclamou Coração de Fogo.

Pelo de Leopardo olhou para ele, mas, ainda assim, falou diretamente a Estrela Azul. – Estrela Torta nos enviou para buscá-los. – A voz era calma, porém determinada, mostrando que ela realmente acreditava no direito de seu clã de levar os filhotes.

– Além do mais – Pé de Bruma acrescentou –, os filhotes estão maiores agora, e o rio baixou o suficiente para permitir uma travessia segura. Eles farão a viagem até nosso acampamento.

– Sim – miou Pelo de Leopardo, com um olhar de aprovação para a guerreira mais jovem. – Podíamos ter levado os filhotes antes, mas nos importamos com o bem-estar deles tanto quanto vocês.

Estrela Azul se ergueu. Embora se mexesse com rigidez e ainda parecesse exausta, ao menos exteriormente ela recuperara a autoridade de líder. – Os filhotes são metade Clã do Trovão – ela lembrou a Pelo de Leopardo. – Já lhe disse que darei a minha decisão na próxima Assembleia.

– Não cabe a você decidir. – O tom da representante do Clã do Rio cortava como gelo.

Às suas palavras, miados de protesto se ergueram da multidão de gatos.

– Que descaramento! – cuspiu Tempestade de Areia, de onde estava, perto de Coração de Fogo. – Quem ela pensa que é para vir aqui e nos dizer o que fazer?

Coração de Fogo foi até Estrela Azul e sussurrou-lhe ao ouvido: – São os filhotes de *Listra Cinzenta*. Você não pode mandá-los embora.

Estrela Azul contraiu as orelhas e, calma, disse aos visitantes: – Digam a Estrela Torta que o Clã do Trovão vai lutar para manter esses filhotes aqui.

Os dentes de Pelo de Leopardo se arreganharam em uma espécie de rugido, enquanto os gatos do Clã do Trovão uivavam aprovando Estrela Azul.

Então um miado se sobrepôs a tudo. – Não!

Os pelos de Coração de Fogo começaram a se eriçar. Era Listra Cinzenta.

O grande gato cinza colocou-se ao lado de Estrela Azul. Coração de Fogo estremeceu quando viu os olhares de desconfiança que os gatos do Clã do Trovão lhe lançaram, e como eles recuavam à passagem de seu amigo. Mas Listra Cinzenta parecia estar empedernido quanto a essa hostilidade.

Olhando primeiro para a patrulha do Clã do Rio e, depois, para os gatos de seu próprio clã, ele miou: – Pelo de Leopardo está certa. Os filhotes pertencem ao clã da mãe. Acho que devíamos deixá-los partir.

Coração de Fogo congelou. Queria protestar, mas não achava as palavras. O resto do clã estava em silêncio absoluto, exceto por Presa Amarela, que disse baixinho: – Ele está louco.

– Listra Cinzenta, pense duas vezes – Estrela Azul pediu. – Se eu deixar Pelo de Leopardo levar os filhotes, você os perderá para sempre. Eles crescerão em outro clã. Não saberão do seu parentesco. Um dia talvez você tenha até mesmo de lutar contra eles. – Coração de Fogo sentiu a tristeza na voz da líder e viu seu olhar se desviando para Pé de Bruma e Pelo de Pedra. As palavras revelavam um amargo conhecimento de causa, e, para o guerreiro, parecia impossível que um gato a ouvisse sem perceber a verdade sobre os filhotes que a líder perdera muito tempo atrás.

– Entendo, Estrela Azul – Listra Cinzenta concordou. – Mas já causei problemas o suficiente para este clã. Não vou pedir que lutem pelos meus filhotes. – Ele parou e acrescentou para Pelo de Leopardo: – Se Estrela Azul concordar, levarei os filhotes até o caminho de pedras ao pôr do sol. Dou-lhe a minha palavra.

– Listra Cinzenta, não... – deixou escapar Coração de Fogo.

Listra Cinzenta voltou os olhos amarelos para o amigo, que viu neles dor e uma infelicidade imensurável, mas também uma determinação que o fez perceber que o gato cinza tinha alguma coisa em mente, que ele, Coração de Fogo, ainda não entendia.

– Não... – ele repetiu baixinho, mas Listra Cinzenta não respondeu.

Tempestade de Areia cutucou com o nariz o pelo de Coração de Fogo e sussurrou-lhe algumas palavras de conforto, mas o guerreiro sentia-se demasiadamente entorpecido para responder. Percebia vagamente Pata de Cinza, que, do outro lado, cutucava Tempestade de Areia e sussurrava: – Agora não, Tempestade de Areia. Não há nada que possamos dizer. Deixe estar.

Estrela Azul inclinou a cabeça e assim ficou por um bom tempo. Coração de Fogo via como suas forças, reunidas às pressas, tinham se esvaído no confronto, e como ela precisava desesperadamente descansar. Até que ela falou. – Listra Cinzenta, você tem certeza?

O guerreiro cinza levantou o queixo. – Certeza absoluta.

– Nesse caso – continuou Estrela Azul –, concordo com suas exigências, Pelo de Leopardo. Ao pôr do sol, Listra Cinzenta levará os filhotes até o caminho de pedras.

Pelo de Leopardo parecia assustada por ter conseguido um acordo tão rapidamente. Ela trocou um olhar com Garra Negra, como se imaginasse que ali havia algum truque. – Então, vamos confiar na sua palavra – ela miou, virando-se para a líder. – Em nome do Clã das Estrelas, esperamos que você a mantenha. Ela abaixou a cabeça para Estrela Azul e foi embora com sua patrulha. Coração de Fogo os viu partir e se virou para argumentar uma vez mais com Listra Cinzenta, mas o amigo já desaparecia no berçário.

Quando o sol deslizou por trás das árvores, Coração de Fogo esperou no túnel de tojo. As folhas farfalhavam acima de sua cabeça e o ar estava cheio de odores mornos do final do renovo, mas o guerreiro mal prestava atenção ao seu entorno. Sua mente estava cheia de pensamentos sobre Listra Cinzenta. De maneira nenhuma ele deixaria o amigo desistir de seus filhotes sem uma última tentativa de impedi-lo.

Enfim, Listra Cinzenta apareceu; vinha do berçário e acompanhava os dois filhotes, que, à sua frente, andavam com pouca firmeza. O pequeno gato cinza-escuro já tinha ares de que ia crescer e se tornar um guerreiro forte, enquanto a gata, com sua pelagem prateada, era a cópia da mãe, e prometia igualar-se em beleza e vivacidade.

Flor Dourada seguiu-os para fora do berçário e curvou a cabeça para trocar toques de nariz com os dois bebês. – Adeus, meus queridos – miou com tristeza.

Os dois filhotes soltaram miados perplexos quando Listra Cinzenta os empurrou para fora; os bebês de Flor Dourada acariciaram o flanco da mãe, como se quisessem confortá-la.

– Listra Cinzenta – Coração de Fogo começou, adiantando-se na direção do amigo, que se aproximava com os filhotes.

– Não diga nada – Listra Cinzenta o interrompeu. – Você vai entender logo. Você vem comigo até o caminho de pedras? Eu... preciso de sua ajuda para levá-los.

– Claro, se você quiser. – Coração de Fogo estava pronto a concordar com qualquer coisa que significasse a mínima chance de fazer Listra Cinzenta mudar de ideia e ficar com os bebês.

Os dois guerreiros caminharam juntos pela floresta, como tinham feito tantas vezes antes. Cada um carregava um filhote; os dois pedacinhos de pelo miavam e se contorciam, como se quisessem andar com as próprias patas. Coração de Fogo não sabia como o amigo poderia suportar abandoná-los. Será que Estrela Azul tinha se sentido assim quando olhou seus filhotes pela última vez, antes de deixar Coração de Carvalho levá-los?

Quando chegaram ao caminho de pedras, a luz vermelha do pôr do sol estava desaparecendo. A lua começava a subir e o rio era uma fita prateada que refletia o céu desbotado. Seu murmúrio líquido enchia o ar, e o capim longo da margem era novo e fresco sob as patas de Coração de Fogo.

O representante deixou o filhote que estava carregando em uma moita de capim macio, e Listra Cinzenta, delicadamente, colocou o outro ao lado dele. Então se afastou um ou dois passos, fazendo um sinal de cabeça para Coração de Fogo segui-lo. – Você está certo. Não posso desistir dos meus filhotes.

Uma súbita alegria inundou Coração de Fogo. Listra Cinzenta tinha mudado de ideia! Poderiam levar os filhotes de volta para casa e enfrentar a ameaça do Clã do Rio, qualquer que fosse. Então seu coração congelou quando o amigo continuou.

– Eu vou com eles. Eles são tudo o que restou de Arroio de Prata, e ela me pediu para cuidar deles. Eu morreria se eles fossem afastados de mim.

Coração de Fogo o encarou, a boca aberta. – O quê? Você não pode! – ele engasgou. – Você pertence ao Clã do Trovão.

Listra Cinzenta fez que não. – Não mais. Eles não me querem, não desde que descobriram sobre mim e Arroio de Prata. Não vão confiar em mim novamente. E eu nem mesmo sei se ainda *quero* essa confiança. Acho que não me sobrou nenhuma lealdade ao clã.

Suas palavras apertaram a barriga de Coração de Fogo como as garras de um adversário tentando rasgá-la em pedaços. – Ah, Listra Cinzenta – ele sussurrou. – E quanto a mim? *Eu* quero você lá. Eu confiaria a minha vida a você e nunca o trairia.

Os olhos amarelos de Listra Cinzenta estavam cheios de tristeza. – Eu sei – murmurou. – Nenhum gato jamais teve um amigo como você. Você sabe que eu daria a minha vida por você.

– Então fique no Clã do Trovão!

– Não posso. Essa é a única coisa que não posso fazer por você. Eu pertenço aos meus filhotes e eles pertencem ao Clã do Rio. Ah, Coração de Fogo, Coração de Fogo... – Sua voz se transformou em um gemido angustiado. – Estou sendo partido ao meio!

Coração de Fogo abraçou o amigo, lambendo sua orelha e sentindo o tremor que atingia seu corpo forte. Tinham passado por tanta coisa juntos. Listra Cinzenta fora o primeiro gato do clã com quem falara, quando era um gatinho de gente perdido na floresta. Fora seu primeiro amigo no Clã do Trovão. Tinham treinado juntos, tornaram-se guerreiros juntos. Tinham caçado nos dias quentes da estação de folhas verdes, quando o ar estava impregnado de cheiros e cheio do zumbido das abelhas, e nos dias amargos da estação sem folhas, quando o mundo inteiro estava congelado. Juntos, tinham descoberto a verdade sobre Garra de Tigre, arriscando-se à ira de Estrela Azul.

E agora tudo estava chegando ao fim.

Mas o pior era Coração de Fogo não ter argumentos. Era verdade que o Clã do Trovão ainda desconfiava do guerreiro cinza por causa de seu amor por Arroio de Prata, e eles não tinham dado nenhum sinal de que, algum dia, aceitariam os filhotes. Se tivessem lutado para mantê-los, teria sido somente pela honra do clã. Coração de Fogo não via futuro para o amigo ou para os filhotes no Clã do Trovão.

Listra Cinzenta se afastou e voltou para chamar os bebês. Eles vieram tropeçando, miando com suas minúsculas vozes agudas. – Está na hora – ele miou baixinho para Coração de Fogo. – Verei você na próxima Assembleia.

– Não será a mesma coisa.

Listra Cinzenta manteve o olhar fixo por um longo momento. – Não, não será. – Então ele levou um dos filhotes pela margem até o caminho de pedras, saltando sobre os vãos com o bebê preso, com toda a segurança, pelo cangote. Na margem oposta, uma sombra cinza saiu dos juncos e ficou de pé esperando, enquanto Listra Cinzenta retornava para pegar o outro.

Coração de Fogo reconheceu Pé de Bruma, a melhor amiga de Arroio de Prata. Sabia que ela amaria aqueles bebês como se fossem seus. Mas nenhum gato gostaria tanto de Listra Cinzenta quanto Coração de Fogo tinha gostado ao longo dessas quatro longas estações.

Nunca mais, seu coração estava chorando. *Nunca mais patrulhas, nunca mais brincar de lutar, nem trocar lambidas na toca depois de um dia de caça. Nunca mais compartilhar risos nem enfrentar juntos os perigos. Acabou.*

Não havia nada a fazer ou dizer. Impotente, observou Listra Cinzenta chegar à margem oposta com o segundo filhote. Pé de Bruma trocou toques de nariz com o guerreiro cinza, depois se inclinou para cheirar os bebês. Em um acordo tácito, cada um pegou um deles, e os quatro gatos desapareceram nos juncos.

Coração de Fogo ficou ali por um longo tempo, olhando a água prateada que passava pela margem. Quando a lua subiu acima das árvores, ele se esforçou para se erguer e voltou para a floresta.

No peito, tristeza e solidão maiores que qualquer outro sentimento conhecido, mas, ao mesmo tempo, ele sentia uma onda de energia, vinda das profundezas de seu ser. Ele revelara a verdade sobre Garra de Tigre, que fora impedido de causar mais destruição no clã. Estrela Azul o prestigiara ao máximo, escolhendo-o como o segundo no comando. A partir de agora, ele podia deixar o passado para trás e prosseguir, guiado por sua líder e com Folha Manchada e o Clã das Estrelas olhando por ele.

Inconscientemente, acelerou o passo; quando chegou à ravina, estava correndo, a pelagem cor de fogo era um borrão na penumbra lilás. Coração de Fogo estava ansioso por retornar ao Clã do Trovão e à sua nova vida como representante.

GRÁFICA PAYM
Tel. [11] 4392-3344
paym@graficapaym.com.br